婚姻生活

An American Marriage

塔雅莉·瓊斯

Tayari Jones

彭玲嫻 譯

Contents

親愛的讀者：

《婚姻生活》是一則愛情故事。開始寫這部小說時，我並不知道它是愛情故事。二〇一一年，我獲得一項為期一年的研究獎助金，我用來閱讀我所能找到的所有有關美國大規模監禁流行病的文獻。我埋首於統計數字、口述歷史、社會學論述及回憶錄中。一年近尾聲時，我已經獲得了非常大量的知識，但對於如何運用這些知識，卻仍然一無所知。

而後我卻居然是在購物中心找到了我的故事。我坐在美食街，聽見一對年輕夫妻壓低了嗓門吵架。女的說：「羅伊，你知道如果換作是你，也不會等我等上七年。」男的看起來很困惑，然後說：「發生在我身上的事從頭就不會發生在妳身上。」我不想打攪他們，轉開了視線，但他們飽含愛也飽含痛苦的聲音啟動了我的想像力。第二天，我清晨五點即起，在打字機前坐下，終於開始撰寫一部新小說。

撰寫這部小說對我而言，在藝術方面是挑戰，對我個人也同樣是挑戰。當臣服於我的人物，臣服於他們所引動的情緒的深度，我理解到在自家的寧靜黑暗中想著彼此的兩個人並不是統計數字。瑟蕾莎與羅伊短暫的婚姻遭到了超乎想像的外力所考驗，要撰寫他們的故事，我必須要探索我自己對愛與忠誠的理解。我必須想像如果是我，我會如何掌控羅伊含冤入獄的憤怒。我必須設身處地站在瑟蕾莎的立場，她是個有鴻鵠之志的年輕女子，卻被要求要對她的男人不離不棄，而眼睜睜看著自己與自己的人生失之交臂。

我將這部小說命名為《*An Americane Marriage*》，但是瑟蕾莎與羅伊是典型的美國夫妻嗎？我想這取決於你向誰問這個問題。但每一對夫妻無論際遇如何，都會面臨到來自外在的橫逆阻礙。我但願瑟蕾莎和羅伊能夠引起你們的共鳴，不單單是由於他們的奮鬥掙扎與你的不同，同時也由於他們之間的衝突與世上所有人的衝突都相同。而就和所有人一樣，他們的目標很簡單，他們渴望保護人，也渴望受保護，渴望愛人，也渴望付出的愛得到回報。

我要預先謝謝你們花時間閱讀我的小說。祝各位閱讀愉快！

獻上我誠摯的祝福！

塔雅莉・瓊斯

獻給我的阿姨愛瑪・費伊（Alma Faye）和我的姊妹瑪欣（Maxine）及瑪莎（Marcia）

發生在你身上的事並不屬於你，與你也僅有一半的關聯性。那不是你的事，不僅僅是你的事。

——克蘿蒂雅・藍欽*

* Claudia Rankine，一九六三年出生於牙買加的美國詩人，曾獲頒諸多獎項。

（譯者按）本書內文觸及諸多與美國黑人歷史文化相關之人事時地物。為保留作者原意，此類人事時地物於譯文中添加註解說明，而不刻意迴避，對行文流暢度所造成之影響，尚請讀者海涵。

第一部

橋之歌

羅伊

世界上有兩種人，離家的人和不離家的人，我很榮幸身爲第一種人。我的妻子瑟蕾莎曾說我是個徹頭徹尾的鄉下人，這話我可不能苟同，因爲，首先，我不是來自鄉下，路易斯安那州的艾洛（Eloe）是個小鎮，不是農村。「鄉下」這詞會讓人聯想起栽種作物、綑紮乾草或擠牛奶，我可是一輩子沒摘採過棉花莢，不過我爸摘過。我從沒碰過馬或羊或豬，也沒興趣去碰。瑟蕾莎從前聽了這話會笑，會澄清她沒說我是農夫，只是來自鄉下而已。她出身亞特蘭大，所以要說她是鄉下人也不無道理[1]，但依照她的說法，她是個「南方女人」，但可不能混淆成「南方淑女」[2]。不知何故，她並不討厭「喬治亞蜜桃」[3]這名稱，我也覺得挺好，所以我們就姑且說她是個喬治亞蜜桃吧！

瑟蕾莎自認是個都會人士，這倒也沒錯，只不過她至今仍然住在從小住到大的房子裡，我呢，則是高中畢業的七十一小時之後，就趕搭第一班車離家了。原本想更早一點出發的，但客運巴士沒有天天停靠艾洛鎮，所以沒辦法。郵差把裝著畢業證書的紙筒送到我媽手上時，我已經在莫爾豪斯學院[4]的宿舍安頓好了，並且開始參加一個專為第一代獎助金學生[5]開辦的特別課程，學校邀請我們比校友子弟早兩個半月到學校，認識認識這個地方，學學一些基礎知識。想像看看二十三個年輕的黑人男子齊聚一堂，連續觀賞史派克．李[6]的《學校萬花筒》、薛尼．鮑迪[7]的《吾愛吾師》，你就可以想像得到大概是怎樣一個狀況。也可能你想像不出來。教條式的教育不見得是壞事。

我這一輩子都在接受扶助計畫的幫助——五歲開始接受「啓蒙教育」[8]，之後就一直參加「向上提升計畫」[9]。如果哪天我有了孩子，他們在人生的自行車旅程中，應該可以不靠輔助輪幫一把就能踏遍一生，但我可是受了人家幫助的，還是不要忘記人家的功勞才好。

處世的規則我是在亞特蘭大學到的，而且學得很快。世上從沒有人說我笨。但家鄉是一個人的**起飛之處**，而不是**降落之處**。一個人無法選擇自己的家鄉，就像無法選擇出身的家庭一樣。玩撲克牌時會拿到五張牌，三張可以換，兩張要留著，這兩張就是家庭與家鄉。

我不是說艾洛不好。很顯然，只要眼界夠寬就會知道，比艾洛糟透了的家鄉多得是。譬如說吧，艾洛雖說位在路易斯安那州，而不是某個遍地黃金的州，但至少是在美國。對境況不佳的黑人來說，美國可能是天下最好待的地方了。不過我們家並不窮，容我花點額外力氣把這件事說個清楚：我爸白天在巴克運動用品店工作得超賣力，晚上又到處做些維修之類的雜工。我媽在簡餐店打菜，工時長到外人可能會以為我家沒有鍋子也沒有窗子[10]，不過我在此鄭重聲明，鍋子和窗子我家都有。

我、歐麗芙和大羅伊是這個三口之家的成員，我們住在一個治安良好的社區內一棟堅固的磚房裡。我有自己的房間，大羅伊把房子擴大加蓋之後，我還有自己的衛浴間。鞋子太小的時候，我從來不用等很久才能買新鞋。雖說接受了補助，我的大學學費我爸媽可不是一毛都沒出，該他們付的部分他們從來沒少付過。

不過我們沒有什麼餘裕。若說我的童年是個三明治，這三明治裡的肉並沒有突出麵包外。我們衣食無虞，但除此之外沒有更多了。「但也不缺什麼。」我媽會這樣說，然後給我一個甜到會出水的愛的抱抱。

我來到亞特蘭大時，還以爲我的整個人生都展現在眼前了，就像一疊又一疊的空白紙張一樣。你知道他們怎麼說的——莫爾豪斯的男人隨身攜帶筆。我的人生可以任我揮灑。十年過後，我的人生處於最甜美的頂點。當有人問我「你是哪裡人」時，我回答：「亞城！」我對這城市已經熟到改用暱稱來稱呼它了。人們問起我的家庭，我談起的是瑟蕾莎。

我們已經正式結婚一年半了，這一年半來過得十分幸福快樂，至少我是這樣的。或許我們所謂的幸福和其他人不一樣，我們不是你們想像中普普通通的亞特蘭大中產階級黑人，丈夫睡覺會把筆電壓在枕頭下，妻子在夢中想著她裝在蒂芬尼藍盒子裡的珠寶。我年輕，野心勃勃，正在力爭上游，瑟蕾莎是藝術家，美麗又熱情。我們就像《愛情喜相逢》[11]那樣，不過比較成熟。有什麼辦法呢？我對流星一樣的女人總是難以抗拒。跟這種女人在一起，就會感覺自己深深投入了一段感情，不是打完招呼就謝謝再聯絡的那一型。在瑟蕾莎之前，我交往過另一個同樣在亞城出生長大的女孩，這個看起來再正常不過的女孩，在全國城市聯盟[12]的一場慶祝會中拿出一把槍來指著我！我永遠忘不了那把有著粉紅色珠母把手的點二二手槍。我們在桌上享用著牛排和脆皮馬鈴薯，她在桌下秀出皮包裡的點二二手槍，聲稱她知道我背著她勾搭一個黑人律師公會的小妞。這是要我怎麼辯解？我一方面嚇呆了，一方面又不怎麼害怕，畢竟只有亞特蘭大女郎才有辦法把這種街頭混混行徑做得這麼氣質優雅。這當然是被愛沖昏頭的論點，這我承認，但當下我實在不知是該求婚還是該報警。我和那女孩天還沒亮就珍重再見了，這可不是我下的決定。

手槍女孩之後，我和女性同胞短暫失去了聯繫。我和其他所有人一樣讀報看新聞，也聽說黑人男性據信數量短缺，但這些好消息對我的社交生活似乎尚未發揮影響力，我所看上的每一個女人都有個誰在暗處默默等待。

一點點小競爭對參與的各方都有益健康，但那個手槍女孩的離去卻像恙蟲一樣，搞得我渾身不自在，害我回艾洛住了幾天，去找大羅伊把問題釐清釐清。我爸有那種全能天神的氣質，好像你出世之前他就在那裡，等你消失很久很久之後，他還是會繼續坐在同一張安樂椅上。

「兒子呀，別跟那種會亮出武器的女人交往。」

我試圖解釋，這女孩的特別之處在於拿手槍的街頭混混調調和那個晚宴場合光鮮亮麗的反差。更何況：「她只是玩玩哪，老爸！」

大羅伊點點頭，吸掉啤酒杯裡的泡沫：「如果她光是玩玩就這德性，那發起火是會做出什麼來？」

我媽從廚房像是透過翻譯說話一樣地喊：「問他那女人現在跟什麼人交往。那女的雖說不太正常，但腦筋絕對沒壞。除非早就有備胎，否則誰會甩掉我們家小羅伊？」

大羅伊問：「你媽想知道那女的現在跟誰在一起。」講得好像我們是在說外國話一樣。

「一個幹律師的。不是辦刑案當偵探的那種，是搞合約的，做文書工作的。」

「你不也是做文書工作的？」大羅伊問。

「完全不一樣。我是當業務代表，是暫時的。何況我志不在文書工作，只不過現在剛好在做這個。」

「好吧。」大羅伊說。

我媽繼續從廚房大發議論：「跟他說他老是讓那些膚色比較白[13]的女孩子傷害他的感情。叫他不要忘記我們艾倫縣[14]也有一些女孩子。叫他提拔提拔我們的鄉親。」

大羅伊說：「你媽說……」我打斷他的話。

「我聽見媽說什麼了。誰說那個女生膚色白了？」

但那女孩當然是膚色較淡的黑人，我媽對我交往淡膚色的女孩可是深惡痛絕。

歐麗芙這會兒從廚房走出來了，她用一條條紋抹布擦擦手。「你別發火，我不是要干涉你的事。」

沒有哪個媽媽滿意過兒子交往的女朋友。我所有的哥兒們都告訴我，他們的老媽整天耳提面命告誡他們：「那女的要是不敢用你的梳子，就別帶她回家。」《烏木》雜誌和《黑玉》雜誌[15]一天到晚信誓旦旦地說，黑人男性只要有幾個錢，都會想要來段異族戀。至於我嘛，我完完全全只對棕皮膚人士感興趣，而我媽居然有膽子對我看上的女孩子皮膚色澤是深是淺指指點點。

但你可以想像她應該會喜歡瑟蕾莎。這兩個人長得有夠像，簡直就像她倆才是有血緣關係的親人。她們倆都有那種乾乾淨淨的美感，像我這輩子愛上的頭一個電視劇人物——《好時光》裡的瑟瑪[16]。但事實不然，我媽覺得瑟蕾莎雖然長相不壞，但是是來自另一個世界的人，是穿上了珀恩娜黛特衣裳的潔絲敏[17]。大羅伊呢，則徹底被瑟蕾莎迷倒，如果我沒娶瑟蕾莎，他可能就會娶她。但這一切對歐麗芙都毫無影響，她對瑟蕾莎的看法還是鐵板一塊。

「只有一個東西可以讓你媽對我改觀。」瑟蕾莎有一次說。

「什麼東西？」

「小孩。」她嘆了口氣：「我每次看見她，她都上上下下打量我，好像我把她的孫子挾持在我身體裡。」

「妳太誇張了。」可是事實是，我很能體會我媽的態度。結婚一年之後，我準備要開始行動，要用一套新的管理規則來培育下一代。

倒也不是說我和瑟蕾莎當中有哪一個成長過程中所接受到的家庭教育有什麼問題，但是世界在變，教養孩子的方法自然也要跟著變。我計畫中的一部分就是絕口不提採棉花。我爸媽成天談棉花，不是談眞正的棉花，就是談棉花這個概念。白人總是說，什麼什麼總比挖水溝好。黑人則說，什麼什麼總比採棉花好。我不打算要提醒我的孩子，有些前人爲了讓我們這些後人可以平平凡凡過生活而死掉了。我不希望羅伊三世坐在電影院裡看《星際大戰》或隨便看什麼，心裡要想著，能夠坐在這裡吃爆米花，是有人犧牲生命換來的權利。我絕不要灌輸他們這種念頭，至少不要灌輸太多。教養的方法一定要弄對。瑟蕾莎承諾她絕不會說他們得要表現得有白人的兩倍好，才能獲得白人一半的成就。「就算事實眞是如此，」她說：「也沒有人跟五歲小孩講這種話。」

她是平衡中庸的女人，不是穿套裝的那種上班族，但天生的好教養像皮鞋上的亮光漆一樣不言而自明。何況她雖然是個藝術家，但並不走瘋狂極端路線。換個方式說，她的皮包裡沒有粉紅色的手槍，但身上可不缺乏熱情。瑟蕾莎向來我行我素，光是從外型就能得知這一點。她很高，一七五公分，扁平足，比她爸還高。我知道長得高只是運氣，但她感覺像是自己選擇要長這麼高的。她的頭髮又多又蓬鬆，讓她比原本又更高了些。你還不知道她是個擅長針線的天才，就會先發現眼前這人是個獨一無二的人物。這一切都是讓她成爲好媽媽的特質，只不過有些人看不出來。所謂「有些人」，我指的是我媽。

我幾乎有點想問她，我們可不可以把未來的孩子——不管是兒子還是女兒——命名爲「未來」。

如果事情由我決定，我們早在蜜月旅行就會搭上產製寶寶列車了。你可以想像我們住在一間玻璃地板的海上小屋裡。我根本不知世界上有這種東西，但是瑟蕾莎把介紹手冊拿給我看時，我裝出超感興趣的樣子，告訴她去住那種小屋是我畢生的夢想。於是我們就去啦，在海面輕鬆度假，在彼此的身上尋歡縱樂。因爲搭頭等艙前往峇里島的航程要二十三小時，所以婚禮已經是超過一天前的事了。婚禮上，瑟蕾莎裝扮得好像她自己是個洋娃娃似地，一頭蓬蓬亂髮都用蠻力壓成芭蕾舞孃一樣的髮髻，臉上脂粉塗得像是羞紅了臉。我看著她從走道上朝我飄來，她和她老爸兩人都笑得咯吱咯吱，好像我們只不過是在彩排罷了。我在那裡緊張得像爆發了四次心臟病外加一次中風，可是她仰起頭看我，把塗著粉色唇膏的嘴噘成一個小小的吻，我看懂了其中的笑點。她是在告訴我，這一切——捧著她裙襬的小女孩、我身上的超正式西裝外套，甚至是我口袋裡的戒指——都只是表演。眞正的精隨在她眼裡的飛揚舞姿，在我們血管裡的奔馳血流。於是我也笑了。

在峇里島，她光滑服貼的頭髮早已經不知去向，這會兒搖晃著一頭七〇年代《黑玉》雜誌裡常見的那種爆炸頭，身上除了身體亮粉之外什麼也沒穿。

「我們來製造小孩吧！」

她笑了：「這是你的撩妹哏？」

「我是認眞的。」

「現在還不要，老爸！」她說：「不過不久就會要了。」

我們紙婚紀念日的時候，我在一張紙上寫：「不久，意思是指現在嗎？」

她把紙翻過來，寫上：「意思是指昨天。我昨天去看了醫生，他說現在正是時候，萬事俱備。」

但是半路殺出的程咬金卻是另一張紙——我自己的名片。我們在卡斯凱路的美麗餐廳吃結婚紀念大餐。美麗餐廳是半自助型的餐廳，氣氛普普，但我是在那裡求婚的。當時她說：「我願意，不過你把戒指收起來，不然會被偷！」結婚紀念日這天，我們回到那間餐廳去吃牛小排、焗烤起司通心麵和玉米布丁，然後回家吃甜點。甜點是兩塊結婚蛋糕，在冷凍庫裡存放了三百六十五天，等著要看我們能不能撐過一年。本來一切完美，結果我自己畫蛇添足，掏出皮夾來給她看我收藏在皮夾裡的她的照片。我把照片從照片套裡拉出來，名片也跟著飛出來，輕輕落在那兩片杏仁酒蛋糕旁。名片的背面用紫色的墨水寫著一個女人的名字和電話號碼。這樣已經夠糟了，但瑟蕾莎發現除此之外還有三個數字，她認定應該是個旅館房號。

「這我可以解釋。」實情很單純——我喜歡女人，喜歡偶爾撩撩妹調調情，追求一點所謂的刺激。有時我會收集女生的電話號碼，就好像我大學時一樣，但百分之九十九點九九七的時候，事情就到此爲止了。我只是喜歡知道我還有這種魅力。這樣無傷大雅，不是嗎？

「那就快解釋。」她說。

「是對方塞進我口袋的。」

「她要怎樣把你自己的名片塞進你的口袋裡？」瑟蕾莎氣壞了，這就像打開瓦斯爐，火還沒燒起來之前的那個喀噠聲一樣，有點激起了我的性致。

「她跟我要名片，我覺得這沒什麼可疑的啊！」

瑟蕾莎站起來，收拾起裝著蛋糕的盤子，扔進垃圾桶裡，我們結婚時獲贈的精美瓷器就這麼嗚呼哀哉了。她又回到桌旁，拿起盛著粉紅香檳的細長酒杯，像喝龍舌蘭酒一樣把冒著氣泡的飲料一飲而盡，又從我手中奪過我的酒杯，把我的份也一飲而盡，然後把兩只高腳杯都扔進垃圾桶裡。破碎的酒杯發出銀鈴一樣的叮噹聲。

「你這人滿嘴屁話！」她說。

「可是妳看看我現在身在何處？」我說：「我在妳身邊，在我們家裡，每晚睡在妳的枕頭上。」

「偏偏要挑我們的機巴紀念日這天！」她說。她的憤怒溶解成哀傷了。她在早餐椅坐下來：「既然要偷腥，幹嘛還要結婚？」

我沒有糾正她，如果沒結婚，就不會有偷腥這回事，而是把眞相告訴她：「我沒打過電話給那個女生。」我在她身邊坐下來：「我愛妳。」我說得好像這是個有魔力的咒語似地。「結婚紀念日快樂！」

我親吻她，她沒有抗拒，這是個好現象。我嘗到她唇上的香檳味。我們脫光衣服，她狠狠咬我的耳朵：「你眞的很愛說謊。」然後她伸長手搆到我的床頭櫃，拿出一個亮閃閃的鋁箔包裝。「先生，套起來！」

我知道一定有人會說我們的婚姻出了問題。外頭的人不知底細，不曉得關著的門背後、蓋著的被子之下、夜晚與清晨的中間發生了什麼事，自然有很多想像空間可以說三道四。但身爲我倆愛情的見證者兼參與者，我深信事實是相反的。她可以爲一張小紙片氣得半死，我可以爲一片橡膠火冒三丈，這意味我們的感情依然火熱。

是的，我們是夫妻，但我們也還年輕，還會神魂顚倒。我們進入婚姻一年，火仍然吐著藍色的火舌，燒得很旺。

問題在於，這是個二．○版的挑戰。表面上，我們是《天才女兒》的明星現況大追擊，惠特莉和杜維恩都長大了[18]。但我和瑟蕾莎的故事絕對是好萊塢想像不出的。瑟蕾莎是天才藝術家，我是她的經紀人兼靈感來源。意思倒不是說我成天赤身裸體躺在床上供她寫生，不是的，我只不過是過我的生活，而她觀察我。我們訂婚時，她用一座玻璃雕塑贏得一項競賽。那座雕塑遠看像個彈珠，但是從特定角度近看的時候，可以看出我的側臉輪廓纏捲在其中。有人出五千美元要跟她買這座雕塑，她捨不得割愛。觸礁的婚姻可是不會有這種事的。

她為我付出，我當然也有所回報。從前男主外女主內的年代，這叫「讓老婆享清福」。大羅伊畢生的目標就是要讓歐麗芙享享清福，但始終不怎麼成功。為了實踐他的願望，可能也是我自己的願望，我每天賣力工作，好讓瑟蕾莎可以在家做娃娃。娃娃是她主要的創作素材。我當然欣賞博物館等級的彈珠及精緻的白描繪畫，但娃娃才是一般大眾都能接受的藝術。我的想法是，她可以出一系列布娃娃來大量販售，這種娃娃可以展示在架上，也可以拿來抱抱。她還是可以另外接受高檔的客戶委託，或從事藝術創作，那種作品輕輕鬆鬆就可以賣到五位數的價位，但我告訴她，平價的娃娃才能打響她的名號。你看看，後來證明我說得一點兒也沒錯。

我知道現在這一切都已經是逝水往事了，而那逝水可不是可愛的悠悠小溪。但為了公平起見，我得要把事情從頭說起。我們當時結婚已經一年外加一些零頭，那一年我們過得很不錯，就連她也得承認這一點。

勞動節的那個週末，有顆流星撞上了我們的生活。那個週末，我們回艾洛去看我爸媽。我們是開車去的，因爲我喜歡公路旅行。飛機會讓我聯想到工作。我那時是個教科書出版商的業務代表，我們公司專出數學教科書。雖說我對數字的理解在背完十二十二乘法表之後就沒有更多進展了，但我賣教科書還是賣得嚇嚇叫，因爲我很會賣東西。那個週末的前一週，我才剛剛在我的母校拿到一筆很不錯的訂單，在喬治亞州也很有希望拿到另一筆訂單。我當然不會因此晉升大亨階級，但我期望可以拿到一筆豐厚的獎金，讓我們可以考慮買棟新房子。倒不是說我們目前的房子有什麼不好。這房子是棟低矮的鄉間別墅，坐落在一條幽靜的街道上。問題就是這是瑟蕾莎爸媽送她的結婚禮物，是她從小居住的家，她爸媽把房子過戶給他們唯一的女兒，而且只過戶給她一個人。這跟白人的做法一樣，助孩子一臂之力，美國式的做法。但我有點希望我可以把帽子掛在自己名下的掛鉤上。

我們開著車在I－10公路上往艾洛的方向前去時，我心裡有著買房子的念頭，但精神上還有所遲疑。結婚紀念日的那場小爭執已經雨過天青了，我們這會兒又回到了相契相合的狀態。我們的車是本田雅哥，是輛家庭房車，後座有兩個空位，車上的音響用重低音大聲播放著老派的嘻哈音樂。

開了六個小時，我在一六三號出口打亮方向燈，開上一條兩線道公路，我察覺到瑟蕾莎有些改變，肩膀聳高了些，髮尾放在嘴裡啃咬。

「怎麼啦？」我把史上最讚的嘻哈專輯音量調小了一些。
「只是緊張而已。」
「緊張什麼？」
「你有沒有過好像瓦斯爐忘記關的那種感覺？」
我把音量調回超大聲和普通大聲之間。「那妳打電話叫妳的閨密安德烈去看一看啊！」
瑟蕾莎扯著安全帶，好像安全帶勒得她脖子很不舒服。「每次跟你爸媽相處我都這樣，你知道的，很不自在。」
「我爸媽？」歐麗芙和大羅伊是全天下最有親和力的人了。瑟蕾莎的爸媽才是所謂的高不可攀。她爸是個小個子，矮得很，頂著一頭道格拉斯[19]的大爆炸頭，連兩側的蓬蓬頭也很齊全，而且這樣還不夠，他還是個天才發明家。瑟蕾莎她媽在教育界工作，不是老師或校長那一類，而是整個教育系統的副主管。而且我有沒有說，她爸十幾年前發明了一種防止柳橙汁太快分解的化合物，結果發了大財？他把那個配方賣給美粒果公司，從此以後就成天在裝滿鈔票的浴缸裡裸泳。她爸跟她媽才是硬邦邦難接近的冰山呢。跟他們比起來，歐麗芙和大羅伊簡直就像軟綿綿的蛋糕一樣平易近人。「我爸媽很愛妳，妳知道的。」我說。
「他們愛的是**你**。」
「可是我愛妳，所以他們也愛妳。這是基本數學原理。」
瑟蕾莎看向窗外，細瘦的松樹剛好從窗上打過去。「我有不祥的感覺，羅伊，我們回家去吧！」

我老婆很擅長小題大作，但她有點欲言又止，那種吞吞吐吐的語氣，我只能描述為恐懼。

「什麼不祥的感覺？」

「我也不知道。」她說：「可是我們回家去吧！」

「那我要怎麼跟我媽說？妳知道她現在已經在馬不停蹄地準備晚餐了。」

「就怪到我頭上好了。」瑟蕾莎說：「跟她說一切都是我的錯。」

現在回想當時，就好像看一部恐怖片，無法理解片中人物為什麼就是對危險徵兆視而不見。如果有個謎之音跟你說：快跑，你就應該聽話快跑。可是在現實中，你不知道你活在一部恐怖片裡，你以為你老婆只是太情緒化，你暗暗希望這是因為她懷孕了，因為如果想要把這種不愉快的氣氛鎖起來，然後把鑰匙丟掉，需要的就是一個寶寶。

我們到達我爸媽家時，歐麗芙正在門廊等我們。我媽很愛假髮，這天她戴了一副醃漬桃子色的鬈鬈髮型。我把車停在院子裡距離我爸那輛克萊斯勒的保險桿只有一咪咪遠的地方，排檔打到停車檔，猛一下推開車門，三步併作兩步跳上階梯，跳到半路就先給我媽來個愛的抱抱。我媽個頭小不隆咚，所以我彎下腰去把她抱起來，她笑得跟木琴一樣很有音樂性。

「小羅伊。」她說：「你回家啦！」

我把我媽放回地上，越過她的肩頭望過去，除了死沉沉的空氣以外什麼也沒看見，於是我又三步併作兩步跳下階梯，打開車門，瑟蕾莎伸出手臂來。我牽我老婆走下本田車的時候，我發誓我聽見我媽翻白眼。

「這是三角關係。」歐麗芙在廚房忙，瑟蕾莎去梳洗，我和大羅伊在書房裡享受一小段白蘭地時光時，他這樣解釋。「當年我認識你媽的時候，我們兩個都是自由球員。我爸媽都不在了，她爸媽遠在奧克拉荷馬州，裝作從來沒有過這個女兒。」

「她們會處得來的。」我對大羅伊說：「瑟蕾莎這個人比較慢熟。」

「你媽也不是陽光女人桃樂絲．黛[20]。」大羅伊同意我的看法，我們一起爲我們深愛的兩個難搞女人舉杯祝福。

「等我們有了小孩，一切就會漸入佳境了。」我說。

「沒錯，再凶猛的野獸抱了孫子都會軟化的。」

「你說誰是野獸？」我媽忽然從廚房冒出來，像小女孩一樣坐在大羅伊腿上。

瑟蕾莎從另一道門走進來，模樣清新又可愛，身上散發著橘子味。由於我占據了安樂椅，我爸媽又在長沙發上曬恩愛，瑟蕾莎沒位子可坐，於是我拍拍我的膝蓋。瑟蕾莎英勇地在我腿上坐下，於是我們成了五〇年代搞雙重約會的兩對情侶，超尷尬。

我媽坐直了身體說：「瑟蕾莎，我聽說妳很有名。」

「您說什麼？」瑟蕾莎抖了一下，想從我腿上站起來，但我把她抱得牢牢的，不放她走。

「妳上了雜誌。」我媽說：「妳怎麼沒跟我們說妳轟動武林驚動萬教？」

瑟蕾莎顯得很害羞：「那個只不過是校友通訊而已。」

「那是雜誌。」我媽一面說，一面從茶几底下拿出一本閃亮亮的雜誌，翻開一個摺了角的頁面，頁面上大大刊登著瑟蕾莎的照片，照片裡的她抱著一個代表黑珍珠貝克[21]的布娃娃，斗大的標題寫著：「値得關注的藝術界新星」。

「我寄給他們的。」我招認：「我很得意啊！不然咧？」

「眞的有人花五千美元買妳的娃娃嗎？」歐麗芙噘起嘴巴，瞇起眼斜斜看著瑟蕾莎。

「通常沒有啦。」瑟蕾莎說，但我的聲音蓋過了她。

「對呀！」我說：「我是她的經紀人啊！難道我會讓我老婆吃虧嗎？」

「五千美元買一個娃娃？」歐麗芙用那本雜誌搧風，風把她醃漬桃子色的頭髮吹得飛揚起來。「上帝創造白人大概就是爲了這個。」

大羅伊咯咯笑起來，瑟蕾莎像翻了面的甲蟲一樣拚命掙扎，要從我的腿上掙脫。「那張照片拍得不好。」她的聲音聽起來像個小女孩：「那個珠珠頭飾是手工一顆一顆串起來的……」

「五千美元可以買一拖拉庫的珠珠。」我媽說。

瑟蕾莎看著我，期待我能打打圓場，於是我說：「媽，妳要怪就怪遊戲規則，不能怪參與遊戲的人。」如果你有老婆，一旦你說錯了話一定馬上會知道，她就像是改變了空氣中的離子，你會連氣都透不過來。

「這不是遊戲，是藝術。」瑟蕾莎的眼光落在客廳牆上那幾幅鑲了框的非洲風格圖片上。

「是眞正的藝術。」

大羅伊是個高明的和事佬，他說：「也許我們可以親眼看一看這種娃娃。」

「我們車上就有一個，」我說：「我去拿。」

那個娃娃裹在一條柔軟的毛毯裡，看上去像個眞正的嬰孩。瑟蕾莎有這種怪癖，像她這樣對於當媽媽這件事可說是十分猶豫躊躇的人，對這些用布做出的作品卻是保護有加。我手上抱著的這個的確是藝術品，但我努力試圖說服她改變態度，因爲等我們開了店面之後，這些「布寶」的售價得是藝術品的好幾分之一，她得要用比較快的速度來縫製那些布寶，一旦產品熱銷，甚至還得進入量產，可不能再用開司米羊毛毯包裹了。但是對於這個娃娃，我就沒那麼要求了。這個娃娃是亞特蘭大市長訂做的，他的幕僚長感恩節左右就要喜獲新生兒，他要把這娃娃送給幕僚長當禮物。

我打開毛毯好讓我媽看見娃娃的臉，但揭開毛毯時，她大大吸了一口氣，聲音很響。我對瑟蕾莎眨眨眼，她大發慈悲，把空氣中的離子調了回去，我又能正常呼吸了。

「這是你！」歐麗芙說。她把娃娃從我手上接過去，小心翼翼撐住娃娃的頭。

「我用他的照片創作的。」瑟蕾莎說：「羅伊是我的靈感來源。」

「所以她才嫁給我啊！」我說笑。

「不是只爲了這個！」瑟蕾莎說。

我媽一句話也說不出來，這個跡象顯示這眞的是充滿魔力的一刻。她的眼光停在她懷中的那個襁褓中，我爸也湊上去，越過她的肩頭看那個娃娃。

「頭髮是用奧地利水晶做的。」瑟蕾莎興奮起來，繼續滔滔不絕：「拿到光線下看一看。」

我媽把娃娃轉動了一下，尋常的燈泡光線照上娃娃滿頭的黑色珠子，小小的腦袋閃亮起來。「好像光環！」我媽說：「人有了寶寶就是這種感覺。你有了自己的天使了！」

我媽這會兒來到長沙發旁，把娃娃平放在一個靠墊上。這感覺很奇幻，因爲那娃娃眞的很像我，或者至少是像我嬰兒時代的照片。看著那娃娃就好像看著一面魔鏡。歐麗芙的眼神像是她回到了太快成爲母親但溫煦如初春的十六歲。「這個可不可以賣給我？」

「不行，老媽。」自豪在我的胸中洶湧，我說：「這個是客戶特別訂做的，要價一萬元呢！超好賺，是敝人在下小弟我拉到的生意！」

「那可不是嗎？」我媽把毛毯包回去，像裹壽衣一樣把娃娃裹起來。「像我這樣的老太太，要個娃娃做什麼呀？」

「您就留著吧！」瑟蕾莎說。

我用瑟蕾莎稱之爲「小淘氣表情」[22]的眼神瞪了她一眼。合約上訂定的交貨日期是本月底，這期限不僅僅是訂得很死而已，還是白紙黑字公證過的，一式三份，而且並沒有運輸過程由買方負擔風險的附帶條款。

瑟蕾莎連看都沒看我一眼，就說：「我可以另外做一個。」

歐麗芙說：「不用，我不想耽誤妳的期限，只是說這個看起來超像小羅伊的。」

我伸手把娃娃從她手上接過來，但我媽好像不大樂意放手，瑟蕾莎則好像不大想要讓這件事情輕鬆解決。只要有人欣賞她的作品，她就會暈陶陶。如果我們眞要靠生產娃娃來吃飯，這也是個我們需要好好處理的問題。

「妳留著吧！」瑟蕾莎說，說得好像這娃娃沒有花她三個月的苦工來做一樣。「我可以另外幫市長做一個。」

現在換成歐麗芙在改變離子了。

「市長哦？眞了不起！」她把娃娃遞還給我：「趁我還沒弄髒前，趕快放回車裡去！我可不希望你寄張一萬美元的帳單給我！」

「我不是那個意思！」瑟蕾莎用抱歉的眼神看我。

「媽！」我說。

「歐麗芙！」大羅伊說。

「漢彌爾頓太太！」瑟蕾莎說。

「該吃飯了！」我媽說：「希望你們還願意吃糖漬番薯和芥菜。」

我們的晚餐不是在靜默中吃的，但是誰也沒聊什麼。歐麗芙氣到冰紅茶都泡壞了。我大大喝一口，以爲會嘗到蔗糖的甜香，卻被猶太鹽的鹹味嗆了一嘴。過沒多久，我的高中畢業證書從牆上掉下來，玻璃鏡面出現一條星形裂痕。是凶兆嗎？說不定是，但我當時並沒有想到這是什麼來自上天的訊息，我莫名其妙被捲進我最鍾愛的兩個女人之間，成了夾心餅乾，這件事搶走了我全部的注意力。我不是不會應付尷尬的情勢，每個男人都知道如何在不同的人事之間周旋，問題是我媽和瑟蕾莎在我心裡有同等的分量。歐麗芙帶我進入這個世界，把我培養成現在的我，但瑟蕾莎開啓了我的下半輩子，是我下一階段人生的亮麗入口。

甜點是「給我吧蛋糕」[23]，是我的最愛，但剛剛那場萬元娃娃爭奪戰害我胃口盡失。不過我還是奮力吞下兩片捲著肉桂餡的美食，因爲誰都知道，南方婦女請你吃好料你若是不吃，本來已經不大妙的情況會雪上加霜。所以雖然說我和瑟蕾莎都曾發誓絕對要遠離加工糖，但我們兩個還是像難民一樣狼吞虎嚥。

桌子收拾好後，大羅伊說：「行李要不要拿進來了？」

「不用，老大。」我把聲音放輕：「我在松林旅社訂了一間房。」

「你情願住那個垃圾堆也不要住自己家？」歐麗芙說。

「我想帶瑟蕾莎認識認識故事的起源。」

「不用住那裡也可以認識故事的起源。」

但事實上，就是得要住那裡才辦得到。我爸媽有隨時糾正別人的強迫癖性，我得要在他們不在場的時候，才能細說從頭。我們結婚一年了，瑟蕾莎有權知道她嫁的究竟是個什麼人。

「是妳的點子嗎？」我媽問瑟蕾莎。

「不是，媽，我很樂意住這裡。」

「完全是我的主意。」我說。不過瑟蕾莎對於住外面感到很高興就是了。她說雖然我們是合法夫妻，但無論在我爸媽家或她爸媽家親熱，她都感覺不自在。上次我們回我爸媽家時，她穿了「草原小屋」[24]的睡衣，但平常她在家裡睡覺可是一絲不掛的。

「可是我整理好你們的房間了。」歐麗芙忽然伸手抓住瑟蕾莎，兩個女人以一種男人之間絕不會有的眼神對望。有一剎那，整個家裡好像就剩下她們兩人。

「羅伊。」瑟蕾莎轉頭望我，流露出一種怪異的恐懼：「你覺得呢？」

「媽，我們明天一早就回來。」我親吻她：「回來吃蜂蜜比斯吉。」

我們花了多久才離開我媽家呢？當時除了我之外，每個人都好像口袋裡裝了石頭一樣舉步維艱，不過或許是我事後回想時才這樣覺得吧！我和瑟蕾莎終於走出大門時，我爸把裹著毛毯的娃娃交給瑟蕾莎。他捧娃娃的姿勢很怪異，好像不大確定這到底是個物品，還是個活生生的動物。

「讓他透點氣。」我媽把毛毯拉開，下沉中的橘紅色夕陽照亮了娃娃頭頂的光環。

「我說眞的，」瑟蕾莎說：「送給妳。」

「這個是要給市長的。」歐麗芙說：「妳可以另外幫我做一個。」

「或者生個眞的寶寶就更好了。」大羅伊用他那雙大手比出一個隱形的大肚子。他的笑聲破解了把我和瑟蕾莎綁在房裡出不去的黏性魔咒，我們終於得以離開了。

我們一上車，瑟蕾莎就融化了。一回到公路上，剛才苦惱她的不知什麼魔咒還是緊張就完全消失了。她解開耳朵上方的蜈蚣辮，把頭埋在兩膝之間，忙著把頭髮解開、放鬆。重新抬起頭時，她又恢復了原本的模樣，頭髮亂糟糟，笑容很邪惡。「我的媽呀，剛才眞是有夠尷尬的！」她說。

「眞的是！」我附和：「我眞不知道他們是在不爽什麼。」

「想抱孫子啦！」瑟蕾莎說：「再怎麼正常的父母，想抱孫子也是會想到瘋掉的。」

「妳爸媽就不會啊！」我想起她的爸媽，跟冰盒派[25]一樣冷靜。

「喔，我爸媽也一樣啊！」她說：「只是在你面前壓抑住了。他們這些人都該去接受心理治療。」

「可是我們也是在努力啊！」我說：「他們想抱孫子，我們想生小孩，那不是一樣嗎？有共通點不是很好嗎？」

去旅社的路上，就在即將駛上一座吊橋之前，我把車停在路邊。吊橋下的那條河，地圖上稱爲奧德利吉河，其實根本就只是一條大一點的小溪而已，上面的吊橋和下面的小溪大小完全不相稱。

「妳今天穿什麼鞋？」

「厚底高跟鞋。」她皺起眉毛。

「穿那個鞋好走嗎？」

她好像對穿了這雙鞋感到很不好意思，那是一雙用綴有圓點的緞帶和軟木砌成的建築構造。

「我不穿體面點，怎麼有臉見你媽？」

「沒關係啦，沒差。」我慢吞吞走下一道柔軟的河岸，瑟蕾莎小碎步跟在後頭。「抱住我脖子。」我把她像新娘一樣抱起來，之後的路程都一路這麼抱著。她把臉貼在我的脖子上嘆氣。我永遠也不會告訴她，我喜歡做個比她強壯的人，喜歡有能力把她一把抱起。我知道她也喜歡我的強壯，她也永遠不會告訴我這一點。來到河岸時，我把她放在柔軟的泥土上。「妳變重了，小姐。妳確定妳沒懷孕嗎？」

「呵呵，你真是愛說笑。」她抬起頭來說：「這麼一點點水，蓋這麼大一座橋。」

我在地上坐下來，背靠著其中一座鐵柱，就好像靠著我家前院那棵山核桃樹一樣。我盤起腿，拍拍兩腿之間的空隙。瑟蕾莎在空隙坐了下來，我用手環抱住她的胸，下巴擱在她頭子和肩膀的交接處。身旁的小溪溪水清澈，水流滔滔越過一顆顆光滑的石頭，夕陽餘暉給每一道小小浪花都染上銀邊。我的妻子身上散發著薰衣草和椰子蛋糕的香味。

我說：「以前還沒蓋水壩之前，水流比較大，我跟我爸禮拜六都會帶著釣線跟釣餌來。有時候所謂的父子相處，就是指波隆那肉醬三明治配葡萄汽水。」她咯咯笑起來，一點都不知道我說的其實是正經話。頭頂上，有輛車從鐵網上駛過，風穿過鐵網的縫隙，奏出了音樂般的聲響，就像人對著瓶嘴輕輕吹氣一樣。「有很多車同時經過的時候，幾乎就會奏出一首歌了。」

我們就這麼坐著，等著汽車經過，聽著鐵橋的音樂。我們的婚姻很美滿，這絕不只是美化的記憶。

「喬治亞。」我用暱稱喊她：「我的家庭比妳以爲的複雜得多。我媽……」但我說不完這句話。

「沒關係的。」她保證：「我沒有不高興。她只是很愛你，如此而已。」

她轉過身來，我們像青少年一樣擁吻，在橋下親熱。長成了大人卻仍然年輕，結了婚卻並沒有定下來，被綁住了卻仍然自由，這樣的感覺眞美好！

†

我媽太誇大了。松林旅社大約是平價民宿的等級，以客觀標準來看，大約一星半，但因爲它是鎭上唯一的旅社，所以得再多給它一顆星。幾百年前我畢業舞會結束的時候，帶過一個女生來開房間，打算要初嘗禁果。我在小豬超市[26]幫顧客打包有夠多的雜貨，才存夠錢付住宿費，外加買一瓶甜氣泡酒[27]以及其他一些增進浪漫情調的配備，甚至還去自助洗衣店換了一大堆零錢，好用來啓動投幣式按摩床。那天晚上結果成了一場錯中錯，我一直投到第六枚硬幣，按摩床才啓動，一啓動就轟轟響，跟除草機一樣大聲。我的女伴還穿了條南北戰爭前那個年代的鋼圈蓬蓬裙，我想認識她深一點，那裙子就彈起來打到我的鼻子。

我們辦好入住手續，進了房間，我把這件往事說給瑟蕾莎聽，期望她會大笑，但她沒有笑，卻說：「親愛的，過來！」然後讓我把頭枕在她的胸脯間。當年那個畢業舞會的女伴也是這麼做的。

「我覺得我們好像在露營。」我說。

「比較像出國留學。」

我緊緊盯著鏡中的她的雙眼說：「我幾乎就是生在這間旅館裡的。歐麗芙以前在這裡工作，當清潔婦。」當時的松林旅社名叫叛軍棲地[28]，旅社很乾淨，但每個房間都掛著邦聯旗[29]。我媽在刷浴缸的時候陣痛來襲，她打定主意不要讓我在十字星星下展開人生，使勁夾緊膝蓋用力忍耐。雖說旅社的裝潢有種族歧視之嫌，旅社老闆卻是個正派好人，他開了三十英里的車，把我媽載到亞歷山卓[30]。那是一九六九年的四月四日，就那一天，我在黑白兼收的育嬰室[31]度過第一夜，我媽很自豪。

「那大羅伊到哪裡去了？」瑟蕾莎問。我就知道她會這麼問。

我們來這裡住就是爲了這個問題，那麼我回答起這個問題來爲什麼會這麼艱難？是我引導她問出這個問題的，但當她眞的問了，我卻像石頭一樣一聲不吭。

「他在上班嗎？」

瑟蕾莎坐在床上給市長的娃娃縫更多的珠子，但我的沉默引起了她的注意。她咬斷縫線，打了結，扭頭看我。「怎麼了？」

我仍然無聲地動著嘴唇。這個地方不是故事眞正的起始地，**我的**故事開始於我出生的那天，但**整個**故事的起始更早得多。

「羅伊，是怎樣了？怎麼回事？」

「大羅伊不是我眞正的父親。」我曾承諾我媽絕不把這個短短的句子說出口。

「什麼？」

「血緣上不是。」

「可是你的名字？」

「我還是嬰兒時，他認我做他的孩子。」

我從床上爬起來，用罐頭果汁和伏特加調了兩杯酒，用手指攪拌，不敢看她的眼睛，就連鏡中倒影都不敢看。

她說：「你知道這事多久了？」

「我還沒上幼稚園之前，他們就告訴我了。艾洛是個小地方，他們不希望我從學校聽說這事。」

「所以你才告訴我？以免我從街頭巷尾聽說這事？」

「不是。」我說：「我告訴妳是因爲我希望妳知道我全部的祕密。」我回到床上，把薄薄的塑膠杯遞給她。「乾杯！」

她沒有跟我乾這個可憐兮兮的杯，而是把杯子放在傷痕累累的床頭櫃上，小心翼翼把市長的娃娃重新裹回襁褓中。「羅伊，你爲什麼都這樣？我們結婚一年了，你從沒想過要早一點告訴我這事嗎？」

我等著她接下來的短短語句和淚水，或許甚至還有點期待，但瑟蕾莎只不過是抬起眼光搖搖頭，吸氣，吐氣。

「羅伊，你是故意的。」

「故意？故意**什麼**？」

「你說我們要共組家庭，說我是全世界跟你最親近的人，結果你扔一個這樣的炸彈給我。」

「這不是炸彈。大羅伊是不是我的親生父親有什麼差別？」我把話說得好像只是感嘆，但我眞心渴望得知確切的答案。我需要她告訴我並沒有差別，我是我自己，不是盤根錯節的族譜。

「不是只有這件事。你皮夾裡有別的女人的電話，你有時候不把結婚戒指戴在手上，然後現在又來這一招。等這件事過去了，馬上又會有另一件事跑出來。我要是搞不清楚，會以爲你故意想破壞我們的婚姻，破壞我們生小孩的計畫，破壞一切。」她說得好像這一切都是我的錯，好像一個巴掌拍得響似地。

我生氣的時候，說話不會提高音調，反而嗓子會低沉到聲音不是傳進對方的耳朵裡，而是震撼到骨骼裡。「妳眞要爲這種事情跟我吵？妳就是在等這樣一個藉口吵架？這才是眞正的問題。我告訴妳我不認識我眞實的老爸，妳就對我們的感情有疑慮了？我告訴妳，我之前沒告訴妳這事，是因爲這事跟我們一點關係也沒有。」

「你這人有毛病。」她說。髒痕處處的鏡子裡，她的臉清醒且憤怒。

「妳看！」我說：「就是因爲這樣，我才不想告訴妳。現在怎樣？妳不清楚**我血緣上的眞實底細**，就覺得我是陌生人了是吧？妳未免也太瞧不起人了！」

「重點在你沒告訴我。我才不在乎你知不知道你爸是誰。」

「我沒說我不知道我爸是誰。妳把我媽想成怎樣的人了？妳以爲她懷了小孩卻不知道爸爸是誰嗎？我說眞的，瑟蕾莎，妳眞的要扯到那邊去？」

「你不要挑我語病。」瑟蕾莎說：「祕密像山一樣高的人是你。」

「妳是想要知道什麼祕密？我親生父親名字叫作奧山尼爾．詹金，我知道的就這樣了。現在妳知道的跟我知道的一樣多了，這樣的祕密像山一樣高嗎？只算小丘陵吧？小土堆還差不多吧？」

「你不要轉移話題。」她說。

「我跟妳說，」我說：「做人要有點同情心。歐麗芙那時候連十七歲都不到，對方是成年人，他占了她便宜。」

「我是在說我們兩個，我們是夫妻，**夫妻**，你懂嗎？他叫什麼名字關我什麼事？我根本不在乎你媽跟……」

我轉過頭去直視她，不再透過鏡子的中介。眼前的景象令我憂心，她半閉著眼睛，抿緊了嘴唇，準備要開口說話。我直覺知道她會說出我不想聽的話。

「十一月十七日。」我趁她還沒整理完思緒前搶先開口。別的夫妻可能會有安全密語，在魚水之歡過於激烈時喊出來，代表暫停。我們的安全密語不是用來停止過於激烈的性愛，而是過於激烈的言詞。十一月十七日是我們第一次約會的日子，只要我們當中有人喊出這個日期，我們所有的對話就要休止十五分鐘。我知道只要她再說一句對我媽的什麼評語，我們當中一定會有人說出後悔莫及的話，因此我搶先喊停。

瑟蕾莎舉手投降：「好啦，休息十五分鐘。」

我站起來，提起塑膠冰桶。「我去裝冰塊。」

十五分鐘是很好消磨的一段時間。我一走出門，瑟蕾莎肯定就會打電話給安德烈。他倆是在嬰兒的遊戲圍欄裡認識的，認識的時候，兩個人幼小到連坐都還不會坐，因此他們感情親密得跟兄妹一樣。我是在大學認識烈仔的，我之所以會認識瑟蕾莎，就是因爲烈仔的緣故。

在她對著烈仔大發牢騷的當兒，我走到二樓去，把冰桶放在製冰機上，拉動製冰機的拉桿，冰塊斷斷續續撲通撲通滾出來。就在我等著冰桶裝滿時，遇到了一位和歐麗芙年紀約略相仿的婦人，體型碩大，臉龐有酒窩，神情和善，手上吊著吊帶。「旋轉肌受傷。」她說。她告訴我，用一隻手開車很不容易，但休士頓有個孫兒在等著她，她準備要用沒受傷的那隻手來罩手抱那個寶寶。我媽把我教育成好紳士，因此我幫她把她的冰桶提到她的房間，二〇六號房。她因爲受了傷，打不開窗戶，我因此替她抬起窗框，用客房裡配備的聖經撐開窗戶。我還有七分鐘需要打發，於是進她的洗手間當水電工，修好了漏水漏得像尼加拉瀑布的馬桶。離開時，我告訴她她的門把有點鬆脫，提醒她要再三檢查房門有沒有確實鎖上。她向我道謝，我對她說夫人別客氣。當時是晚上八點四十八分，我知道，因爲我看了錶，要看看我是不是可以回到我老婆身邊了。

我在八點五十三分時敲門，瑟蕾莎調了兩杯鱈魚角調酒（Cape Codder）等著我。她徒手伸進冰桶，給我們一人各加了三顆冰塊，搖搖杯子好讓冰塊的冷度擴散，而後向我伸出她美麗的手臂。

這就是我很長時間之內的最後一個快樂夜晚。

瑟蕾莎

記憶是一種奇特的生物，一個古怪的策展人。我仍然會回想起那一天，只是不像從前那樣常回想了。一個人扭著頭能夠扭多久？無論別人怎麼說，我並沒有忘記那一天，並沒有把這整件事拋諸腦後。

我說我是在清醒的夢中來到松林旅社，這並不是在自我辯護，而不過就是陳述事實。如同艾瑞莎．弗蘭克林[32]說的，**女人也不過是人……就和她的男人一樣有血有肉**[33]。如此而已。

我後悔的是那天晚上我們吵得那麼凶，竟然是為他的父母而吵。戀愛期間我們曾經吵得更凶，但是是為了我們之間的感情而吵。在松林旅社那一晚，我們卻為了過去而吵。為往事掀起的爭執從來沒有公平合理的。羅伊知道某樣我所不知道的事，於是喊出了我們的停戰密語：「十一月十七日」。他提著冰桶離開時，我很高興他離開。

我打電話給安德烈，響了三聲後，他接起電話，像平常一樣溫和理性地勸我冷靜。「妳對羅伊不要那麼嚴厲。」他說：「要是他每次招認什麼事妳都抓狂，就等於是鼓勵他說謊。」

我不肯就這麼讓步：「可是他甚至……」

「妳知道我說得沒錯。」他的語氣並沒有沾沾自喜：「妳所不知道的是，我今晚正在招待一位小姐。」

「喔，抱歉打擾了！」我眞心替他高興。

「小白臉也會有寂寞的時候。」他說。

我掛上電話時嘴角仍帶著笑。

羅伊出現在門口，像遞上一束玫瑰似地把冰桶舉在前方，我的嘴角仍帶著笑，怒氣已經如被遺忘的咖啡一樣冷卻了。

「喬治亞，對不起！」他從我手中接過酒杯：「那件事在我心裡不吐不快。妳的家庭那麼美滿，妳爸是百萬富翁，妳想想我是什麼感受。」

「他不是一直都那麼有錢的。」這句話我差不多至少一個禮拜就會說一次。我爸把柳橙汁配方賣給美粒果之前，我們家就和卡斯凱高地的其他所有家庭沒兩樣，就是一般美國人稱爲中產階級而美國黑人稱爲中上階級的那種家庭，念公立學校，沒有傭人，沒有信託基金，父母兩個各有兩個學位，各有一個體面的工作。

「從我認識妳以來，妳就是有錢人家的小孩。」

「有一百萬不算什麼有錢。」我說：「眞正有錢的人根本不用賺錢。」

「不管是眞正的有錢、暴發戶的有錢，還是打腫臉充胖子的有錢，對我來說都很有錢。我不可能跑到妳爸面前去跟他說，我從沒見過我的親生父親。」

他往我跨近一步，我也往他湊近一步。

「我們家住的不是豪宅。」我把聲音放得輕柔：「而且我告訴你，我爸是佃農的孩子，而且還是阿拉巴馬州的佃農。」

雖說結婚一年來，我應該早已經習慣這樣緊繃焦慮的小題大作，但這類的談話總是讓我猝不及防。在我結婚之前，我媽就警告過我，我和羅伊來自完全不同的世界，我經常得向羅伊保證我們事實上「同負一軛」[34]。她這用詞十分有趣，因此我分享給羅伊知道，還順帶搭配了一則有關拖犁的笑話，但羅伊一絲笑容也沒有。

「瑟蕾莎，妳爸現在又沒有在當佃農。何況妳媽呢？我可不想讓妳媽把我媽看成是被人拋棄在街頭的十幾歲小媽媽，妳打死我我也不會把我媽塑造成那樣的形象。」

我貼近到他身邊，兩手捧住他的頭，撫摸著他腦殼的曲線，嘴唇湊近他的耳朵：「我跟你說，我們家不是黑人版的《天才小麻煩》[35]家庭。我媽是我爸的第二任老婆，你知道吧？」

「這算是勁爆消息？」

「那是因爲你不知道事情的全貌。」我深吸一口氣，然後趕在我還沒有想清楚之前，快快把一大串字吐出來：「我爸還沒離婚之前，他們兩個就在一起了。」

「妳是說他們分居……還是什麼？」

「我是說，我媽是我爸的小三，而且當了很久的小三，應該有三年左右吧！我媽是六月新娘，在法院結的婚，因爲牧師拒絕幫她主持婚禮。」我看過他們結婚的照片，歌蘿莉身穿一件米白色套裝，頭戴有頭紗的圓盒帽，我爸顯得年輕又興奮，他倆的笑容中除了輕鬆的眞誠摯愛外，什麼也沒有透露。畫面中看不見我，但我是在相框裡的，躲在我媽手中的黃菊花束背後。

「眞是的！」他低低吹了聲口哨：「沒想到戴先生也會做這種事，連歌蘿莉……」

「不要說我媽壞話，」我說：「你不說我媽壞話，我就也不說你媽壞話。」

「我對歌蘿莉沒有成見，我知道妳對歐麗芙也沒有成見，對吧？」

「不過我爸倒是有他的不是。歌蘿莉說他一直到他們交往一整個月了，才告訴她他是有婦之夫。」

歌蘿莉是在我十八歲那年告訴我這事的。當時我因爲一場孽緣，正要離開霍華德大學[36]。我媽一邊幫忙我把紙箱封口，一邊說：「愛情是理性判斷力的殺手，但有時候這反而會成就好事。妳知不知道我認識妳爸的時候，妳爸不是個自由人？」我把那次談話視爲我媽頭一次以女人對女人的態度對我說話。我們沒有明說，但暗暗對彼此發誓要保守這個祕密。一直到此刻之前，我都還不曾辜負過她的信任。

「一個月不算很長，她想走的話大可以掉頭走開。」羅伊說。

「問題是她並不想走。」我說：「根據歌蘿莉的說法，她那時候已經**愛得無法回頭了**。」我模仿我媽在眾人面前說話時的語氣，演說課式的鏗鏘有力，但當初她對我述說這段細節時，聲音是顫抖的。

「什麼？無法回頭？」羅伊說：「保固期只有三十天，超過就不能退貨？」

「歌蘿莉說，回想起來，她很慶幸爸爸沒告訴她他結婚了，因爲她絕不會跟有婦之夫交往的，但結果我爸是她的眞命天子。」

「我瞭解。」他把我的手湊上他的唇：「有時候妳喜歡這個結果，就會不在乎這個結果是怎麼得到的。」

「不對，」我說：「過程也很重要。就我媽來說，我爸騙她是爲了她好。就我來說，我可從不希望我被騙了還要心存感激。」

「說得好。」他說：「不過換個角度想，如果妳爸沒隱藏他的婚姻狀態，就不會有妳的存在。沒有妳的話，我又會在哪裡呢？」

「我還是不喜歡這樣。我希望我們互相都誠實以對。我不希望我們的小孩遺傳我們的祕密。」

羅伊往空中揮了一拳：「妳聽到妳自己說了什麼嗎？」

「什麼？」

「妳說『我們的小孩』。」

「羅伊，你別鬧了，不要劃錯重點。」

「妳別想把話收回去。妳說『我們的小孩』。」

「羅伊，我是說眞的，不要有祕密了，好不好？如果你還有別的祕密，就趕快說出來。」

「我沒有別的祕密了。」

就和先前的許許多多次爭吵一樣，我們就這樣和解了。有一首歌不就是這麼唱的嗎？「分手是爲了和好，我們就專做這檔事。」[37]我有沒有曾經想像這就是我們永恆的相處模式？我們會白頭偕老，一路互相指責又互相原諒？那個時候，我還不知永恆是什麼，可能至今我仍不知道。但在松林旅社的那一晚，我深信我們的婚姻是一匹織工細密的掛毯，脆弱，但可以修復。我們經常撕壞它又修復它，總是用絲線來修復它，絲線美麗，卻必將斷裂。

我們爬上小床，胡亂湊合的雞尾酒讓我們有些微醺。我們一致認爲床罩有些可疑，因此把床罩踢下了床，面對面躺臥。我躺在那兒，用手指劃過他的眉骨，想起我的父母，甚至羅伊的父母。他們的婚姻是用較不精緻但材質耐久的布疋做的，類似棉花袋的那種粗麻布，用灰色的繩子捆紮。那一晚待在租來的屬於我們的房間裡，享受著愛情的織錦，我和羅伊感覺多麼優越！如今想起那段往事，雖然不過是夢寐浮想，熱血仍然衝上我的臉頰，我爲這段記憶及衝上臉頰的熱血感到羞赧。

當時我還不知身體會在事情尚未發生前就預知未來，因此當我的雙眼突然噙滿淚水，我還以爲是情緒所帶來的意外效果。偶爾當我瀏覽織品商店或準備餐點，這感覺會突然襲捲我的全身，這種時候我會想起羅伊，想起他O型腿的步伐，想起他有回把一個搶匪制伏在地，損失了一顆寶貴的門牙。回憶找上門時，無論身在何處，我會任幾滴淚潸然落下，然後怪罪給過敏或是睫毛出狀況。所以在艾洛的那晚，當情緒湧滿眼眶並且鎖緊了我的喉頭，我以爲是激情而不是凶兆。

籌備旅程時，我以爲我們要住他媽媽家，因此沒有打包性感內衣，而是穿了件白襯裙，這足以應付我們的寬衣遊戲了。羅伊笑嘻嘻地說他愛我，他的嗓子有些哽咽，掌控了我的那個不知什麼情緒似乎也掌控了他。我們太傻也太年輕，以爲那不過是情慾。我們是大量享受情慾的。

於是我們累壞了，卻並沒有睡，相依相偎地打發著愛與愛之間恬適悠閒而充滿可能性的時光。我在他身旁坐起來，就坐在床上，深深吸進這一天的氣味——河中的淤泥、旅社肥皂中的麝香，還有羅伊身上的氣味，那是他個人身體組成成分的獨有特徵，再來是我自己的氣味。這是一種鑽進了床單纖維間的香氣。我往他更湊近了些，親吻他緊閉的眼皮，想著我多麼幸運。我不是指單身女郎提醒我這年頭居然還能找到男人可嫁有多好命的那種幸運，也不是雜誌哀嘆黑皮膚「好」男人所剩無幾的那種幸運。那些雜誌還會洋洋灑灑羅列「不合格」男人的種類——死掉的、同性戀的、坐牢的、娶了白種女人的。是的，從那幾種觀點來看，我的確都很幸運，但是能夠嫁給羅伊，我在一種老派的方面感覺到幸運，我因爲能夠找到一個身上散發著我所喜歡的氣味的男人，而感到幸運。

那天晚上我們愛得那樣熱烈，是因爲我們知道，抑或是因爲我們不知道？未來可曾傳來了鬧鈴，搖得激狂卻沒有鈴錘？這個不會響的鈴鐺可曾引起一陣微風，吹得我伸手探地去拾起我的襯裙來遮掩身軀？這細微的警告可曾引動羅伊翻過身來，用沉重的手臂把我緊緊扣在他的身邊不能動彈？他在睡夢中咕噥了幾句不知什麼，但並沒有醒來。

我想要小孩嗎？那一晚我躺在床上，可曾幻想一團躍躍欲試的細胞分裂再分裂，一直分裂至我成爲了母親，羅伊成爲了父親，大羅伊、歐麗芙以及我爸媽成爲了祖父母和外祖父母？我的確好奇我的體內發生著什麼事，但我不想說我期望什麼。若妳是個身心健全的女性，嫁給了一個身心健全的男性，成爲母親眞是一件妳可以隨意選擇的事嗎？我念大學時，參加了一個以掃除文盲爲宗旨的志願服務隊，教導青少年小媽媽讀書。這工作很艱難，幾乎教人灰心，因爲這些年輕女郎大多拿不到結業證書。我的督導就著濃縮咖啡和可頌對我說：「生個孩子來救救我們的種族吧！」他笑嘻嘻的，態度卻很正經：「如果所有的小孩都是這樣的女孩生出來的，而像妳這樣的女孩卻都不生孩子，一輩子無憂無慮，妳想想我們這種族會如何？」我想也沒想，就承諾我會盡我的一份力。

這倒不是說我不想當媽媽，但也不是說我想，只是說，我很確定該來的總會有來到的一天。

因此當羅伊信心滿滿地沉睡，我卻是驚懼惶恐地閉上眼睛。門被赫然打開時我仍醒著，我知道門是被踢開的，但警方的書面紀錄卻記載，櫃檯將鑰匙交給警方，警方以溫和客氣的方式打開門。天曉得到底何者爲眞。我記得我丈夫是在我們的房間裡沉睡，但一個比他媽還老六歲的女人說，她在二〇六號房裡睡不安穩，因爲知道自己的房門鎖不緊而提心吊膽。她告訴自己，自己不過是神經緊張，疑神疑鬼，卻依舊闔不了眼。午夜之前，有個男人扭動了她的門把，因爲他知道她的門把是扭得開的。光線很暗，但她相信她認得出那人是羅伊，是她稍早在製冰機旁碰到的那個告訴她他正在與妻子吵架的男人。婦人說，那不是她頭一次受制於男人，但必將是最後一次。她說，羅伊或許頭腦精明，或許從電視中學得如何湮滅行蹤，但他抹滅不了她的記憶。

但她也同樣抹滅不了我的記憶。羅伊整晚和我在一起。那婦人不知侵犯她的人是誰，但我知道我嫁給了誰。

我的丈夫是羅伊．奧山尼爾．漢彌爾頓。我是在大學認識他的。我們沒有直接的關係，那年頭他自認爲是個花花公子，而我即使在十九歲的青春年華，也不是個好玩伴。我在華盛頓特區的霍華德大學度過慘烈的一年之後，轉學到斯貝爾曼學院[38]。所謂的負笈遠遊，就這麼短短一年就宣告終止。我媽自己也是斯貝爾曼學院的校友，她堅信我該到這裡來建立死忠兼換帖的新友誼，但我還是巴著安德烈不放。安德烈是不折不扣的鄰家男孩，我們從三個月大開始就是好朋友了，一起在廚房水槽裡洗澡。

羅伊就是安德烈介紹給我的，不過並不是刻意介紹。他倆住在校園最遠端的瑟曼館宿舍，是隔壁室友。我常在安德烈的房間過夜，眞的是蓋棉被純聊天，但誰也不信。他睡在棉被上，我躲在毛毯裡，現在想起來簡直匪夷所思，但當時我和阿烈眞的是這樣。

我和羅伊還沒正式認識之前，就聽過牆壁另一側某個嬌喘連連的聲音喊出他的全名。羅伊。奧山尼爾。漢彌爾頓。

安德烈說：「妳想是不是他要那女的這樣喊的？」

我不屑地哼了一聲：「奧山尼爾？」

「感覺不像是不由自主喊出來的。」

單人床撞擊著牆壁，我和安德烈笑得咯咯響。「我覺得那女的在假裝高潮。」

「如果她是假裝，」安德烈說：「那所有的人都在假裝。」

我一個月後才見到羅伊本尊。

那時我同樣是在安德烈房間。羅伊早上十點跑來，想要換點零錢去洗衣服。他很沒禮貌地沒敲門就進來了。

「喔，小姐，抱歉！」羅伊這話說得像個驚愕的疑問。

「我妹妹。」安德烈說。

「乾妹妹？」羅伊估量著我和安德烈的互動，想弄清我們之間的關係。

「你想知道我是誰的話，直接問我不就結了？」我身穿安德烈的白底暗紅花紋T恤，頭戴緞面浴帽，看起來想必醜爆了，但我總要爲自己發發聲。

「好吧，那妳是哪位？」

「瑟蕾莎．戴文波。」

「我是羅伊．漢彌爾頓。」

「羅伊．奧山尼爾．漢彌爾頓。從牆那邊傳過來的聲音是這樣說的。」

之後我和他兩個就對望著，等著看有什麼暗號會提示我們接下來會如何。最後，他轉開了視線，向安德烈要了一枚兩毛五硬幣。我翻過身趴在床上，彎起腳來，在腳踝處交叉。

「妳眞是個尤物。」羅伊說。

羅伊走後，安德烈說：「妳知道他那副小瓜呆[39]的調調是裝的吧？」

「很明顯。」我說。那人感覺有點危險，有過霍華德大學的經歷後，我對危險的事敬而遠之。

我猜想當時我們的緣分還沒到吧，因為那之後有四年的時間，我都沒有再和這位羅伊·奧山尼爾·漢彌爾頓說過話，也不曾想起過他。四年的大學生活感覺就像另一個時代的相簿。後來重新聯絡上，倒也不是他有了什麼改變，而是當年感覺像暗藏危險的特質，如今幻化成了我所謂的「眞實」，我對這種特質發展出無窮的興趣。

然而何者爲「眞」？是我們平淡無奇的第一印象，抑或是哪裡不相逢，卻偏偏在紐約重逢的那時較眞？又或者，當我們結婚時，事情「成了眞」，還是檢察官在那個鳥不生蛋的小鎮宣告羅伊有逃亡之虞的那天最眞？法院宣告，雖說羅伊出身路易斯安那，但家住在亞特蘭大，因此裁定羈押，不得交保。聽了這番宣告，羅伊冷笑一聲說：「喔，所以現在出身背景不重要了？」

我們的律師是我們的通家之好，但我們還是付他很大筆的律師費。他保證我絕不會失去我的丈夫。班克叔叔提出了各類申請、提交了各類書狀，也提出了抗告，但羅伊在受審之前，還是在看守所度過一百個夜晚。有一整個月，我待在路易斯安那，住在公婆家，睡在那個如果當晚我們睡了，就會省去許多麻煩的房間。我一面等待，一面縫紉，其間打電話給安德烈，也打電話給我父母。郵寄娃娃給市長時，我下不了手給厚重的紙箱封口，大羅伊替我封了口。撕斷膠帶的記憶讓我當晚及之後的許多夜晚都睡不好。

「如果事情的發展和我們的期望相違背，」審判前一天，羅伊說：「妳不要等我。妳就繼續做妳的娃娃，做妳該做的事。」

「一定會解決的。」我向他保證：「事情又不是你幹的。」

「看起來這事會耗很久。我不能要妳為我耽誤青春。」他的眼神和話語說著截然不同的兩種語言，就像是口裡說著不要，卻點頭如搗蒜。

「沒有誰會耽誤什麼。」我說。

那些日子我還存有信心，還能夠樂觀地相信事情。

安德烈為我們挺身而出。他是我們婚禮上的見證人，在法庭上，他當我們的品格證人[40]。他讓我剪他的頭髮，遞剪刀給我，讓我剪去他留了四年的雷鬼辮[41]。在我們婚禮上，這些雷鬼辮像瘤一樣東凸西翹，但我剪去這些辮子時，它們終於服從了地心引力，一一戳向領口。我剪完後，他用手指撫過殘存的凹凹凸凸鬈髮。

隔天，我們穿了一身盡可能顯得清白無辜的裝束，坐上我們在法庭的座位。我爸媽來了，羅伊的爸媽也來了。歐麗芙穿了上教堂的衣裝，大羅伊在她身旁，看起來寒酸但正直。我爸和安德烈一樣，事先整頓了儀容，他頭一次看起來和我那優雅的媽媽「同負一軛」。我看著羅伊，看得出他很明顯與我們相匹配，這不僅僅在於他西裝外套的剪裁樣式、觸著皮鞋精美皮革的褲腳縫邊，還在於他的臉，鬍鬚刮得乾乾淨淨，還有他的眼神，無辜而恐懼，對於命運受政府擺布的這件事尚未習慣。

看守所的生活使他消瘦了，臉頰上孩子般的圓潤消失了，露出我從不知道他有的四四方方下巴。奇怪的是，這樣的清瘦並不使他看來衰弱，而是更堅強有力。唯一透露出他是法庭被告而非一般上班族的，是他可憐的手指。他把指甲啃得指甲肉都露了出來，啃到角質層去了。可愛的羅伊，我的善良丈夫所唯一傷害的，就是他自己的手。

我所知道的情況是這樣：他們不相信我。陪審團有十二個人，沒有一個相信我的話。我在法庭前方說明，羅伊當時和我在一起，所以不可能去強暴二〇六號房的太太。我對他們描述那個不靈光的按摩床，描述當晚霧濛濛的電視上播放的電影。檢察官問我們當時爲了什麼而吵架，我一時慌亂，往羅伊望去，又往我的母親和羅伊的母親望去。班克叔叔提出抗議，所以我不用回答這個問題，但那一陣遲疑卻顯得像是我在遮掩我們短短婚齡中的某種醜事。還沒走下證人席，我已經知道我辜負了他的期待。也或許我的表現不夠可憐巴巴，太缺乏激情演出，太明顯像個外地人了，誰知道呢？班克叔叔教我要怎樣在法庭上作證，他說：「現在不是雄辯滔滔的時候，而是要束手就擒的節骨眼。什麼都不要隱瞞，要掏心掏肺。不管被問到什麼問題，重點都是要讓陪審團明白妳爲什麼嫁給這個人。」

我盡力了，但我不知在陌生人面前，除了客客氣氣說話又還能如何舉措。我眞希望我能帶一些創作到法庭上，帶我的「移動的人」系列，裡頭全是羅伊的形象——彈珠、娃娃，還有幾張水彩畫。我會說：「我眼中的他就是這樣。他很美，不是嗎？他很溫文儒雅，不是嗎？」但我只有話語可展示，而話語如空氣一般輕薄脆弱。我在安德烈身旁落坐時，沒有一個陪審員看我一眼，就連那位黑皮膚的女士都不看我。

結果原來我電視看太多了。我以爲會有個科學家來驗證DNA符不符，期待會有一對俊男美女探員在最後一刻進到法庭內，咬著耳朵告訴檢察官某項關鍵事實，然後人人都會看出來這一切是個大烏龍、大誤會。我們會受到驚嚇，但會獲得安撫。我全心相信我會和丈夫一起步出法庭，會在安全的家中對人述說，黑人在美國眞的不安全。

他們判他十二年徒刑。他出來時，我們就已經四十三歲了。我甚至沒辦法想像自己這樣老。羅伊理解十二年相當於永恆，因爲他在被告席上當場啜泣起來。他軟了腳，跌坐在椅子上。法官頓了頓，然後命令羅伊站著承受噩耗。羅伊重新站起來，哭得像個孩子，但那哭法是成人才有的哭法，從腳底向上蔓延，穿越軀幹，最後從口中奪門而出。當一個男人哭成那樣，你會知道他哭出了這一輩子所有不能輕彈的淚水，從少棒輸球到初次失戀，一直到去年的某件傷心事。

就在羅伊嚎啕之際，我的手指不斷摩搓下巴一塊粗糙的皮膚。那是一個紀念性的疤痕組織。那一晚，在他們做了我記憶中是踢開門而其他所有人都記得是用塑膠鑰匙開門的那件事之後，我們被拖下床。他們把羅伊拖到停車場，我身上僅穿著那件白襯裙，跟了上去，衝向羅伊。有個人把我壓制在地，我的下巴撞上柏油路面，襯裙翻飛，渾身被人看光光，牙齒狠狠戳進柔軟的下唇。羅伊在我身旁的柏油路面，幾乎是伸手可及的距離。他說著什麼話，但我一個字也沒聽見。我不知我們在地上倒臥了多久，就那樣平行倒臥，猶如兩塊墓地。我們是丈夫和妻子。神配合的，人不可分開[42]。

親愛的羅伊：

我坐在廚房的桌上寫這封信。我孤單一人，這意思不僅止於我是這四壁之內唯一的活人。我曾以爲我知道什麼可能發生而什麼不可能，或許那樣對未來的痛苦毫無所悉，就是所謂的天眞吧。當完全超乎想像的事情發生時，人會變。就好像生雞蛋和炒蛋，是同一個東西，卻又完全不同。這是我所想得出的最好形容。我看著鏡子，知道鏡中人是我，而我卻認不出我自己。

有時光是走進家中都讓我感到疲憊。我努力安撫自己，教自己記起我從前也曾經單獨生活，孤枕獨眠我從前受得住，現在也同樣受得住。但是失落是這樣教我懂得了愛。我們的家不僅僅是空蕩蕩，而是被掏空了。愛會在你的生活裡占據一方天地，會在你的床上占據一方天地。它會無聲無息在你的體內占據一方天地，會重新鋪排你的血管，會與你的心一同搏動跳躍。當愛不在，一切都不完整了。

在我認識你之前，我並不寂寞，現在我好寂寞，寂寞到會對牆壁說話，會對天花板歌唱。

他們說你一個月內不能收信，但是我每天晚上還是會給你寫信。

你的摯愛
瑟蕾莎

路易斯安那州七〇六四八
傑米森市勞德代爾木材場路三七五一號
帕森矯正中心四八五六九三二號
小羅伊・奧・漢彌爾頓

親愛的瑟蕾莎，也就是喬治亞：

打從高中被分派到一個法國筆友之後，我好像就沒再寫過信了。（我和那個筆友只維持了十分鐘的友誼。）我很確定這是我這輩子頭一次寫情書，這封信也的確會是一封情書。

瑟蕾莎，我愛妳，我想妳，我想回家，想回到妳身邊。妳看看我，我在對妳說妳早就知道的事。我想要在這張紙上寫下能讓妳記起我的事——記起眞正的我，而不是妳看到站在快要崩壞的地方法庭上的那個快要崩壞的我。當時我羞恥得不敢轉向妳，但如今我後悔當時沒有望向妳，如今我不惜一切，只想再看妳一眼。

寫這封信是我的一大進步。情書這東西，我連看也沒看過，除非小學三年級的也算：妳喜歡我嗎？□喜歡□不喜歡。（不要回答，哈！）情書應該要像音樂，或像莎士比亞，可是我對莎士比亞一無所知。不過說眞的，我想告訴妳妳對我的意義，但是這就好像用手指和腳趾來計算一天有幾秒鐘一樣。

爲什麼這麼久以來我從沒寫過情書給妳呢？有寫的話，就可以練習練習，就會知道該怎麼寫了。我現在每天都不知道該做什麼，什麼都不會做。

我一向都讓妳知道我有多在乎妳的，對不對？妳從來不需要懷疑。我不是個擅長用言語表達的人。我爸用身教告訴我，男人要用行動來表現對女人的愛。記不記得上次我們前院的山核桃樹好像有點想不開，妳差點精神崩潰？我們家鄉人不流行把錢花在寵物上頭，樹就更不用說了。但是妳這麼傷心，我怎麼捨得呢？於是就請了樹醫生來。妳看，在我心目中，這就是一封情書了。

當妳的丈夫，我所做的頭一件事就是像老一輩人說的，「讓妳享享清福」。妳在打工上頭浪費太多時間和才華了。妳想要縫紉，我就無條件讓妳縫個夠。這就是我的情書，情書裡告訴妳：「妳去做妳的創作，去休息，需要做什麼就去做什麼，其他的事不用管，儘管交給我。」

但是如今我就只有這張紙和這枝爛筆。這枝是原子筆，但是他們把筆桿拆走了，只剩下筆頭和筆芯。我看著這個筆芯，心想，我就只能靠這個來盡丈夫的義務嗎？

但是我在努力中。

愛你的
羅伊

親愛的喬治亞：

我從火星和妳打招呼！這不完全是開玩笑。這裡的宿舍都用星球來命名。（這是眞的，我編不出這種事。）妳的信昨天送到我手上了，每一封我都收到了，我非常開心，欣喜若狂。我都不知道要怎樣開始寫這封信了。

我在這裡待不到三個月，已經換過三個室友了。目前的這個室友說他永遠都出不了獄，說得好像他知道什麼內幕消息一樣。他叫華特，成年以後大部分的人生都在坐牢，所以對這裡熟得很。我幫他寫信，不過可不是免費服務。我不是沒有同情心，而是免費幫人服務的話，別人就不會尊重你了。（這個道理我是在職場學會的，不過在這裡，這句話的道理比在外頭更實在十倍。）華特沒有錢，所以我就讓他給我香菸。（不要露出那種表情，小姐，我知道妳會怎麼反應。我不會拿來抽，只會用來交換別的東西，譬如說泡麵之類，我說眞的。）我幫華特寫的信都是寫給他透過分類廣告認識的女人。世界上有多少女人想跟囚犯當筆友，妳知道的話眞的會嚇一跳。（不要嫉妒呀，哈哈！）他老是問我問題問到半夜，有時候我被他搞得很火大。他說他以前待過艾洛，所以要我跟他說說艾洛的近況。我跟他說我上大學就沒住艾洛了，他又說，他從來沒踏進過大學校園，所以也要我跟他說說大學是什麼樣子。他甚至還很好奇我的名字羅伊是怎麼來的。我又不是叫什麼盧蒙巴[43]之類奇奇怪怪需要解釋的名字，有什麼好好奇的？不過華特是那種歐麗芙會形容爲「很有性格」的人物，我們都叫他「貧民窟大師」，因爲他常常說些很有哲理的話。有一次我不小心稱他為「鄉下大師」，他就氣得冒煙。我發誓我眞的不是故意的，這個錯我永遠不會再犯了。不過跟他當室友挺不錯的，他很照顧我，他說：「我們O型腿的兄弟應該要互相照應。」（妳眞該看看他的腿，比我的還嚴重。）

所以我周遭的氣氛大概就是這樣。應該是說我想讓妳知道的就是這樣。不要問我細節，總之這裡的氣氛很不好就對了。就算是殺了人，在這裡生活幾年也是太重的懲罰。**請拜託妳叔叔多加把勁兒！**

這裡有好多事情會讓人不得不停下來想：「嗯……」譬如說，這個設施裡住了一千五百個男人（大多都是黑人弟兄），和「親愛的莫爾豪斯」裡的學生人數一樣多。我不想要滿腦子陰謀論，但是要不陰謀論也眞的很難。譬如說，監獄裡有一大堆人都覺得自己很懂又很愛現。還有，這裡的很多事情都很扭曲，讓人覺得有人在故意扭曲事情。我媽也寫信給我，妳知道她的理論：「魔鬼忙著整人。」我爸則認為是三K黨[44]在搞鬼，不是戴頭巾、拿十字架的那種三K黨，而是美利K合眾國[45]。至於我自己，除了想妳之外，我不知道我還有什麼想法。

我終於可以列訪客名單了[46]，名單上頭一條列的就是妳——瑟蕾莎·歌蘿莉娜·戴文波（他們要求要寫妳的正式全名。）。我也會把烈仔列進去，不過他有沒有中間名字啊？八成是像以亞那樣很有宗教味道的名字吧！妳知道他是我的好麻吉，可是妳頭一次來的時候，一個人來好嗎？還有，親愛的，請繼續一直寫信，不要停。我怎麼竟忘了妳的字跡這麼漂亮呢？寫著一手這麼漂亮的好字，如果哪天妳不想當知名藝術家，可以改行當小學老師。妳下筆一定超用力的，因爲紙都彎了。晚上熄燈之後——其實不會眞的熄燈，他們會把燈光調成暗到不能看書，可是又亮到讓人不能好好睡覺——燈光暗了之後，我用手指摸妳的字跡，想要用摸點字的方法來讀妳的信。（很浪漫，對吧？）

另外，謝謝妳匯錢到我的保管金帳戶。人所需要的一切東西在這裡都得用買的，內衣啦、襪子啦，無論什麼能夠讓生活好過一點點的東西都得用買的。我不是在暗示妳，不過如果能有個時鐘收音機挺不錯的，但是當然啦，能讓我生活好過一點的最重要事物就是見到妳。

愛妳的
羅伊

附註：我剛開始叫妳喬治亞的時候，是因爲我看得出來妳很想家。現在我這麼叫妳，是因爲我很想家，而妳就是我的家。

親愛的羅伊：

你收到這封信的時候，我應該已經去探過監了，因爲我要在出城的時候寄出這封信。安德烈把油箱加滿了油，車子裡現在裝滿了零食。我差不多已經把訪客需知背下來了，他們對服裝有所規定，而且規定得還滿細的，其中有一條規定我最喜歡：「絕對禁止穿著印地安披肩和褲裙」。我打賭你連這些東西是什麼玩意兒都不知道。我記得我小學四年級的時候，這兩種服裝很流行，不過退燒之後就再也沒有重新流行，眞是謝天謝地！有關衣著的規定，簡單歸納就是這樣：不准露出皮膚。不要穿鋼圈胸罩，不然過不了金屬探測器，會被擋在門外。我感覺好像是要搭飛機……去修道院。不過我已經準備好了。

不用說，我當然認識我們這個國家，也瞭解歷史，我甚至還記得有個到斯貝爾曼演講的人坐過幾十年的冤獄。你有沒有看到他？他和當初指控他的那個白女人一起演講，兩個人都信了主還是什麼的。雖然說他們兩個當時就站在我面前，我還是感覺他們只是歷史裡的教訓，是密西西比州來的阿飄，跟我們這些蜂擁進教堂去修集會學分[47]的大學生根本八竿子打不著。現在我後悔沒記住他們當時說了什麼。我說這個是因爲我發現有些人還眞的會碰上這種事，可是從前當我說「有些人」的時候，指的並不是我們自己。

你有沒有想起過那個指控你的人？我眞希望能和她坐下來好好談談。有人在那個旅館房間侵犯了她，我從她講話的語氣聽得出來，她說的是眞話，我相信她沒有捏造事實，可是侵犯她的那個人不是你。現在她不見了，回去芝加哥還是哪裡了。她現在一定後悔她曾經在路易斯安那的艾洛待過一夜，可是後悔的人不是只有她。不過你不需要我跟你說這個，你知道自己現在的處境，也知道你並沒有做什麼事。

班克叔叔在準備第一次的上訴。他提醒我，我們的情況還不是最壞的，有些人碰上法律糾紛之後，根本沒有命可以對人訴說事發經過。被警察一槍打死是沒得上訴的，所以我們的情況算好的了，不過這也不是很大的安慰就是了。

你知不知道我有幫你祈禱？晚上我像小時候一樣跪在床邊，你有沒有感應到？我閉上眼睛，可以看到我們最後一次在一起的時候你的樣子，影像細到連你眉毛上的雀斑我都看得到。我用筆記本記下了那天晚上我們入睡之前對彼此說的每一句話每一個字，這樣你回來的時候，我們就可以接續那時候的話題，繼續聊下去。

真心的告白：我超緊張的。我知道這次不一樣，可是這讓我聯想起我們剛開始交往的時候，談遠距離戀愛，然後你寄了機票給我。我們用電話和電子郵件傳情那麼久，終於要再度見面，我不知道結果會如何。當然後來一切順利，可是我現在寫這封信的感覺和那時候一樣忐忑。所以我想要事先聲明，萬一我們終於相會時，相處得很尷尬，請瞭解那是因爲這樣的事對我們而言還很生疏，而且我很焦慮，但是什麼都沒有改變，我還是和嫁給你的那天一樣愛你，未來也會一直愛著你。

你的摯愛
瑟蕾莎

親愛的喬治亞：

謝謝妳來看我！我知道來這裡的路程並不輕鬆，但是當我看到妳坐在會客室裡，那麼優雅漂亮，跟外在環境完全不搭調，我眞的很開心，比這輩子見到任何人的任何時候都開心，差點要痛哭流涕了。

我不騙妳，第一次見面卻要在這麼多人面前見面，感覺很怪異。而且說實話，因爲妳說妳不想談我心裡在想的事，所以我就變得很安靜。我沒有強求，因爲我不想毀掉我們在一起的時光，結果那段時光果然沒有被毀掉。我很高興可以看見妳。隔天一整天華特都在笑我，笑我像聖誕樹一樣，整個人亮起來。可是瑟蕾莎，對不起，我必須要告訴妳一直縈繞在我心頭的煩惱。

我確實說過我不希望我的小孩必須要跟別人說他爸爸在坐牢。妳也知道我對我的親生父親沒什麼瞭解，只知道他的名字，還有他可能是個罪犯。可是因爲大羅伊把我視如己出，所以我不用像戴一支大懷錶一樣，把羞辱戴在身上。可是有時候，在我的內心深處，我會聽見那支懷錶滴滴答答響。我也會想起我小時候認識的一個小孩，叫麥倫，他爸在安哥拉監獄[48]坐牢。麥倫的個子超級小，穿的衣服都是教會的慈善捐贈衣，我有一次看到他穿我丟掉的一件舊外套。他們給他取了個綽號，叫「小球」，因爲他爸是「球犯」。一直到現在，別人叫他小球，他都會應，好像那是他眞正的名字一樣。

可是我們的小孩會有戴先生、歌蘿莉、安德烈，還有我的家人。這樣算是有一個半村莊那麼多的人可以在我重獲自由之前照顧他了。這孩子會是我在牢裡深深想望期待的另一樣東西。

我可以瞭解妳爲什麼不想談這件事。木已成舟，無法扭轉了，可是我無法停止想他。當然我也不知道那孩子是男的還是女的，但我直覺認爲他應該是羅伊三世。

這樣問很痛苦，可是如果我們有多一點信心，事情會不會有不一樣的結果？這會不會是個考驗？如果我們留下那孩子，會如何呢？說不定我會來得及在他禿著腦袋天眞無邪呱呱墜地之前趕回家，這一整場磨難只會是他大一點之後我們告訴他的一個故事，藉此教育他在美國當一個黑人應該多小心謹愼。當我們決定拿掉這孩子，就等於是認定我的官司輸定了。當我們放棄自己，上帝也就放棄我們了。當然上帝是永遠不會放棄的，但妳知道我的意思。

妳不用回答這個問題。但是請告訴我，還有誰知道這件事？這不重要，我只是好奇。我把妳爸媽也放進訪客名單裡了。他們知道我們做了什麼嗎？

喬治亞，我知道我沒辦法強迫妳談妳不想談的事，但妳應該要知道哽住我的喉頭害我說不出話的是什麼東西。

但是見到妳仍然是件美好的事。我愛妳，愛得超過了筆墨所能形容。

親愛的羅伊：

是的，那個孩子，是的，我也會想起這事，但不會時時刻刻想。人不能成天想著這樣的事。但當我想時，我的心情比較是悲傷而不是遺憾。我瞭解你很痛苦，但請不要再寄像上星期那樣的信給我了。你忘記縣立監獄是什麼樣子了嗎？那裡瀰漫著尿騷味和漂白水味，還有一大堆焦急的女人跟小孩圍在我們身邊的氣味，你的臉色慘灰到像有人把灰燼灑滿你全身，你的手粗糙得像鱷魚皮，也沒有乳液可以防止皮膚龜裂流血，這一切你都忘了嗎？班克叔叔還得要幫你弄一套新的西裝，因爲你在等那個所謂的「快速審判」期間瘦了好多，瘦得跟鬼一樣。

懷孕應該是好消息，可是我把消息告訴你的時候，你並不覺得這是好消息。我本來希望這個消息可以激勵你，讓你從槁木死灰中重新活過來。你的確活過來了，但活過來之後卻是握緊拳頭哀號。別忘了你自己當時說什麼，你說：「不能生，這種情況不能生。」你是這麼對我說的。你抓住我的手腕，抓得好緊，緊到我的手指都痲了。你現在不能告訴我你當初不是那個意思。

妳的丈夫
羅伊

你沒有跟我提起有個叫「小球」的同學，也沒有提起你「眞正」的爸爸，但縱使我沒看到一棵棵的樹木，也看見了整座森林。這是我當時十分確定的事，現在我也仍然很確定這件事——我不想要生個他爸爸不想要的小孩，而你當時把意願表達得很清楚。

羅伊，你知道我不想拿掉小孩。無論你多麼痛苦，別忘了事情是發生在我身上，懷孕的人是我，如今不再有身孕的人也是我。無論你有什麼感覺，都請想想我的感覺。就像你可以說我不懂坐牢的感覺，你也不懂走進一間診所簽下名字的感覺。

我用我自己的方法紓解痛苦，用工作來紓解痛苦。這些日子我瘋狂縫紉，縫到深更半夜。這些娃娃讓我想起我小時候看過的一個娃娃，那時候我們可以到喬治亞州的克里夫蘭[49]去領養一個「寶寶」。那種娃娃有點超出我們的負擔，但我和歌蘿莉至少還是去看了。看到那麼多娃娃擺在那裡展示的時候，我說：「這裡是不是娃娃的夏令營啊？」歌蘿莉說不是，比較像是孤兒院。我被保護得很好，連孤兒是什麼都不知道，歌蘿莉解釋給我聽之後，我就哭了，問她我可不可以把這些娃娃帶回家。

我沒有把我的娃娃想像成孤兒，而只是住在我縫紉室裡的寶寶。我已經做了四十二個娃娃了。我考慮要拿到文創市集去賣，用成本價，一個賣五十美元。這些是給小孩玩的娃娃，不是給收藏家收藏的藝術品。而且老實說，我很想要把它們弄出去，我不能忍受它們在家裡跟我大眼瞪小眼，可是我又沒辦法停止做新的娃娃。

你問我有誰知道，是說有誰知道我做了什麼，還是有誰知道是你要求我去做的？你以爲我敲鑼打鼓昭告天下嗎？如果你是個成年女性，存款超過十美元，沒有人能理解你幹嘛不能生小孩。可是我的丈夫在坐牢，我怎麼能考慮當媽媽？我知道你是無辜的，我對這點沒有一分一毫的懷疑，可是你不在我身邊，這也是事實。這不是遊戲，不是演習，不是拍電影。在我發現大姨媽兩個禮拜沒來，只好準備要對著驗孕棒尿尿之前，我都不知道這事會發生。

我只告訴了安德烈一個人。他只說一句話：「妳不能一個人去。」他開車載我去診所，我們從那些喊著口號拿著噁心看板的反墮胎人士旁邊經過的時候，他用外套蓋在我頭上。手術完成的時候，他在外面等我。回家的路上，他在車上說了一句話，我想要分享給你知道。他說：「不要哭，這又不是妳的最後一次機會。」羅伊，他說得沒錯，我們未來會有小孩的，我們會當上爸媽的，就像人家說的，我們會「生個女兒給你，生個兒子給我」，還是應該反過來才對呢？等你出來之後，我承諾你，如果你想要十個小孩，我們就生十個小孩。

我愛你。我想你。

你的摯愛
瑟蕾莎

親愛的喬治亞：

我知道我說過我不會再提這件事，可是我還有一句話要說。我們把整個家庭都連根拔起了。妳的信寫得好像是我強迫妳的，好像妳走進縣立監獄的時候，正爲懷了我的小孩感到興奮不已。妳告訴我妳懷孕了，說得好像得了癌症一樣。我還能怎麼回應呢？何況就算我眞的逼迫妳往哪個特定方向走好了，妳也別裝出一副好像妳是個乖順小媳婦的模樣，我永遠記得我們結婚的時候，牧師要妳說出「順服他」這個詞[50]，結果妳死盯著他看，不說就是不說。要不是他退讓，我們至今還站在婚禮臺上，走不進婚姻中。

我們那天在縣立監獄討論過這事，妳和我兩個成年人一起討論的。情況並不是我下指令告訴妳該怎麼做，而是我一提出是不是要考慮放棄這個小孩，妳就露出如釋重負的表情。我才鬆手放開球，妳就一把搶走球跑了。妳記得的都沒錯，我是說了那些話，但是妳也沒試圖扭轉我，妳沒說我們可以生這個小孩，沒說這是我們共同創造的小孩，沒說也許他出生的時候我已經出獄了。妳把頭一縮，說：「該做的我會去做。」

是的，我明白，妳的身體妳決定，這是斯貝爾曼學院教的，我沒話說。

但我們當時應該要知道這是會有後果的。我的責任我會承擔，但這件事不是我一個人決定的。

愛妳的

羅伊

親愛的羅伊：

給你一些背景介紹：

大學的時候，我的室友告訴我，男人喜歡「有經驗的處女」，所以最好不要跟男友談起過去的戀情，因爲男人都喜歡假裝過去從來不存在。所以我知道你一定不會喜歡聽以下的內容，但是我覺得你好像在逼我述說這段傷心往事。

羅伊，你知道我在進斯貝爾曼之前，念過一年霍華德大學，但你不知道我爲何轉學。我在霍華德選修離散[51]黑人藝術，那堂課的老師拉烏爾．戈梅茲本身就是個離散人士。他是來自宏都拉斯的黑人，激動的時候會操起西班牙語，而他談起藝術總是激動。他說他之所以沒完成論文，是因爲他不能忍受用英文撰寫關於伊莉莎白．卡特列特[52]的論述。他當時四十歲，已婚，英挺俊俏。我十八歲，笨得跟石頭一樣，被誇讚得暈陶陶。

我發現自己懷孕的時候，和他已經非正式訂婚了。他沒有給我戒指，但給了我承諾，但是——總是會有「但是」，對吧？**但是**他必須要先和元配離婚，而他認爲他和老婆結婚十二年，卻要讓她承受一個來自婚外的「愛情結晶」，太羞辱她了。（我聽到「愛情」兩個字就很振奮。）

我敢說你絕對猜得到故事的結局。現在回想起來，我也覺得跡象很明顯。我還在做小月子調養身體的時候，他跑到我的宿舍來跟我說我們結束了。他一身盛裝，深藍色的西裝配灰燼顏色的領帶，我則穿著運動褲和鬆垮垮的T恤。他打扮得像是在參加哈林文藝復興運動[53]，我卻連鞋子都沒穿。他說：「妳是個美麗的女孩，迷得我暈頭轉向，是非都分不清了。」然後他就走了。

他走了，我也完蛋了。我像是在頭腦裡的黑暗道路踩到冰滑了一跤，我不再去上他的課，後來什麼課也不去上了。

幾個星期後，我爸有個在化學系的朋友通知我爸媽。黑人大學很認眞執行代位父母[54]的職責。我爸媽閃電衝到華盛頓，「民事訴訟」這四個字都來不及說完，他們就已經到了。（沒錯，就是班克叔叔當我們的律師，訴訟內容很無聊，總之目標就是要拉烏爾捲鋪蓋走路。）

我被這件事搞垮了，羅伊。我回到亞特蘭大，有一整個月就是呆呆坐著。安德烈會來看我，可是我連話都不想跟他說。我爸媽很認眞地考慮要把我送到什麼地方去。後來是希薇雅一語驚醒夢中人，把我救出來。（每個女孩都需要有個安心可靠又睿智的阿姨。）我對她說著你現在對我說的話，說我毀掉了我自己的人生。如果當初我夠勇敢，沒把小孩拿掉，就可以獲得我眞心想要的，也就是成爲戈梅茲太太。人生是一場考試，而我不斷當掉。

希薇雅說：「我沒有要評斷妳，妳做對還是做錯是由耶穌來評斷。可是寶貝，妳希望妳現在就有個孩子嗎？」我眞的答不出來。最主要的是我不想要處於當時的那種心情中。然後希薇雅說：「妳驗孕的時候，是期望驗出陽性呢，還是陰性？」我說：「陰性。」

然後她說：「妳聽我說，過去的就是過去了，不然妳要怎樣呢？搭上時光機，回到去年秋天，把跟他上床的事翻轉過來？」

接著她拿出了十幾雙襪子、幾綑繡線、一堆填充用棉花。這部分的故事你知道了，每個人都知道。她教我怎樣用襪子做娃娃，做好後可以捐給格雷迪醫院[55]，去安慰吸毒媽媽生下的毒寶寶。我們有時候會去醫院抱抱這些寶寶，這些小東西毒癮嚴重，會在我的懷裡撲撲簌簌發抖。

我做娃娃不是爲了做善事。我縫製那些娃娃，最初只是爲了把罪惡感排出體外，完全沒有想到什麼布寶啦、客製啦、比賽啦、展覽啦之類的事。我感覺我每做一樣東西來安慰一個沒有媽媽的小朋友，就爲我做錯的事贖了一點點罪。過了一段時間，娃娃和華盛頓就不再有關聯了。有一個沉沉的重量壓在我的靈魂上，但我藉由娃娃逃出來了。

但是我並沒有忘記，我承諾自己永遠都不要再陷入那樣的困境了。有好一段時間，我都不敢嘗試，我怕我已經把自己搞壞了，不是身體上搞壞，而是精神上搞壞了。

羅伊，我知道我們可以選擇，但其實我們沒得選。我就像小產一樣地悲傷哀悼。我的身體顯然是一塊豐饒多產的土壤，但我的人生並不是。你或許感覺自己背負著包袱，但我肩上同樣承有重擔。

現在你明白了，我們各自背負著不同的十字架。

還有，我們可不可以拜託拜託不要再談論這個話題了？如果你對我還有一丁點的在乎，你就不會再提起這件事了。

你的摯愛
瑟蕾莎

親愛的喬治亞：

幹掉了兩年，還有十年要幹。（我覺得這樣說挺好笑的。）

好不容易，班克終於提出上訴了。我眞的很不願意去想妳爸媽爲這件事花掉了多少錢。我知道班克給他們算「親友價」，可是我還是想像費率像計程車里程錶一樣滴滴答答一直跳。不過如果州上訴法庭的審判進行順利的話，我很快就會出獄，然後我會盡快找工作，找得到什麼就做什麼，會快快還錢給妳爸。我說眞的，就算是要在超市收銀臺幫客人打包裝袋，我也不介意。

妳看，我比較喜歡寫信而不是寫電子郵件就是因爲這樣。我寫的每一樣東西都是一張簽名密封遞送的本票和紙本收據。我們一星期只能在圖書館收發電子郵件六十五分鐘，用電腦時後面總是有人排隊，或是在背後偷看。何況我喜歡用那個時間來幫別人寫電子郵件賺外快。妳知道我上星期用這個賺到什麼嗎？一顆洋蔥。我知道妳會覺得很扯，但是這裡洋蔥很缺，監獄裡的伙食若是加點調味會好吃一點。爲了賺到那顆洋蔥，我幫那人寫了一封超長的電子郵件，是一封情書兼募款文宣，如果募得到他期望的資金，他就會幫我弄到一顆洋蔥。我當然把洋蔥分了一些給華特啦，因爲這樁交易是他仲介的。妳眞該看看那顆洋蔥，如果鐘樓怪人是蔬菜的話，這顆又小又臭的洋蔥就是鐘樓怪人。妳不會想知道我們那天晚上在囚室裡煮了什麼，但我知道妳一定會好奇，所以我就形容看看，就是泡麵加壓碎的玉米片加洋蔥加維也納香腸，煮成砂鍋。每個人有什麼就貢獻什麼，煮好之後大家分著吃。主廚是華特，不蓋妳，吃起來眞的不像聽起來那麼難吃。

寫紙本信還有一個好處，就是我可以在晚上寫。我眞希望這種老派郵件市場可以有多一點的客戶，我就可以客廳即工廠，經營起家庭手工業來。問題就是外頭的人不大回信，寫信的目的就是希望有所回收，收不到回信就沒人要寫。電子郵件就不一樣，幾乎每個人接到電子郵件多少都有點回應，即使是很短的回應起碼也是個回應。妳每次都會回我信，妳知道我很感激這一點。

妳能不能寄幾張照片給我呢？我想要一些以前的照片，和幾張新的照片。

愛妳的

羅伊

親愛的羅伊：

我昨天收到你的信了，你收到我的信了嗎？我答應要寄幾張照片給你，現在隨信附上。舊的幾張是從前照的，你應該看得出來。眞不敢相信我從前那麼瘦。你說要幾張新的照片，所以我也附上幾張新的。安德烈最近很迷攝影，所以那幾張照片看起來很藝術、很正經。他沒打算辭掉正職，可是我覺得他拍得眞的很棒。我想這都要歸功於他的女友，一個二十一歲的女孩子，自認爲可以靠拍紀錄片謀生。（不過我有什麼資格說嘴呢？我三十幾歲了，現在靠做娃娃謀生！）何況只要阿烈喜歡，我就喜歡，而阿烈迷得要命。可是二十一歲？她讓我覺得我已經垂垂老矣。

說到老，你看看這些照片。你應該看得出來我胖了一些。我爸媽都很瘦，可是我好像被某種隱性基因偷襲了屁股。這是我自己的錯，我整天縫娃娃縫得昏天黑地，所以每天從早到晚都坐著，可是我有好多訂單要趕哪！

事情已經到達臨界點，我已經採取行動找好一個零售據點，不過跟你想像中比較接近精品店的概念不大一樣，有點接近玩具店，大概可以算是高檔的玩具店或低檔的藝品店吧！我必須說，把一個漂亮的棕色娃娃交給一個漂亮的棕色女孩，看著她把娃娃緊緊摟在懷裡親親，眞的很有成就感，這和看一個收藏家用木頭箱子把娃娃帶走是不一樣的。

我不知道我算不算是和現實妥協了。我賣的娃娃是藝術，但不是精緻藝術。你看看我，連招牌都還沒掛起來，就在擔心庫存不夠賣了。

說到錢，我想你知道我接下來要說什麼。我只有一個金主，就是我爸。因爲他投入了很大筆的錢，所以我們什麼都用他的名字。我還得要提醒他，隱名合夥人[56]應該要安安靜靜不出聲才對。他希望店名要叫「布貝」，筆畫比較少[57]。（哈！我才不要！）

我知道我們本來是計畫要自己創業的，不要拿金援，可是計畫趕不上變化，何況我爸媽很想要幫我。堅持只靠自己的力量對我或其他任何人都沒有幫助。我和我爸一起去了銀行，也和一個地產仲介談過。沒有意外的話，布寶半年後就會開張。這不是我們夢想中的店，但是很接近了。就像爸說的，我「說不定眞的可以賺點錢」。

好了，回到照片的話題。我一直改變話題是因爲我不太喜歡這些照片的呈現，好像透露太多了。你懂我的意思嗎？阿烈的攝影好就是好在這裡，不過主角得要是別人才行。他幫我爸拍了一張照片，額頭上的抬頭紋把他過去五十年的歲月都顯現出來了。阿拉巴馬的背景、作爲人父的身分、白手起家的經歷，什麼都顯現出來了。（他也不太喜歡他的這張照片，但我覺得讚透了。）

我挑的這些照片都是輔導級的，所以傳給別人看看沒關係，但我自己看這些照片的時候，眞的很希望你自己一個人看就好了。要給朋友看的話，給他們看舊的那幾張吧！

請代我向你的朋友華特說聲嗨。他聽起來人不錯，我希望有機會能見見他。他有沒有家人呢？你要的話，我可以匯一點錢到他的保管金帳戶。待在裡頭如果一點點小小的物質享受也沒有，我覺得很不忍心。如果你不想讓他知道是誰匯的，我可以用安德烈的名字匯。看你覺得怎麼做比較好，就告訴我。

你的摯愛
瑟蕾莎

親愛的喬治亞：

妳眞的是老天爺送給我的最美好禮物。我想念妳的一切，甚至妳那頂睡帽，我以前抱怨過的，現在我也想念。我想念妳的廚藝，想念妳美妙的身材，想念妳渾然天成的頭髮。我最最想念的是妳的歌聲。

我唯一不想念的是我們常常吵的架。我眞無法相信我們浪費那麼多時間對一些芝麻綠豆大的小事斤斤計較。我想起我每一次是怎麼傷害妳的，想起我應該要讓妳有安全感的時候，卻偏偏讓妳擔心，只因爲我喜歡有人擔心我。我想起那些事，就覺得我是一個超級大笨蛋，寂寞的超級大笨蛋。

請原諒我，也請繼續愛我。

妳不知道身爲男人卻什麼也無法給他的女人，是多麼令人喪氣的事。我想著妳在外面，而亞特蘭大有那麼多的男人，頂著亞特蘭大的學位，提著亞特蘭大的○○七手提箱，做著亞特蘭大的工作，而我卻困在這裡，什麼也不能給妳。但是我可以給妳我的靈魂，那是最眞最眞的東西。

夜裡如果我專心的話，可以用我的心碰觸到妳。我不知道妳在睡夢中可曾感覺到我的碰觸？好可惜，我要到被關進牢裡，我所在乎的一切都被剝奪了，才明白沒有直接的肢體接觸，人還是可以碰觸到另一個人。我可以感覺比我們並肩躺在床上的時候更靠近妳。早晨醒來的時候我筋疲力盡，因爲像那樣靈魂出竅要耗費很多力氣。

我知道這話聽起來很神經，可是妳能不能試試看呢？請妳試試看用心來碰觸我，讓我看看是什麼感受。

愛妳的

羅伊

親愛的喬治亞：

我上次的信好像有點「詭異」，請原諒，我不是故意要嚇妳的（哈）。拜託回我信！

羅伊

親愛的羅伊：

我沒有嚇到，只是這幾週來忙得要命。我的事業看起來很有起色。我很不喜歡用「事業」這個詞，聽起來像那種討人厭的女強人，但我知道是我自己想太多。重點是我的事業眞的蒸蒸日上。有人談到說要幫我辦個展，之前事情還沒定案，所以我還不想太早告訴你，現在九成已經定案了。不過我有另一個眞正的好消息：你還記得我的「移動的人」系列嗎？現在改名叫作「我是男人」系列了。展覽要展出我這些年來爲你做的從彈珠開始的各種塑像。他們可能會幫我在紐約辦展覽。重點是「可能」，但我已經夠興奮也夠忙的了。所有的幻燈片和平面設計我都交給安德烈處理，一切都非常圓滿，只可惜他不肯接受眞正的酬勞。我們雖然就像家人一樣，但我還是不希望占他便宜。

這些事做起來很費力氣，而且整天處理你的塑像讓我感覺好像你就在我身邊，所以有時候我會忘記寫信，對不起，你要知道你在我的心裡。

你的摯愛

瑟

親愛的喬治亞：

我媽說妳很有名，告訴我是真是假。

愛妳的
羅伊

親愛的羅伊：

如果連路易斯安那州的艾洛鎮都知道了，那我想必真的是很有名。我猜整個黑人國都訂閱了《烏木》雜誌吧！我不知道你有沒有看到那篇文章，不過即使看到了，我還是要解釋一下。即使你沒看過，我也希望你瞭解一下事情到底是怎麼一回事。

我跟你說過我的娃娃得了國家肖像畫廊[58]的一項比賽。我沒告訴你的是那個娃娃是根據你的形象做的。你媽要我用一張你嬰兒時期的照片做個娃娃，就是你房間裡那張黑白藝術照。我答應要做一個給她，然後花了三個月來做，只爲了把下巴做得更惟妙惟肖一點。你媽甚至還提供了照片裡的衣服。給娃娃穿上你媽本來打算給她孫子穿的衣服，感覺很詭異。（意義很深沉哪！）我本來要親手交給她的，結果忘在家裡了，純粹只是個蠢笨的疏失。然後我就打算要在情人節寄給她，可是又捨不得寄出去。你知道我都這樣的，別人委託訂製的娃娃我會吹毛求疵。好像這麼準時、這麼快交出去一定有點問題。你媽跟我問起這個娃娃大概問了有一千次，我一直跟她說就快好了，就快好了。

接下來的事很複雜，所以我先說明一下背景。

因爲你不在，我就比較常跟我媽在一起。起初只是因爲這樣我才不用一個人在家，但後來我們就像姊妹淘一樣，一天到晚互相串門子，喝紅酒聊是非，有時候她甚至在我們家過夜。有一天晚上，她告訴我他們家人怎樣移居到亞特蘭大。這個經過說來話長，我當時很累了，可是每當我快要睡著的時候，她就拍拍我，把我拍醒。

話說我媽還是個嬰兒車裡的小寶寶時，外婆有時會帶她上街去買菜。買菜是一件壓力很大的事，因爲外公外婆經濟很拮据，負擔不了所有的生活花費，所以有時他們會在雜貨店賒帳。我外婆覺得自尊心很受損，而且你知道債務這種東西會越滾越大。有一天，外婆在店裡計算最少要買多少食物才能餵飽一家大小，這時候剛好有一對白人母女跟她們錯身而過。（我媽把那對白人母女形容得很難聽，而且描述得很精細，好像她還記得當時的情景一樣。她說她們很粗鄙，身上有樟腦味，那個小女孩連鞋子都沒穿。）

總而言之，那個小女孩指著我媽說：「媽咪妳看！有一個女傭寶寶！」對我外婆來說，那是最後一根稻草。那個月底，他們就包袱綑綑，舉家搬到了亞特蘭大，住在我伯公家，一直住到我外公找到工作爲止。重點是在那家店裡的那一刹那，我媽眞的成了一個女傭寶寶，這是我外公外婆搬家的原因，就是爲了逃開那個無可逃避的命運。

先記住這一點好嗎？這很重要。

有件事我從來沒告訴過你。大約一年前，我發生了一件事。沒有崩潰，就是發生一件事而已。我沒告訴你是因爲你已經有太多事情要操心了，你別生氣，我沒事。

有一天，我和安德烈正往皮普爾斯街走，因爲我們已經安排好要在哈蒙美術館[59]辦我的個展。要展出的這些娃娃非常華麗，幾乎接近巴洛克風格，用了很多生絲和薄紗。布展過程很辛苦，因爲這些亂七八糟的娃娃要展示在我自己做的移動式平臺上。雖然有安德烈幫忙我，布置起來還是很辛苦，展品全部擺設好之後，我差不多都變鬥雞眼了。總之當時我累斃了。

當時我們在阿柏納西大道[60]，正要去跟穆斯林買魚肉三明治[61]。這是事情發生的另一個主要原因，我當時很餓。

快到十字路口時，我們和一對母子擦肩而過。小男孩好小，好可愛，那個大小的小孩總是會吸引我的注意。如果事情的發展不同，我們也會有個那樣年紀的小男孩。他媽媽看起來很年輕，可能二十一歲左右吧！從她牽著小男孩的手以及一邊走路一邊跟小男孩聊天的態度看得出來，她是個小心謹慎的媽媽。我完完全全可以設身處地，想像我是她，握著小男孩甜美的小手，回答他睜著晶亮眼睛問的問題。他倆走近的時候，小男孩笑了笑，露出整齊的小小牙齒，我忽然心頭一震，覺得我認得他。那小孩長得像你。我腦子裡有個不屬於我自己的聲音說：囚犯寶寶！我用手掩著嘴，看著安德烈，安德烈一頭霧水。我說：「你有沒有看到他？那個是不是羅伊？」阿烈說：「什麼？」我覺得很糗，就連寫這個過程我都覺得很糗，可是我想要把事情的經過解釋給你聽。接下來我記得的就是我跪在人行道上一個消防栓前，像摟著一個矮胖小孩一樣摟著消防栓。

安德烈在我身旁跪下，我們看起來可能像一對吵架的夫妻。他把我的手指一根一根從消防栓扳開，後來我們終於到達那家賣魚的店。他打電話給歌蘿莉，然後扳著我的肩膀說：「妳不能讓這個情緒毀了妳。」最後歌蘿莉終於來了，給了我一顆每個媽媽都會在皮包裡備幾顆的「神經藥」[62]。長話短說，我睡了一覺，把突然發作的失心瘋睡好了，我恢復正常，第二天去哈蒙美術館參加我的個展開幕式。我無法解釋是怎麼回事，但那個想法像寄生蟲一樣跑進我體內。

於是我把這想法表現在娃娃上。我脫掉娃娃身上的連身衣褲，用油布做了一條縮小版的囚犯牛仔褲。給娃娃穿這樣的衣服很困難，但感覺比較有意義。穿嬰兒衣的娃娃是個玩具，換上了新的服裝，就變藝術了。就是那個娃娃贏得了比賽。我很遺憾你是從你媽那兒得知，而不是我告訴你的。

我在舞臺上受訪的時候，沒有提起你。他們問我做這個娃娃的靈感，我談到我媽被人稱爲女傭寶寶，談到安琪拉．戴維斯[63]和監獄產業複合體[64]。你的事情感覺好私密，我不想讓它出現在報紙上。我想你一定明白我的意思。

你的摯愛
瑟蕾莎

親愛的喬治亞：

幾個月前，妳說妳的夢想就快要實現了，看來妳好像是背著我在實踐夢想啊！開那個店是我的點子，妳原本的夢想是要往藝廊、美術館方向發展，由戴著白手套的工作人員經手布置。不要把我當成好像完全不認識妳一樣。

我瞭解妳所說的話，也瞭解妳所沒說的話。妳覺得我是個恥辱，是嗎？妳確實這樣覺得，對吧？到國家肖像畫廊去跟他們說妳先生在坐牢，這點妳做不到。事實上不是做不到，而是不願意做。這我瞭解，我們還有很多事情需要適應。在這件倒楣事發生之前，我們過著上流黑人的生活[65]，但現在我們是處於什麼狀態呢？我當然知道**妳**處於什麼狀態，也知道**我**處於什麼狀態，但是**「我們」**呢？

寄一張那個娃娃的照片給我吧！說不定等我看到它的樣子，會比較喜歡它一點點，但我必須告訴妳，我對那個概念非常感冒。妳在那篇文章裡說什麼希望「藉此喚醒大眾對集體監禁的重視」，就算這不是胡扯八道的屁話好了，請告訴我一個嬰兒娃娃是怎樣可以幫到監獄裡的人？昨天有個傢伙死掉了，因爲沒有人願意幫他注射胰島素。我不想告訴妳這種事，但是無論多少個布寶都挽不回那個人的命。

我跟妳說，妳知道我向來都支持妳創作藝術，沒有人比我更相信妳的才華，可是妳不覺得妳跨越了紅線嗎？既不告訴我，也不提起我？國家肖像畫廊的那個獎最好是對妳意義重大，我只能這樣說。

這樣吧，如果妳不敢告訴別人妳老公坐冤獄被關了，妳可以告訴他們我從事什麼行業，我升官了，現在我負責在火星推垃圾車，用一個超大夾子夾垃圾。這可是好差事，因爲帕森監獄同時也是個農產公司，我原先的差事是摘黃豆，現在我調到室內了，雖然說沒有穿白襯衫打領帶，但是有一套白色連身服。瑟蕾莎，一切都是相對的，妳還是有個力爭上游的丈夫，我在這裡可是白領階級，妳用不著感到羞恥。

妳的丈夫（我想應該是）

羅伊

附註：安德烈在妳旁邊嗎？你們兩個是不是到處去跟人家說你們襁褓時期在同一個水槽洗澡的時候就已經是好麻吉了？大家是不是說你們好可愛呀？瑟蕾莎，我也許很天眞，但至少還不是白痴。

親愛的羅伊：

你的上一封信讓我看了很難過，我要怎麼說你才能理解這跟羞恥無關呢？我們的事很難解釋，陌生人根本就不會懂。你不瞭解嗎？如果我說我先生在牢裡，所有人關注的就會只有這件事了，不會有人注意我或我的娃娃。就算我解釋說你是冤枉的，大家也只會記得你是在坐牢。就算我說出了眞相，也不會有人關注那個眞相，那樣的話，又何苦提起呢？羅伊，那個場合對我很重要，我的老師特別從加州飛過來，就連校長[66]都來了，我沒辦法在接受問答的時候，對著麥克風說出這麼痛苦的事。也許我很自私，但我希望有些時刻我可以就只是當一個藝術家，而不是囚犯太太。拜託你回信。

你的摯愛
瑟蕾莎

附註：你所寫的有關安德烈的那段話，實在太蠢了，我連回應都不屑回應。我相信你的腦子現在應該已經恢復正常了，我預先接受你的道歉。

親愛的喬治亞：

華特說，我是個蠢貨，沒有從妳的立場去看事情。他說我不能期待妳一天到晚去跟別人說妳老公被關了。他說：「你又不是在演《絕命追殺令》，難道你要她到處追蹤那個獨腳人的下落[67]嗎？」（妳這就知道大家爲什麼叫他「貧民窟大師」了吧？）他說如果妳的品牌跟牢獄牽扯上關係，會讓人聯想起非裔人士老是跟犯罪脫不了干係的刻板印象，大大削弱妳事業發展的潛力。只不過他是這樣說的：「她是黑人，人家已經認定她跟幾百個男人生過幾百個小孩，還領了幾百張用幾百個不同名字申請的救濟金支票。光這樣就已經一個頭兩個大了，可是現在她成功讓白仔相信她會做某種很厲害的娃娃，還讓他們相信她是眞的有一套，眞的打出一片天，不是玩票的。你覺得她應該要上臺去說她老公在蹲苦窯？她一說出這種話，臺下所有人都會想到她的幾百件骯髒事，然後她就不如去電話公司上班算了。」（我這是逐字抄錄的喔！）

我自己逐字抄錄的心情應該是：對不起！我不是故意要給妳製造罪惡感。可是這種感覺很沉重，喬治亞，妳不知道這裡的情況有多糟。而且相信我，妳不會想要知道的。

我去圖書館又看了一遍那篇文章和那張照片，妳臉上有笑容，手上戴著我的戒指，我不知道之前我怎麼沒看到。

愛妳的
羅伊

親愛的瑟蕾莎：

妳沒收到我的上一封信嗎？我跟妳道歉了。也許我沒說清楚，對不起！回我信吧！電子郵件也可以的。

羅伊

路易斯安那州七〇六四八
傑米森市勞德代爾木材場路三七五一號
帕森矯正中心四八五六九三二號
小羅伊·奧·漢彌爾頓

戴先生您好：

我猜想當初我上門提親時，您想像的未來肯定不是現在這樣。我當時畢恭畢敬，想要一切照規矩來，結果您說：「她要不要嫁不是由我決定。」起初我以爲您是在開玩笑，但當我確認您一點玩笑意味也沒有時，我試圖改口，假裝這只是一場玩笑，但內心裡我覺得又氣又窘，感覺好像人人都在用刀叉吃飯，只有我用手吃飯。誠如您所說，她要不要嫁不是由您決定，但我仍然必須以男人對男人的方式和您交涉，請求您讓我成爲您的女婿。

我和我自己的父親相當親近。瑟蕾莎或許告訴過您，我的父親實際上應該算是我的繼父，但我就只認識過這一個父親，一直以來他都是給我正向影響的男人。在許多方面，我都不折不扣是他的兒子。雖說他犧牲了許多，才讓我得以在亞特蘭大生活，但他對我在亞特蘭大的生活所知不多。大羅伊一輩子住在南方小鎮，雖然換過不同城鎮，但都是南方小鎮。他高中沒有畢業，卻給了我們一個穩定的家庭。我對我的父親比對世上的任何人都更尊敬。

我寫信給您是因爲我和您有許多共同點。我們都是亞特蘭大的外來移民，這話或許說得怪，但或許您明白我的意思。您在亞特蘭大的時間較長，我則是初來乍到，但我們的背景相仿。您白手起家，躍升富貴階級，我也白手起家，但仍在往富貴階級邁進，至少當時看來是這樣的。如今我身陷囹圄，天曉得未來會如何，但當初我提親時，我尋求您的祝福，尋求的不僅是未來岳父的祝福，同時也尋求著一個良師益友的祝福。我娶瑟蕾莎是高攀了，我想我期待您會拍拍我的肩，給我肯定，結果我卻感覺像個蠢蛋。

寫這封信說不定也是個蠢蛋的行爲。

戴文波先生，瑟蕾莎已經有兩個月沒有到路易斯安那來看我了。我們並沒有發生重大的歧見或爭吵。我以爲她九月會來，但結果沒有來。她捎信告訴我她的車子出了點問題，我以爲之後的一個週末她會來，但我完全沒有看到她，也沒有收到她的任何消息。戴先生，不知您能否替我捎話給她？我知道您會說我應該直接和她聯絡，但請相信我，我試過了。

當初您送我出門時，對我說我對她的瞭解或許還不夠深，還不足以娶她爲妻。這是我如今找上您的原因。我對她的瞭解很顯然並不如我所以爲的那樣深，而您認識了她一輩子，或許您知道該對她說什麼話，才能讓她重回我身邊。

請告訴她，我瞭解嫁給一個身陷囹圄的人是一種重大的犧牲。我不習慣求人，我所擁有的一切都是用自己的雙手掙來的。若不是已經盡了力，我不會有臉上門去找您。以我目前的狀況，我無法做任何事來贏回她的愛，也無法做任何事來讓您——她的父親——相信我值得。我曾經有好工作，有黃金袖扣，如今我還有什麼呢？只有我的人格而已。我知道我的人格不能戴在手上，也付不了帳單、生不了孩子，但這是我唯一的所有了，我相信這總還有一點點價值。

感謝您閱讀這封信，期望您能考慮接受我的請求，同時請您不要將此事告知瑟蕾莎或她母親，請將此事視爲我們男人間的祕密。

小羅伊・奧・漢彌爾頓　謹上

喬治亞州三〇三三一
亞特蘭大卡斯凱路九五四八號
法蘭克林・迪拉諾・戴文波

親愛的羅伊：

我常想起你，因此能收到你的信我非常開心。我內人自認爲是個「代禱勇士」[68]，經常爲你向上帝祈禱。這裡沒有一個人忘記你，我沒有忘記你，歌蘿莉沒有忘記你，瑟蕾莎也沒有忘記你。

孩子（我是故意用這個詞的），我想你記錯了你來提親時我們之間的交談。我並沒有拒絕你的提親，而只是向你說明我的女兒不是我的財產。現在回想起當時的交談，我幾乎要笑出來。你口袋裡塞著那個天鵝絨盒子來到這裡，像隻孔雀爸爸一樣趾高氣昂。有一秒鐘我很困惑，還以爲你要向我求婚！（對了，這句話純屬幽默啦！）我很高興你對你打算做的事這麼愼重其事，但我覺得我不該比瑟蕾莎先看到戒指。我看得出來那天你離去的時候，感情上有點受傷，但老實說，那是好現象。你在信中說，你不習慣向人要求事情，這我看得出來，很明顯，不是從你的黃金袖扣看出來（是眞金的呢！誰想得到！），而是從你走路的步態看出來。你並不是要求我把瑟蕾莎嫁給你（我也要再度強調她要不要嫁不是由我決定），而是告訴我你要娶她，而她當時甚至尚未同意你的求婚。我推測你的策略是要單膝下跪，掏出戒指（而且我猜是一枚特大號戒指），宣告她抽中了婚姻特獎。我當時告訴你，你若認爲這招對她會有用，那你可能還不是非常瞭解她，這話是實話。

跟你說一件我個人的經歷吧！當年我向歌蘿莉求婚，求了三次她才答應。頭一次求婚時，我還有前任老婆的牽絆，可想而知情況有點尷尬。歌蘿莉是個優雅有教養的女人，但當時她確確切切說了這幾個字：見鬼了，才不要！第二次拒絕稍微溫和一點：不要，還不要。第三次，我沒有下跪，不但沒有下跪的動作，態度上也沒有卑躬屈膝。我拿出不太起眼的戒指，請求她和我共度一生。我請她原諒我踰越了她私人的界線。我放低姿態，沒有把她父親扯進來，也沒有請她的閨密幫忙安排浪漫場景。我牽起她的手，向她傾吐心聲，她用點頭答覆我。我沒有像電視上看到的那樣吹口哨尖叫、跳上跳下，沒有租廣告看板，也沒有在玫瑰盃[69]的中場休息求婚。婚姻是兩個人之間的事，不需要有一整個球場的觀眾。

雖然說了這麼多，但我還是會問問瑟蕾莎她的探監行程爲什麼耽擱了。秉持著這封信開誠布公的精神，我向你坦誠，在此之前，我並不知道這件事。但是我也必須清楚告訴你，我不能「代你」說話，我只能代表我自己——也就是她的父親——和她說話。

我希望你不會把我這話解讀成拒絕，因爲我並沒有拒絕你。你是我們家庭的一分子，我們每一個人都十分敬重你。

我覺得我有義務告訴你，我會把你的信給瑟蕾莎看。我是她的父親，我不能背著她和別人勾結。她是我生命中最美好的事物，也是我在世上的唯一血親。但是我可以告訴你，我知道我把她教養成什麼樣的女人。她的母親對我很忠誠，即便在我不配獲得她的忠誠時，她仍然對我忠誠。我有信心我的女兒也會同樣堅貞不移。

孩子，我很高興接到你的來信，請繼續寫信給我。

法蘭克林·迪拉諾·戴文波

複本抄送：瑟蕾莎·歌·戴文波

親愛的瑟蕾莎：

妳收到這封信的時候，戴先生應該已經告我的密了。我希望妳沒生氣我寫信給他。打從我和妳還在互相試探摸索的期間，妳爸頭一次邀我到那棟大房子去之後（我一向把那棟大房子想像成航空母艦），我就感覺和他很親近。我永遠忘不了，那天外頭很冷，但戴先生卻想要坐在環繞整棟房子的門廊上。我快凍僵了，但我不想當個蠢蛋。我準備要告訴他，我秉持著一顆光明正直的心來追求妳，或諸如此類的話，可是他根本不想談妳。我到了那兒，坐了下來，結果他馬上就開始捲大麻雪茄[70]！超猛的，我還以爲我是在上整人節目。然後妳老爸說：「你別裝一副乖寶寶樣，我從你眼神就看得出來你會抽！」然後他忽然掏出一個超大點火槍點起火來，差點把我的眉毛都給燒了。我跟他一起抽了幾口，這好像是一個歡迎加入這個家庭的儀式。

瑟蕾莎，妳知道我對父親這種東西有特殊的感情。

這是我寫這封信的眞正原因。我原本想要再寫一封信懇求妳來看我，但是一方面，我已經厭倦乞求別人了。妳想來看我的時候，自然就會來看我，這是我從妳爸的信中看出的弦外之音。妳是成年人，妳不想做的事，誰也沒辦法強迫妳做（講得好像要有人告訴我我才會知道一樣）。

我寫這封信給妳，是因爲發生了一件事，把我的頭腦弄亂了。我知道妳的「探監行程耽擱了」，妳爸告訴我的，可是這件事壓在我心頭，我不吐不快，非得告訴個什麼人不可，而喬治亞，這件事我就只告訴妳一個人。

妳記不記得我們相處的最後一天，我抱著妳涉過一條小溪，去聽鐵橋演奏音樂？我原本是打算要在那時告訴妳大羅伊不是我的親生父親，只是一時膽怯了，說不出口，但我終究是要說的，因爲我們要養兒育女，妳卻不知道我的基因裡藏著謎，這樣很不應該。我想要行事光明磊落，不過我也知道，我應該要在結婚之前就告訴妳的。我之前好幾次想要告訴妳，卻總是說不出口。結果我們爲了這件事大吵一架，那次的爭吵導致我陷入現在的這個困境。我必須承認，雖然我爲沒有早一點告訴妳道過歉，但我一直到現在才明白，發現你認識的人和你所以爲的完全不一樣是什麼感受。

請原諒我說這些陳腔濫調。我希望妳現在是坐著讀這封信，也許妳可以先替自己倒一杯酒，因爲接下來的消息會很震撼。**我的親生父親不僅僅跟我關在同一所監獄，而且他不是別人，就是貧民窟大師華特**。

我發現的過程是這樣：妳知道的，有我這種文字能力的弟兄在牢裡需求很高，我會寫信，會讀文件，甚至還可以做一點點法律諮詢工作。所謂一點點，就是只有一點點，但至少我比大多數人厲害（我在莫爾豪斯受的教育派上用場了，梅斯校長[71]應該很以我爲榮）。總而言之，我幫華特處理一些文書工作，有一次不小心看到他的個人資料卡，最上頭有他的正式全名——奧山尼爾．華特．詹金。世界上只有一個人叫這個名字，但是過去曾經有兩個人叫這名字。在大羅伊把我改名爲小羅伊之前，我原本是叫奧山尼爾．華特．詹金二世。我媽把奧山尼爾保留爲我的中名，可能是爲了紀念這段歷史吧，我猜。

我看到那名字時，就知道他是誰了。記不記得我剛搬進他那間牢房的時候他跟我說什麼？他說：「我們O型腿的兄弟應該要互相照應。」說完還看看我有什麼反應。我當時沒多想，現在想起來，他是在點出我們家族的共同特徵。其他人都說他是我老爸，我還以爲是牢裡稱兄道弟的那一套，華特也眞的很照顧我，好像眞把我當兒子一樣。

我補充一點背景資料。歐麗芙告訴我的事情經過是這樣：她說她十六歲的時候，從奧克拉荷馬市的國中畢業，跳上一輛灰狗巴士，打算要移居到紐奧良去。她之前修過打字課，自認爲有能力當個祕書。可是結果她認識了我的親生老爹，中途改變計畫，跑到一個叫新伊比利亞的小鎮去。那時候歐麗芙快要十七歲，那男的三十左右吧。他沒結婚，但生過好幾個小孩，所以歐麗芙跟我強調，萬一碰上路易斯安那、密西西比州或甚至德州東部來的女生，都要小心。（她說這話的時候，我想像這人像蘋果籽強尼[72]一樣，在這整個區域到處撒種。）長話短說，總之那傢伙後來扔下一貧如洗又身懷六甲的歐麗芙，一走了之。可是妳知道歐麗芙當然不會坐以待斃。她待在新伊比利亞，一直待到快要臨盆，然後出發去找她的情郎。她挺著大肚子，跑遍整個城鎮，終於有同情她的老婦人給了她她們所知道的少許資訊。最後，肉鋪有個人告訴她，有人說那人在艾洛的紙廠工作。（媽說這資訊裡居然出現了「工作」這詞，她早該知道是錯誤訊息。）等她到了艾洛，華特早走了，但是她找到了她說女人所需的三樣東西：耶穌基督、工作，還有老公。

對歐麗芙來說，我知道這樣就已經足夠了。就我來說，我也不需要知道更多。我有大羅伊，而全艾洛鎮的人都知道我是小羅伊，我又何必苦苦追逐一顆滾個不停定不下來的石頭？

結果我坐在那兒，感覺就像那顆石頭剛好滾到了我的頭頂。圖書館時間結束，我回到我的牢房，不然還能去哪兒呢？又不能跑到哪座橋下去坐著想事情。我回到牢房的時候，他在上廁所。喬治亞，人生很詭異，我發現那人是我的親生父親，結果那人正捧著他的鳥站在那邊。（原諒我用詞不雅，可是這件事很重要，一定要完整敘述。）

他尿完之後，轉身看著我，像讀報一樣讀我的表情，然後說：「怎樣啦？你發現了是不是？」我告訴他我看到他的個人資料卡，他說：「我認罪。」他甚至還微微笑了一下，好像一輩子以來都在等著這場對話一樣。

我甚至都不知道他所謂的「認罪」是認什麼罪，是身爲我親生父親的罪，還是對我隱瞞實情的罪？他在那裡笑得很開心，好像這一切都是好消息，可是我覺得自己像個大白痴。

他希望我聽聽他那一方的說詞，所以他就說了。監獄裡沒有隱私這種東西，那些大男人跟三姑六婆一樣八卦。華特講得很大聲，好像在發表復活節演說一樣。他的版本跟我媽的沒有太大差別，他們是在逃跑時邂逅的，歐麗芙是在逃離她爸，華特在逃離一個女人（確切地說，是逃離那個女人的老公），場景是灰狗巴士的有色人種區。肩並肩坐上十五個小時算是很長的時間，車子開進路易斯安那州時，我媽已經暈頭轉向神魂顚倒了。華特甜言蜜語說服她和他一起在新伊比利亞待上一段時間。（說到這裡，華特說：「我年輕時是個俊俏黑小子。」他眞的這樣說。）歐麗芙和華特同居，建立愛的小窩，眞正的小窩，又小又破，自來水是唯一的便利設施。總而言之，沒幾個月她就懷孕了。就跟所有懷孕的女生一樣，她想要結婚，也就跟所有沒品的輕浮浪子一樣，他扔下她跑了。他跟我講到這裡時，忽然又切換回貧民窟大師模式，說：「如果有個女人跟你說她懷了你的小孩，你的第一反應就是快逃，就好像如果房子失火了，你不會考慮要不要逃，而是直接就逃了。這是人性，因爲你知道這女人要的是你的一輩子，可是一個男人就只有這麼一輩子呀！」

這眞是屁話，我知道是屁話，可是他這一番告白讓我喉嚨像鯁了魚骨頭一樣說不出話來。

瑟蕾莎，我想我的無言是因爲我知道，當妳驗孕驗出陽性時，我沒有給妳情感支持。我說：「妳打算怎麼辦？」這跟一走了之差不了多少。

總而言之，華特看到我坐在那裡吸鼻子，忍著我不輕彈的男兒淚，他開始自我辯解，信誓旦旦地說他沒揍過我媽，也沒偷過她的錢，雖說她的皮包就大大方方晾在衣櫃上面，他也沒偷。他說而且他不是只對我媽這樣，他也拋棄過別的大肚婆，事情只是剛好就這樣了。可是瑟蕾莎，我不是在想他的事，我是在想妳，在想我有多混蛋，眞的是這樣。

我坐在床上，暗自在心裡悔過，華特卻在旁邊越來越激動。他說：「你以爲我們住同一個牢房是巧合嗎？」他說他的好麻吉普利金也是艾洛人，那個普利金告訴他我是誰，然後他就暗中觀察我。他說：「人家說，龍生龍，鳳生鳳，老鼠的兒子會打洞。問題是我不知道你是比較像我這條龍呢，還是你媽那條鳳。」他說他看到我之後，斷定我從他那兒遺傳到的，就只有「O型腿和捲捲頭」，然後他趁我還沒被扁得更慘之前，付了一大筆錢，讓我換到他的牢房。他說：「你就承認吧！你搬過來我這間之後，生活改善很多，我總是有點功勞的。」

瑟蕾莎，我當時很想對他發火。他把我媽當酒店小姐一樣棄之不顧，可是他要眞當我爸，絕不會是好爸爸，他不可能會節衣縮食送我上莫爾豪斯，但他說他有功勞，我也必須承認，要是沒有他，我可能早就小命不保，或者至少活得慘兮兮。華特不是監獄老大，但他是隻老鳥，沒人會惹他。他大可以不用保護我，可是他還是照顧了我。

事情很複雜。昨晚熄燈的時候，他說：「我不敢相信你媽居然讓那個黑鬼把你的名字改掉，這樣眞是不尊重我。」

我裝作沒聽到。不管回答什麼，我都會對不起大羅伊。大羅伊給我的不只是他的名字而已。他原本是我父親，事實上我應該說，他就是我的父親，只不過在這裡，華特才是我老子。

這個世界讓我快要不能承受了，瑟蕾莎。我知道我說我這封信沒有要乞求什麼，可是我還是要再請求妳一次，請妳來看看我，我需要看到妳的臉。

愛妳的
羅伊

親愛的羅伊：

我寫這封信是要請求你原諒我，請保持耐性。我知道我很久沒過去了，起初是因爲發生了很多事，但目前我沒辦法過去的原因很簡單也很無聊，只是因爲節慶將近，我店裡忙死了。我的助手塔瑪下下週末要幫我顧店。（她是埃默里大學[73]的學生，才華洋溢，超級會縫被子，作品美得不得了。）

所以塔瑪幫我顧店的時候，我和歌蘿莉會開車北上。她想要送你媽一個她知名的黑莓果醬蛋糕，我剛好可以有個伴。

我知道你在生我的氣。你心情沮喪是有道理的，但希望我們不要把會客時間浪費在生氣上頭，我們能夠坐下來說話的時間很寶貴，如果你能原諒，請你原諒我。如果我解釋原委，你會聽我說嗎？請告訴我我怎樣可以讓我們的會面愉快一點。

華特對這件事有沒有什麼看法呢？希望你沒把我說成太壞，我不希望我頭一次見公公就給他不好的印象。（我會見到他的，對吧？）你們兩個是怎麼面對這個驚人發展的？我猜震驚的人只有你一個，但我相信你們之間的互動應該會受到影響。你有沒有告訴歐麗芙呢？要解密的事情好多！說到這裡，你給我他的帳戶資料吧，我可以匯一點零用金給他，當作節日禮物。

我知道你自尊心很強，可是讓我爲你也爲他做點事吧！他也是我們的家人啊！過一陣子見！

你的摯愛
瑟蕾莎

親愛的瑟蕾莎：

謝謝妳來看我！我知道來這裡路途遙遠，而妳是個大忙人。妳看起來不大一樣了，我想也許是瘦了吧，妳的臉比較有稜有角了。但我覺得妳的改變不是身體層面的改變。一切都還好嗎？有沒有發生什麼我應該要知道的事？我不是在旁敲側擊問妳是不是另結新歡了，我完全不會往那個方向想，我只是想問妳發生什麼事了。我見到妳的時候，很仔細地觀察妳的臉，但好像看不出來妳眞正的心思。

我想不出比較好的措辭來解釋。

羅伊

親愛的羅伊：

你期望我怎樣回你的上一封信呢？沒錯，我是掉了幾公斤，有一部分是故意的。我最近常常飛紐約，你知道的，紐約人比較苗條。我不想要被看成是跑去那邊展示民俗藝術的沒見過世面的「下港」小妞。如果我要人家嚴肅看待我的娃娃，自己也要有點專業的樣子才行。不過我猜你指的應該不是我的腰圍。

我變了嗎？你進去將近有三年了，我想我應該多少有變吧！昨天我坐在前院的山核桃樹下。我只有在那個地方才可以好好休息，可以感覺舒適安好。我知道感覺舒適安好沒什麼大不了，但我近來很少感覺舒適安好，就連開心的時候，我都覺得有什麼東西阻隔在我和好消息之間，就好像沒有拆開糖果紙就把糖果吃進去一樣。這棵樹對我們人類的一切煩惱都免疫。我想著在我還沒出生之前，這棵樹就在這裡，等我們都告別人世之後，它還是會在這裡。想到這個我應該會傷心，可是並沒有。

羅伊，我們都漸漸老了。我每一、兩個星期就會從頭上拔掉一、兩根白頭髮。現在染髮還太早，但我就是有了白頭髮。我們當然還不是老人，可是也不是青春少年了。也許你所看見的改變就是這個——年華老去了。

我有沒有另結新歡呢?你說你不是在問這個，但即使你只是要說你不是在問這個，也還是問了。你的戒指還戴在我手上，這就是我的答覆。

瑟蕾莎

親愛的瑟蕾莎：

歐麗芙病了。星期天大羅伊來探監的時候，歐麗芙沒來。他像一隻熊坐在蘑菇上一樣，在那張小板凳上坐下來，一坐下來我就看出來，他有消息要告訴我，而且是壞消息。他說歐麗芙雖然戒菸戒了二十三年，還是得了肺癌。

我希望妳能去看看她。我知道我要很久以後才能回報妳。我覺得我好像在累積債務，就像借學貸念莫爾豪斯一樣。有一次我還計算了我一天欠多少錢，一小時欠多少錢，一分鐘欠多少錢。我知道妳沒有記這種帳，可是我有。我需要妳來看我，我需要妳匯款到我的保管金帳戶，我需要妳提醒妳的班克叔叔不要鬆懈，我需要妳提醒我我曾經是怎樣的男人，好讓我不要忘記，不要變成跟這裡其他的黑鬼一樣，我覺得我老是在需要這個需要那個，需要到讓人不耐煩了。我腦子還正常，我看得出來，我知道妳沒像以前那麼常來了。我知道眞感情看起來是什麼模樣，也知道爲了義務虛應故事是什麼模樣。妳臉上呈現的就只有責任而已。

我知道這是個不情之請，我知道這段路開起來很長，也知道妳和我媽從沒處得來過，但是麻煩妳去看看她，並且告訴我我爸不願意告訴我的事。

羅伊

親愛的羅伊：

這是一封我曾經承諾永遠不會寄的信。在我繼續說下去之前，我要先告訴你我很抱歉。我想告訴你，打這封信的每一個字都讓我痛苦萬分，我不會說這對我造成的痛苦比對你造成的痛苦更大，因爲我知道你每天都在受苦，無論我遇到了什麼事，與你的苦相較都是小巫見大巫。我明白我不像你一樣生活在水深火熱之中，但我也受著煎熬，我沒辦法繼續這樣生活下去了。

我不能繼續當你的妻子了。某方面來說，我覺得我從來不曾有機會好好扮演過這個角色。我們只結婚了一年半，就發生了晴天霹靂。我們當一對夫妻的時間就像小嬰兒一樣，是用月而不是用年來計算的。我努力守這個活寡已經三年了。

你一定會以爲我是另結了新歡，但問題是出在我倆之間的關係，聯繫我們的纖細臍帶已經被你入監的這件事切碎成片片段段了。你爸在你媽的喪禮上流露出眞誠的夫妻之情，如果他可以，他眞的會代替她入土爲安。可是他們在同一個屋簷下生活了三十年，某方面來說，他們是一起成長的，如果你媽沒過世，他們也會一起老去。婚姻就應該是這樣，而你我之間的不叫婚姻。婚姻不是只有心心相印，而是要生活在一起，而我們各自過著各自的生活。

我認爲這是時間的錯，而不是你或我的錯。如果我們在婚姻生活中的每一天都投一枚銅板在一個瓶子裡，在分開的每一天都拿走一枚銅板，那個瓶子很久以前就已經空了。我努力想辦法增加瓶子裡的銅板，可是坐在那個擁擠的房間裡破爛的桌子旁和你會面，我回家時總是感到空虛。我知道是這樣的情況，你也知道。最近三次我去看你時，我們幾乎無話可說。我的生活你聽不下去，你的生活我也不忍卒聽。

我不是要拋棄你，我永遠不會拋棄你。我叔叔會繼續幫你上訴，我會繼續匯零用金給你，也會每個月探望你。我可以以朋友、夥伴、妹妹的身分探望你。羅伊，你是我的家人，永遠都是，但我沒辦法當你的妻子。

愛你的（我說眞的）
瑟蕾莎

親愛的喬治亞：

妳期望我怎麼說？難道我應該要說我不介意我們只當朋友嗎？也許我有毛病吧，但我對「至死不渝」的解讀好像和妳不一樣，因爲我發現我還沒死呢！但是妳要做什麼就去做吧！當個獨立自主的女人，做學校教妳們做的任何事，在兄弟落難的時候拋棄他。我從沒想過妳居然會是這種人。這裡有些女人探監探了幾十年，清晨五點就從巴頓魯治[74]搭客運來探監。華特有些女性朋友以前跟他連面都沒見過，她們會來探監，還不只是跟他說說話而已。有些女人在停車場的車裡過夜，以便一開放會客就可以進來。我媽過世之前每個禮拜都來。妳是有哪一點勝過這些人？

不要到這裡來說妳要來當我的朋友。我不需要朋友。

親愛的羅伊：

我沒有期待你歡欣鼓舞地迎接我上一封非常誠實的信，但我期待你至少能花一點點時間站在我的立場想一想。你眞要拿我和那些一清早就擠上客運千里迢迢去探監的女人相比嗎？我也知道那些人，我遇過她們。她們整個生活的安排都以到帕森探監爲重心，除了工作，她們唯一做的就是這件事。每個星期她們都被脫光衣服搜身。我不止一次讓女警把手伸進我的內褲裡搜查，只爲了和你在桌前對坐。你希望我這樣嗎？你希望我這樣生活嗎？你就是這樣愛我的嗎？

你總是說你理解這有多難，你癱在椅子上，承認你沒辦法給我我所需要的東西，現在卻好像又不理解了。有超過三年的時間，我身體上和精神上都在陪伴你，但現在我必須要改變做法，否則就會一點精神也不剩了。我上封信說過了，我再說一次：我會支持你，會探望你，只是不再以妻子的身分支持和探望你。

羅・奧・漢

瑟

親愛的瑟蕾莎：

我是無辜的。

親愛的羅伊：

我也是無辜的。

親愛的瑟蕾莎：

我想現在換我要來寫絕交信了。我要正式向妳宣告，我要結束我倆之間的關係。妳說得沒錯，我們的婚姻不是雙向道，這點我沒得爭辯。但有一點妳也沒得爭辯：我不要妳以妻子以外的身分介入我的生活，因爲在我的心中及腦海中，我是妳的丈夫。

請不要來看我。妳要是不尊重我的意願，就會吃閉門羹，因爲我把妳從我的訪客名單除名了。我不是在報老鼠冤，只是在努力適應這個新的狀況。

羅・奧・漢

路易斯安那州七〇六四八
傑米森市勞德代爾木材場路三七五一號
帕森矯正中心四八五六九三二號
小羅伊・奧・漢彌爾頓

班克先生：

這將是您以我委任律師身分做的最後一件事。請將以下人士自我的訪客名單移除：

瑟蕾莎・歌蘿莉娜・戴文波

小羅伊・奧・漢彌爾頓　敬上

喬治亞州三〇〇三一
亞特蘭大市桃樹街一二三八號
勞勃・A・班克律師

羅伊：

這是針對你上週來信的回覆。我在不違反權限的情況下，和戴文波一家人談過了，他們表示將繼續僱用我當你的律師，除非你那方對我表達了不同意見，否則我將繼續代理你的法律業務。根據你的要求，我已經草擬了更改訪客名單所需的文件，但我強力建議你三思。

羅伊，在我擔任你委任律師的這幾年間，我打贏過官司，也打輸過官司，但沒有一起官司像你的這起這麼影響我的心情，這不只是因爲這起官司讓我的姪女非常傷心，也是因爲這起官司對你造成了很大的傷害。事實上你使我想起瑟蕾莎的父親。打從他還在穿有洞的鞋子時，我和他就是好友，我們一起在一個箱子工廠値大夜班，打卡下班後剛好趕去上學。法蘭克林能有今天的地位，靠的完全是毅力。你就和他一樣有堅強意志，我也是。

我知道案子被上訴法庭駁回是很令人沮喪的事，但雖然很令人失望，卻也並不是意料之外。

我知道密西西比法庭在「南方最爛法庭」排行榜中名列前茅，但路易斯安那也不遑多讓。聯邦法庭的希望就大得多，因爲比較有機會遇到不醉、不貪、不種族歧視，也沒有把以上多種特質搭配成惹人厭綜合體的法官。

所以是有希望的，別放棄。

你不該爲了自尊而與戴文波一家切斷關係。你知道的，監獄會把人與世界隔絕，你還有很長的一段刑期要度過，在我努力設法幫你脫身之際，有一些人能夠提醒你不致遺忘你舊日的生活及未來仍渴望重拾的生活是什麼樣貌，我強烈建議你不要與這些人切斷聯繫。話雖這麼說，我還是附上了前述會使我姪女無法再探望你的文件，你若是有意願，儘可以呈交出去。我作爲你的律師，我們的通訊自然是保密的，但我想我仍應提供我的建言。

勞勃．班克　筆

路易斯安那州七〇六四八
傑米森市勞德代爾木材場路三七五一號
帕森矯正中心四八五六九三二號
小羅伊．奧．漢彌爾頓

班克先生：

我知道你說得對，我以本封信收回將你解除委任的宣告。我不會將瑟蕾莎從我的訪客名單除名，但我想以當事人對律師的身分，請你不要將此事告知瑟蕾莎。她若來探望我，會發現她的名字仍在訪客名單中。但若告知她此事，就會像是請求她來探望我，而我並不想請求她做任何事。

我相信這些年來她很不好受，但你也知道我更不好受。我很想站在她的立場替她想，但要我為在外面實現著夢想的人哭泣有點難。我唯一希望的是她能實踐當初說要長相廝守的諾言。我曾經這麼要求過她，但我不會（再次）懇求她。

班克先生，請繼續為我的案子努力，別把我遺忘在這裡，也別把我的案子當成是無藥可救。你警告我別為上訴的結果感到意外，但如果我連樂觀的權利都沒有，要如何保持希望呢？我感覺很多人都要求我做很多我不可能做到的事。

此外，班克先生，我知道你的服務並非免費，從今起戴文波一家人付給你的費用，我都會償還給他們，一等我有能力，你的費用我也會照價支付給你。你是我唯一的希望。我從沒想過我會對一個並不熟識的人說這樣的話。我的母親過世了，我的父親還在，但他能做什麼呢？他是個勤奮正直的人，但是沒有錢。瑟蕾莎似乎已經移情別戀，我就只有你了。得知我的律師費仍然是由她爸爸支付，讓我感到很痛苦，但是你說得對，把自尊看得比一般常理更重要，這樣很蠢。

因此我寫這封信來謝謝你。

小羅伊・奧・漢彌爾頓　敬上

親愛的羅伊：

今天是十一月十七日，我想起你。也許在這個我們第一次約會的紀念日，你會願意回我信。當年這個日期是我們的「安全密語」，用來停止言詞交鋒，現在我希望這個日期可以稍稍重建我們之間的聯繫。我並不希望我們之間變成這樣，請讓我以一個人關心另一個人的方式來關心你。

愛你的
瑟蕾莎

親愛的羅伊：

聖誕快樂！很久沒有你的消息了，希望你過得好。

瑟蕾莎

親愛的羅伊：

如果你不想見我，我也不能強迫你。如果你只是因爲我不是你期望中的樣子，就和我斷絕聯繫，這樣很不厚道。我再說一次：我沒有拋棄你，我永遠不會拋棄你。

瑟

親愛的瑟蕾莎：

請尊重我的意願。一直到目前爲止，我都一直害怕這樣的事情發生。你別打擾我吧，我不能掛在妳放出的絲線上晃蕩。

親愛的羅伊：

生日快樂！班克告訴我你很好，但他只願意說這麼多。你能不能允許他給我你的消息呢？

羅伊

瑟

親愛的羅伊：

你大概會在歐麗芙的忌日前後收到這封信。我知道你感覺很孤獨，但是你並不孤獨。我很久沒接到你的消息了，但是我要你知道，我還想著你。

瑟蕾莎

親愛的瑟蕾莎：

我還可以叫妳喬治亞嗎？在我心裡，妳的名字永遠是喬治亞。好，喬治亞，這是一封我五年來一直想要寫的信，五年來我一直在練習撰寫這封信，甚至還把草稿刮在我床邊牆壁的油漆上。

喬治亞，我要回家了。

妳叔叔成功達陣了，他越過這些地方上的鄉巴佬，直接上訴到聯邦法庭。「檢察機關處置不當」，基本上意思就是說他們作弊。法官撤銷了有罪判決，地方檢察官懶得再重來一次，所以，就他們說的，「為了維護公平正義」，我就快要重獲自由回家了。

班克會告訴妳詳情，我同意他告訴妳了，但是我希望妳是從我這裡聽到這個消息，從我親筆寫的字跡裡看到，再過一個月，我就會重獲自由了，剛好可以趕回家過聖誕節。

我知道我們之間關係不太好已經有一段時間了。我把妳從訪客名單除名是不對的，妳沒為這件事跟我吵也是不對的。但是木已成舟，現在互相責備也沒有什麼意義了。我很後悔之前不回妳的信。我已經一年沒收到妳的隻字片語了，可是如果妳以為我不理妳，我又怎麼能期待妳寫信給我呢？妳以為我忘了妳嗎？我希望我的沉默不語沒有傷害到妳，可是我自己受傷了，而且感到很羞恥。

如果我說過去的這五年我已經拋諸腦後，對我倆而言也已經是過眼雲煙，妳可以接受嗎？往事如流水呀！（還記得艾洛那條小溪嗎？還記得那座會唱歌的橋嗎？）

我知道我們沒辦法「從頭愛過」，但是我知道這個：妳沒有訴請離婚。我只希望妳能告訴我妳爲什麼決定繼續當我的合法妻子。縱使妳的身邊有著另一個人，這麼多年來，妳仍然決定繼續保有我這個丈夫。我在腦海中想像我們在從前舒適的家中、坐在我們當年那張廚房餐桌的旁邊，悄聲交換著眞心話。

喬治亞，這是一封情書，我所做的一切都是給妳的情書。

愛妳的
羅伊

譯注

1 亞特蘭大（Atlanta），喬治亞州首府，美國南方大城，本身為大都會，但喬治亞洲屬農業州，因此若說喬治亞州人為鄉下人也說得通。

2 southern belle，字面意義為「南方美人」，蓄奴時期美國南方上流社會的年輕女子，多指莊園主人的女兒，常見裝束為蓬蓬裙、馬甲、陽傘、寬邊草帽、手套等，代表人物為《飄》（又作《亂世佳人》）的女主角郝思嘉。

3 Georgia peach，原是指喬治亞州出產的桃子，後來用來指稱甜美可人的南方女子。

4 Morehouse College，位於亞特蘭大的私立文理學院，是所純男校，僅收男學生，並且是所傳統上的黑人大學（historically black college）。早年由於種族隔離制度，黑人無法進入主流大學，因此有些學校專為招收黑人學生而設。現今這類大學的學生仍以黑人占絕大多數，白人學生極少。

5 first-generation scholarship，美國許多大學在審核學生入學申請時，會保留名額給父母曾就讀過該校的申請學生。父母沒有念過該校的，則為第一代學生，部分學校會為此類第一代學生提供獎助學金。

6 Spike Lee，生於一九五七年，知名美國導演，為莫爾豪斯學院校友。

7 Sidney Poitier，生於一九二七年，美國演員、導演，為首位獲奧斯卡最佳男演員獎之黑人男星。

8 Head Start，美國聯邦政府為低收入或弱勢兒童開辦的免費學前教育課程。

9 Upward Bound，又作「繼續升學計畫」或「向上躍進計畫」。美國聯邦政府為弱勢高中生提供的升學輔導課程（或稱大學預備課程）。

10 典故出自英文俚語 not have a pot to piss in or a window to throw it out of，字面意義為沒有尿壺可尿尿，也沒有窗子可將尿潑出，比喻非常貧窮，欠缺生活用品。尿壺的全稱應為 chamber pot，簡稱 pot，與鍋子為同一字。此處主人翁用此俚語玩弄文字遊戲，指自己原生家庭並非一貧如洗，但其所稱家中不缺的應為鍋子而非尿壺。

11 *Love Jones*，一九九七年出品的浪漫愛情電影，描繪一對受過高等教育的黑人相識相戀的過程。

12 Urban League，全稱為National Urban League，一個旨在保障黑人權益的非營利組織。

13 light-skinned girls，指皮膚較白的黑人女性，可能具有白人血統因此膚色較白，但仍是黑人。

14 Allen Parish，路易斯安那州的一個縣。艾洛鎮應是隸屬於這個縣。

15 《烏木雜誌》（*Ebony*）及《黑玉雜誌》（*Jet*）是兩本以黑人為主要發行對象的雜誌。

16 *Good Times*，一九七〇年間美國一齣以黑人為主角的家庭喜劇。瑟瑪（Thelma）為該家庭中之女兒。

17 文中的「另一個世界」（*a different world*）事實上是指影集《天才女兒》（*A Different World*）。珀恩娜黛特指Bernadette Stanis，為《好時光》中飾演女主角瑟瑪的演員。潔絲敏指Jasmine Guy，為《天才女兒》中飾演女主角惠特莉（Whitley Gilbert-Wayne）的演員。

18 *A Different World*，八〇年代的美國影集，為另一影集《天才老爹》（*The Cosby Show*）的衍生戲劇，故事起初以《天才老爹》二女兒Denise的大學生活為主題，但飾演Denise的演員於第二季退出，影集從此以女大生惠特莉及其男友杜維恩（Dwayne）為主角。

19 道格拉斯（Frederick Douglass, 1818-1895），原為奴隸，後成為廢奴運動者、政治家、演說家。他的髮型即類似愛因斯坦的蓬鬆髮型。

20 桃樂絲・黛（Doris Day, 1922-2019），美國女演員、歌手，形象健康陽光，是五、六〇年代美國的模範女性。

21 黑珍珠貝克（Josephine Baker, 1906-1979），非裔美國舞蹈家、影星、歌手，一九三七年歸化為法國公民。

22 原文為Gary Coleman expression，柯爾曼（Gary Coleman, 1968-2010），美國演員，童年時曾演出影集《小淘氣》（*Diff'rent Strokes*）。

23 sock-it-to-me cake，一種南方口味的奶油蛋糕，其中含有酸奶油、胡桃、肉桂、黑糖等。Sock一字原意為打擊，sock it to me原意為「有什麼噩耗就告訴我吧，我能承受打擊！」一九七〇年代喜劇綜藝節目Rowan & Martin's Laugh-In大量使用該語句來表達「給我吧」意涵，該詞語成為當時之流行語。此種蛋糕在該年代甚受歡迎，談及此蛋糕時，人人的反應都是「給我吧（Sock it to me!）！」於是此種蛋糕便被冠上「給我吧」稱號。

24 *Little House on the Prairie*，美國知名童書，一九七〇年代改拍成電視影集。

25 icebox pie，一種夏天食用的冰涼甜點，常見於美國南方，內餡常含有水果或果汁，派皮往往以消化餅和奶油製成。二十世紀初期，冰箱尚未發明，電力供應也不穩定，美國人用一種冷藏櫃存放食物，櫃子多為木製，外殼夾板中塞有木屑等隔熱材料，櫃中放置大冰塊。冰盒派由於多放於這類冷藏櫃中冷藏後食用，故名為冰盒派。

26 Piggly Wiggly，美國的一家連鎖超市，分店主要分布於南部和中西部。

27 Asti Spumante，義大利出產的一種甜味氣泡酒。

28 Rebel's Roost，美國南北戰爭時，南方蓄奴州意圖脫離美國而獨立，因此自稱為「叛軍」（Rebels）。

29 confederate flag，美國南北戰爭時期美利堅邦聯（Confederate States of America）的旗幟。一八六〇年，反奴隸制度的林肯當選美國總統，一八六一年，南方數個蓄奴州脫離美國，成立美利堅邦聯（即南方邦聯）。南北戰爭後，南軍戰敗，邦聯瓦解，但邦聯旗仍持續飄揚。現今所知之邦聯旗並非當初美利堅邦聯之正式國旗，而是南軍大將李將軍（Robert E. Lee）所帶領軍隊之軍旗，樣式為紅底藍X形十字，十字上有白色星星，十三顆白星星代表邦聯十三州。擁護者視之為美國南方之精神象徵，代表著南方獨特的文化傳承，反對者則視之為奴隸制度與白人至上主義的代表。

30 Alexandria，路易斯安那州第九大城。

31 integrated nursery，早期美國實施種族隔離制度，醫院、學校等機構都僅收白人或僅收黑人，至五、六〇年代民權運動後，種族隔離制度逐漸終止。整合式育嬰室（integrated nursery）即為黑白孩子均收的育嬰室。

32 艾瑞莎・弗蘭克林（Aretha Franklin, 1942-2018），美國黑人女歌手，有靈魂歌后之稱。

33 A woman's only human… She's flesh and blood, just like her man. 出自 Aretha Franklin 的歌曲〈*Do Right Woman - Do Right Man*〉。

34 equally yoked，語出《聖經》〈哥林多後書〉第六章第十四節：「你們和不信的原不相配，不要同負一軛。」意謂使徒保羅不贊成信徒與不信基督的人建立夥伴關係，夥伴泛指任何的夥伴，但現今 equally yoked 多指婚姻上的門當戶對。

35 *Leave It to Beaver*，一九五七至一九六三年間美國的一部電視喜劇，描繪小男孩畢佛（Beaver）在日常生活中的冒險與糗事，呈現美國中產階級家庭典型的生活，畢佛一家人成為美國中產階級家庭的模範。

36 Howard University，位於華盛頓特區的傳統黑人大學。

37 Break up to make up, that's all we do，出自七〇年代費城靈魂樂團 The Stylistic 的歌曲〈*Break Up to Make Up*〉。

38 Spelman College，位於亞特蘭大的傳統黑人女子學院。

39 原文為 Gomer Pyle，為六〇年代美國電視情境喜劇 *The Andy Griffith Show* 中的人物，是個加油站技工，個性純真，常對許許多多平凡事物感到驚訝。

40 character witness，在法庭上為被告的人品道德作證的證人。

41 dreads，全稱為 dreadlocks，黑人常見的一種髮型，將頭髮紮成許多條粗大緊實的髮辮，因為極其緊實，因此不見得會下垂，有時會向上或向四面八方翹起。

42 What God has brought together, let no man tear asunder. 語出《新約聖經》〈馬可福音〉第十章第九節。原意為耶穌教誨人不可休妻。

43 Patrice Lumumba，剛果政治家，領導剛果獨立運動，爭取剛果脫離比利時而獨立，擔任剛果民主共和國第一任總理，後於內戰中遇刺身亡。

44 Ku Klux Klan，美國一祕密團體，奉行白人至上主義，仇視黑人、猶太人、天主教徒，會對黑人領袖進行暴力攻擊、暗殺等行動，集會時常穿著白袍，頭戴尖帽，臉上戴有面罩，並在集會中焚燒十字架。

45 Ameri-KKKa，刻意將KKK（三K黨）字眼融入America一字的拼法中，來嘲諷整個美國是個種族主義國家。

46 為防止閒雜人等趁機混入監獄，部分監獄要求囚犯提供訪客名單，唯有名單上的親友方可入獄探監，名單上必須詳列該親友之全名、地址等資訊，以顯示該親友與囚犯確實關係親近。

47 convocation credit。美國部分大學（多為教會學校）設有集會學分制，即學生需要獲取一定的集會學分方可畢業，藉此鼓勵學生參與課外活動。最初宗旨在於鼓勵學生參加教堂禮拜，後為尊重宗教自由，改為設計種種不同的活動讓學生參與。

48 Angola，路易斯安那州立監獄（Louisiana State Penitentiary）的原址為一座名為「安哥拉」的農場，因此該監獄被暱稱為安哥拉。安哥拉為非洲國名，路易斯安那的許多奴隸來自於安哥拉，該農場因此命名為安哥拉。

49 Cleveland，我們一般所熟知的克里夫蘭在俄亥俄州，這是另一個同名的城市。

50 美國的婚禮誓詞中，新娘的部分通常有一句：「愛他、珍惜他、順服他」（to love, cherish and to obey）。但現今有些新娘會直接跳過「順服」這一項。

51 離散（diaspora），最早指猶太人在西元前六世紀流落異邦、不得返鄉的狀態，後來泛指任何非自願的大規模民族遷徙，例如黑奴貿易導致非洲黑人散居世界各地的非洲離散。

52 伊莉莎白・卡特列特（Elizabeth Catlett, 1915-2012），非裔美國平面設計師兼雕塑家，長年旅居墨西哥。

53 Harlem Renaissance，發生於一九二〇、三〇年代的黑人文化覺醒運動，以紐約哈林區為中心，內容涵蓋文學、音樂、社會等諸多文化面向。

54 loco parentis，原為法律用語，此指學校代替父母執行親權。

55 Grady Hospital，亞特蘭大的大型公立醫院。由於是公立醫院，因此收治許多窮人。

56 silent partner，指只出資而不參與實際經營的股東。字面意義為「沉默的合夥人」。

57 店名「布寶」原文為Poupées，係法文「娃娃」之意，正確發音略似「布佩」。由於一般美國人不識法文，因此女主角之父親建議以英文拼法拼做Pou-Pays。

58 National Portrait Museum，位於美國華盛頓特區的美術館，以展出名人肖像畫為主。

59 Hammonds House Museum，位於亞特蘭大的一所專門展出黑人藝術家作品的美術館，位於皮普爾斯街（Peeples Street）。

60 Abernathy，全稱為Ralph David Abernathy Boulevard，名稱係紀念黑人民權領袖阿柏納西（Ralph David Abernathy, 1926-1990）。

61 阿柏納西大道上有穆斯林開設的知名海鮮餐廳。

62 nerve pills，應是指抗焦慮藥。抗焦慮藥無論在美國或台灣都屬處方用藥，不可隨意購買。文中指每個媽媽皮包裡都藏有這種藥，應是誇大，或是有許多媽媽確實經由醫生處方取得這種藥。

63 安琪拉·戴維斯（Angela Davis, 1944-），美國社運人士、學者、作家，曾捲入某挾持人質事件而被捕入獄，但最後被宣判無罪。後主張監獄非解決社會問題之方法，提倡終結監獄產業複合體。

64 prison-industrial complex，美國政府將部分監獄外包，導致監獄成為私人營利機構。

65 原文為Huxtable life。Huxtable為影集《天才老爹》中一家人的姓。影集中這家人父親為醫生，母親為律師，家庭富裕。

66 原文為Johnnetta B. Cole，生於一九三六年，美國人類學家、教育家，是斯貝爾曼學院頭一位女校長，後來亦曾擔任國立非洲藝術博物館（National Museum of African Art）館長。

67 《絕命追殺令》（*The Fugitive*），一九六〇年代的美國影集，原譯作《法網恢恢》，一九九三年拍成電影，改譯《絕命追殺令》。故事敘述金波醫師（Dr. Richard Kimble）目睹妻子遭獨臂人殺害，自己卻被誣指為殺妻凶手並遭判處死刑，後在押解入獄途中逃脫，從此持續追查獨臂人下落，以為自己洗刷冤情。此處所說之獨腳人應是華特口誤或誤記。

68 prayer warrior，為他人禱告的人。

69 Rose Bowl，全稱為Rose Bowl Game，美國大學足球每年舉行的一種賽事。

70 blunt。把雪茄菸打開，抽掉雪茄菸草，換成大麻，重新捲成長條菸狀，這種外形像雪茄的大麻菸稱為blunt。

71 梅斯（Benjamin Mays, 1894-1984），美國民權運動領袖，一九四〇～一九六七年間擔任莫爾豪斯學院校長。馬丁．路德．金恩博士為其學生。梅斯並非本書男主角在學時之校長，而是該校之精神指標。

72 蘋果籽強尼（Johnny Appleseed, 1774-1845），美國西部開拓時期一位將蘋果種子帶到西部大量栽植的人士。此名字用作動詞時，指男性四處留情，和許多不同女子產下子嗣。

73 Emory University，位於亞特蘭大的知名私立大學，有「南哈佛」之稱。

74 Baton Rouge，路易斯安那州首府。

第二部

為我擺設筵席[1]

安德烈

娶一個寡婦想必就是像這樣。你給她包紮傷口；當回憶悄悄竄上她的心頭，她看似毫無理由地哭泣時，你給她安慰。她緬懷往事時，你別提醒她另有一些事她刻意選擇忘懷，在這當中，你則不斷告誡自己，吃一個死人的醋毫無道理。

但是我又如何能有不同的選擇呢？我認識瑟蕾莎·戴文波一輩子了，也愛了她一輩子，這是我最純淨質樸毫無矯飾的肺腑之言，就和老山核桃一樣純淨質樸毫無矯飾。老山核桃是我們兩家房子之間的老樹，有幾世紀那麼老了。我對瑟蕾莎的愛鏤刻在我的身上，就跟橫亙在我肩胛上的那道銀河胎記一樣。

我們得到消息的那天，我就知道她不屬於我了。我並不是要說，至少在白紙黑字上，她是別人的妻子。如果你認識瑟蕾莎，就會知道她也不曾屬於過他。我不清楚她自己知不知道，她是那種永遠不會屬於任何人的女人。這是必須靠很近才看得出的眞相。就拿二十美元紙鈔來說吧，乍看之下是綠的，但靠很近看的話，你會發現它是米黃的底色印上了墨綠色的花樣。瑟蕾莎也是這樣的，縱使在她戴著他的戒指時，也並不是他的老婆，而只不過是個有夫之婦。

我不是在給自己找藉口。我知道世界上有些人，比我善良的那種人，會在羅伊入獄，尤其是入冤獄的那一天，就慧劍斬情絲。我從沒懷疑過他的清白，我們大家都沒懷疑過。戴文波先生對我很失望，他覺得我應該要講義氣，不該去惹朋友妻，應該要讓瑟蕾莎成爲羅伊受苦受難的活體紀念碑。但是旁人不瞭解，是因爲他們不懂，在人生頭一次知曉舌頭要如何卷曲才能發出字音、腳要如何收縮才能邁出步伐的時候，就愛上一個人，那是什麼滋味。

你知道的，我是他們婚禮上的證婚人。瑟蕾莎嫁給羅伊的那天，我在證書上簽下我的名字——安德烈·莫里斯·塔克。簽名的時候，我的右手哆嗦到我得要用左手去穩住它。教堂裡的牧師詢問有沒有誰反對這兩個人結爲夫妻，我按捺著心中的想法，寬大的腰封纏在腰上，一隻肥大的拳頭在我的胸膛裡捶打。在那個春日裡，她說的是真心話，但你得要去考量那天之後的所有日子以及那天之前的所有日子。

讓我話說從頭吧！我和瑟蕾莎是在亞特蘭大西南區一條窄窄的街道上一起長大的。那條街叫作林恩谷路，和林恩街交叉，林恩街則是從林赫斯特大道岔出來的一條路。路的盡頭是死路，這是好事，因爲我們可以在馬路上玩耍，不用擔心被車撞死。有時我羨慕現在的孩子，可以打跆拳道，可以接受心理治療，可以用環境浸潤的方式學習語言，但另一方面，我也喜歡像我自己童年那樣，做孩子只要活著和開心玩耍就夠了。整個七〇年代我們都滿街亂跑，但後來城裡出了個連續殺人犯，把全城人嚇得半死，我們街頭玩耍的歲月就戛然告終。我們在老山核桃上綁了黃絲帶來紀念二十九個失蹤和罹難的被害人，那是很辛苦的幾年[2]，但恐怖威脅終究過去了，黃絲帶破損，像樹葉一樣墜落，也像樹葉一樣燒掉了，我和瑟蕾莎繼續生活、成長、學習、相親相愛。

我七歲那年，我爸媽鬧離婚，過程慘烈。那年頭好人家是不作興離婚的。卡羅斯離家的陣仗很大，來了他的三個兄弟、一個休假中的警察，還有一臺搬家卡車。他離家後，瑟蕾莎自願提供她自己的爸爸給我當爸爸。我永遠不會忘記她拉著我的手到地下室的實驗室，戴文波先生身穿白袍，像個醫生，護目鏡埋在兩側不對稱的爆炸頭裡。瑟蕾莎說：「爸爸，安德烈的爸爸跑掉了，所以我跟他說，你有時候也可以當他爸爸。」戴文波先生點起一盞本生燈[3]，脫下護目鏡，說：「我接受這個職位。」一直到現在，這仍是我這輩子接到過的最大禮物。我和戴文波先生從沒眞的建立父子情誼，我們的氣味沒有那麼相投，但是瑟蕾莎這一番慷慨的表態，像是她掀開了罩子，我鑽了進去，我們從此成了一家人。

挑明了說，我和瑟蕾莎比較不像兄妹，而比較像會親嘴的表兄妹。高三那年，我們因爲各自都沒找到好舞伴，於是聯袂去參加情人節舞會。她屬意的是個低音鼓鼓手，我則看上一個樂儀隊隊長，而這兩個人好死不死偏偏互相看對了眼。我把不到妹不是什麼奇事，這個世界崇尚高大、黝黑、俊俏的男子，我卻生得小巧可愛又白皙。舞會過後，我們在威德史朋租車公司的禮車後座接吻。回到她家後，我們又偷偷潛入她家地下室。她老爸在地下室放了張小沙發，工作累了需要瞇一下時就在上頭小憩，我們則在那張沙發上親熱。那房間瀰漫著擦拭酒精的氣味，沙發靠墊則散發著大麻味。瑟蕾莎輕輕巧巧溜到一座亮閃閃的文件櫃前，摸出一個酒瓶，裡面裝滿可能是琴酒的液體，我們你一口我一口地傳來傳去，一直到酒精提振的勇氣開始發揮力量爲止。

我當年是個媽寶，第二天早晨把這整個經過一五一十對伊薇和盤托出。她表達了兩個意見：第一，我們兩個會擦出火花是遲早的事；第二，我有責任到隔壁去按門鈴，請求瑟蕾莎當我的女朋友。我就和瑟蕾莎她老爸多年前一樣，欣然「接受這個職位」，但瑟蕾莎可不接受。她說：「阿烈，我們可不可以假裝那件事沒發生過？可不可以看看電視就好？」她是眞心在問問題，想得知我們有沒有可能把時光倒轉，拋卻昨晚的記憶，迎向另一個明天。最後我說，我們可以試試看。那天下午，她就像艾拉．費茲傑羅[4]用歌聲震碎玻璃杯一樣，粉碎了我的心。

我說這個的意思並不是要說，我早在高中時代就已經把她據爲己有了。我想要表達的是，我們之間是早有情愫的，並不只是時機湊巧而已。

高中畢業以後，我們走上不同的方向，像三隻小豬一樣各自尋找各自的出路。我找上的出路離家只有七英里遠，在莫爾豪斯學院。我家三代都是莫爾豪斯學生，光這點就足以讓卡羅斯自願幫我出全額學費了，平常他是連伊薇要求的扶養費半數都不肯付的。我的第一志願其實是紐奧良的澤維爾大學[5]，但是卡羅斯願意付哪所學校的學費，我就得念哪一所。這倒也不是在抱怨啦，莫爾豪斯很適合我，它教導我做黑人的方法有幾十種，我只要挑選其中適合我的一種就行了。

瑟蕾莎的媽媽屬意麻州的史密斯學院[6]，她爸鍾情斯貝爾曼學院，結果瑟蕾莎卻挑了霍華德大學。瑟蕾莎要什麼，她爸媽都會答應，所以他們給她買了一輛灰色的豐田可樂娜，她把那車取名爲璐西兒，然後就開著璐西兒進京去了。校友返校日時，莫爾豪斯和霍華德舉行球賽，我不大起勁地計畫著要和她碰面。我當時的女友對於和瑟蕾莎碰面興致不高，就連她都可以從我念瑟蕾莎名字的發音中聽出，我對她的感情不僅止於友誼。

我去華盛頓特區卻沒見到她之後大約三個禮拜，她就帶著一顆破碎的心回家了。她家人差不多是把她與外界隔離了將近半年，我去找過她兩次，原是可以每星期去探望她的，但她阿姨希薇雅給我吃了閉門羹。她倆之間進行著某種屬於女性陰柔黑暗的不知什麼活動，像女巫的湯一樣原始又神祕。

九月來到，瑟蕾莎準備好要出關，但她沒回華盛頓，而是靠家人動用了一點關係，終究還是進了斯貝爾曼學院。伊薇叫我要注意著她，我也的確注意了。瑟蕾莎仍然是我從前認識的那個女孩，但身上多了點危險氣質，好像有可能會拿刀傷人。她的幽默感提升了幾分，氣勢也增強了幾分。

那都是很久以前的事了，那時候情況不一樣。我知道留戀過往是一種強力毒品，可是我無法忘懷那段年紀輕輕而口袋空空的日子，她有時會到我的宿舍來過夜，我們會大啖小麥雞翅——那是一種雞肉加麵包的組合，一個只要兩美元外加一點點零頭。吃飽之後，我就會鬧她，問她怎麼從來不帶朋友一起過來。

「我發現你總要等到東西都吃光了，才會問起我爲什麼不帶朋友來。」

「我是眞的在問，沒搞笑啦！」

「下次啦！」她說：「我保證下次會帶。」但是她從沒打算過要帶朋友來，也從不告訴我爲什麼。她來找我的夜晚，到了凌晨一點左右，我都會提議送她回學校，她總是說：「我想要留在這裡。」我們睡在我床上，為了莊重起見，她蓋被子，我睡被子外，我們之間隔著被單。這樣隔著一片棉花同床共枕，若說我不曾情迷意亂過，那是騙人的。但是回想起來，我想那是當年我少不更事的緣故。有一回，她在天未亮前醒來，輕聲對我說：「安德烈，有時候我覺得我的腦筋好像不大正常。」那是我唯一一次和她一起睡在被窩裡，但這是為了止住她的哆嗦。「妳沒問題的，」我對她說：「妳沒事的。」

如果我還能再說點什麼來讓我們的紀錄更有看頭，那就是——他倆是我介紹認識的。有天她在我這兒過夜，羅伊一早八點跑來，想要弄點銅板洗衣服。他就這樣無預警地闖進來，彷彿我絕對不可能在做什麼見不得人的事一樣。我在大學是個難以歸類的人。我不夠激情，當不了熱血青年，不夠怪，當不了死肥宅，不夠帥，當不了萬人迷。我沒有一大群女粉絲追隨，但混得還算可以。羅伊呢，一直以來都是備受矚目的人物，又高又黑又帥，但是舉止粗獷，使他顯得陽光健康。我的房間和他的房間只有一牆之隔，所以我知道他那套鄉巴佬風格是把妹技巧。倒也不是說他不是徹頭徹尾的鄉下小孩，而只是說他既不笨，也不是溫和無害。

他很飢渴地盯著瑟蕾莎說：「我是羅伊．漢彌爾頓。」

「羅伊．奧山尼爾．漢彌爾頓。從牆那邊傳過來的聲音是這樣說的。」

羅伊這時看著我，好像我洩漏了某種最高機密，我高舉雙手表示無辜。他把眼光又轉回瑟蕾莎身上，之後就定住不動。起初我以為他只是不服氣，他無法相信瑟蕾莎居然對他半點興趣也沒有。就連我也頗爲困惑。

這時我才發現瑟蕾莎是永永遠遠改變了。眼前的這個瑟蕾莎是新的瑟蕾莎，心無旁騖，目不斜視，這是她阿姨陪她休養生息後所產生的副產品。希薇雅照顧她半年，教會了她兩件事，一是如何把襪子縫成娃娃，二是一秒判讀對她有意思的人是不是心懷不軌。

羅伊來我房間三、四次，問起她：「你們兩個之間沒什麼，對吧？」

「什麼也沒有。」我說：「我從小就認識她了。」

「好。」他說：「那給我一點資訊。」

「怎樣的資訊？」

「我要是知道，還問你幹嘛？」

我當然有一些眞知灼見可以告訴他，但我沒打算指點羅伊通往她內心深處的路。他這人還不壞，就算是那時候，我也挺喜歡這傢伙的，我們兩個差一點就成爲兄弟會的兄弟了。我爸同意付學費送我上大學，首要條件就是我要參加兄弟會的入會考驗。在他心目中，只有長子能傳承家族傳統。我參加「新會員說明會」的時候，羅伊也在場。他在各方面都是「第一代學生」，因此我們其他人振筆疾書的時候，他沒有多少內容可以塡在資料卡上。我坐在他旁邊，因此看出了他臉上顯現出的一絲驚慌。兄弟會會員上前來收他的資料卡時，他交出一張像月亮一樣空白的卡片。

「我認爲這些問題無法讓你們認識眞正的我。」他說這話時並沒有壓低嗓子，但聲音聽起來不怒而威。那位大哥對他哼哼鼻子，說：「蠢蛋，快把卡片塡好！」但他還是爭取到一點點尊嚴。羅伊看了一眼我的卡片，我把我爸整個家族的名字都用大寫字母塡上去了。

「你們眞是家學淵源！」羅伊說。

我搖搖我的卡片說：「你猜我過去十年間見過這些人幾次？」

羅伊聳聳肩：「至少還算是你的親人啊！」

我交出卡片，重新在羅伊身旁坐下。會議內容開始變得很蠢，細節我就不說了，因爲兄弟會的聚會內容應該要保密，但是我就這麼說吧，大概就像是大夥兒穿了獻祭儀式的服裝，但是並沒有眞的獻祭三牲之類的動物。

「我們是不是該溜出去？」羅伊用手肘戳戳我，試探我。

現在回想起來，我們眞該趁著尊嚴還沒受損之前溜出去的。長話短說，事情的發展就是，我和他都沒通過考驗。稍微長一點的版本是：我們被狠整了三個星期，還是慘遭淘汰。超級私密的版本：我們被刷掉後，我私底下偷偷鬆了一口氣，但羅伊用袖子揩了揩眼睛。

我和他並沒有成爲死黨，但交情還算不壞，不過我並不打算把瑟蕾莎拱手讓給他，伊薇可沒把我教養成那麼沒用的男人。他們又過了三、四年才又重逢，這回剛好天時地利人也和。羅伊是不是你希望自己的妹妹可以嫁的那種人呢？答案是你希望妹妹永遠不嫁人。但瑟蕾莎和羅伊在一起很相配，羅伊很照顧瑟蕾莎，而且就我所知，當羅伊承諾要和瑟蕾莎長相廝守時，他說的是眞心話。就連伊薇也贊成他們在一起，贊成到她還在他們婚禮上彈鋼琴。他們的故事是個勵志故事：男孩追女孩，最後男孩被女孩追到，諸如此類。婚宴的時候，我坐主桌，並且誠心祝福他們幸福美滿。當我舉杯祝賀新郎新娘時，說的都是肺腑之言。如果有誰說事實不是這樣，他就是在說謊。

這一切都是真的，但是天有不測風雲，壞事會發生，好事也沒少過。我不打算說什麼老天自有安排之類的話，但是至少我不需要爲將近三年來和瑟蕾莎共同生活的日子道歉吧？何況就算我要道歉，又該向誰賠罪呢？難道是要以現行犯的姿態去向羅伊懺悔嗎？他可能會覺得的確應該這樣，但瑟蕾莎可不是像皮夾或好點子之類的東西，說偷就可以偷的。她是個活生生、會呼吸的美麗人類。當然這件事有多個面向，不能單從我或瑟蕾莎的觀點去看，但有個事實不容質疑——我愛她，她也愛我。無論我是在她身邊醒來，或是在自己可憐兮兮的床上孤伶伶醒來，早晨我睜開眼，頭一個想到的就是她。

小時候，阿嬤會說：「上帝自有祂神祕的安排。」或是說：「你要找上帝的時候，祂或許不在，但該出現的時候，祂都會出現。」伊薇會說：「上帝想怎麼對你就會怎麼對你。」這時候阿嬤就會叫伊薇快別這麼說，並且告訴她，被男人拋棄並不是人所能碰到最糟的事，伊薇就會接著說：「可是卻是我所碰到的最糟的事。」她太常說這話了，結果得了紅斑性狼瘡。她說：「上帝要我明白眞正的悲慘是什麼。」我不喜歡這一大堆上帝如何如何的話，感覺好像上帝在天上玩弄我們。我比較喜歡阿嬤在讚美詩裡承諾上帝必定有的那種溫柔包容。小時候我把這種想法告訴伊薇，伊薇說：「你碰到了怎樣的上帝，就要去適應祂。」

你碰到了怎樣的愛情，也是要去適應它，隨著這個愛情而來的一大堆七七八八的麻煩事，就像拖在新娘車後面的一堆罐頭一樣[7]，你也是要去接受。我們並沒有忘記羅伊，我和瑟蕾莎每個月都匯錢去他的帳戶，但是這就和每天捐三毛五給衣索比亞的孤兒一樣，算不上是多了不起的事。但是他始終都在那裡，始終都是我們臥室角落裡一個閃亮亮的幽靈。

十一月的第四個星期三[8]，我下班回家，發現瑟蕾莎坐在我家廚房，身上穿著她的工作罩袍，用一只氣泡玻璃杯喝著紅酒。我知道她焦躁不安，因爲她的指甲把桌面敲得格格響。

「寶貝，發生什麼事了？」我一面脫外套，一面問。

她搖搖頭，嘆了一口氣，我解讀不出那口氣的意思。

我在她身旁坐下來，從她的杯子裡啜了一口紅酒。這是我們的習慣，我們喜歡合喝一杯酒。

她用手摸了摸頭髮。我們剛在一起時，她就把頭髮理成了平頭。貼近頭皮的短髮使她看起來年紀較大，不是老，而是從青春少女蛻變成了成熟淑女。

「妳還好嗎？」我問。

她一隻手把酒杯湊到唇邊，另一手從口袋裡掏出一封信。我還沒打開那張橫格紙，就已經知道那是張什麼紙，知道上面寫著什麼，就好像那封信的涵義繞過了語言，一刀未剪地直奔進我的血液中。

「班克叔叔創造了奇蹟。」瑟蕾莎摩搓著她光禿禿的腦袋：「羅伊要出獄了。」

我站起來，走到碗櫃旁，拿出我自己的氣泡杯，倒了半杯紅葡萄酒，有點哀怨怎麼沒有烈一點的酒。瑟蕾莎也站起來，我舉起杯說：「敬班克！他說他永不放棄。」

瑟蕾莎說：「是啊，都五年了，終於成功了。」

「我很替羅伊高興。他曾經是我的朋友。」

「我知道。」瑟蕾莎說：「我知道你不希望他碰上壞事。」

我們站在廚房水槽前，看著窗外，棕黃色的草坪上鋪滿落葉。園子最遠端的牆邊生著一棵無花果樹，是卡羅斯當年為慶祝我出生而種的。戴文波先生不讓我爸專美於前，也在瑟蕾莎一歲生日時種了一大叢玫瑰，這些玫瑰至今每年夏天仍在十幾個格子棚架上攀爬，既芬芳又亂糟糟。

「你想他是不是想回這裡來？」瑟蕾莎說：「他的信上沒說他有什麼計畫。」

「他能有什麼計畫？」我說：「他得要從頭來過了。」

「說不定他可以到這裡來。」她說：「我們兩個就住我家，然後我們幫忙他在你家重新開始……」

「不會有男人願意接受這種安排的。」

「說不定他會願意？」

我搖頭：「不可能。」

「可是你很高興他出獄。」她說：「你沒有嫉妒他。」

「瑟蕾莎，」我說：「妳把我想成怎樣的人了？」

我當然很高興聽到他即將重獲自由。我為我的朋友、我莫爾豪斯的好兄弟羅伊・漢彌爾頓而心中充滿感激，這是什麼也改不了的事實。但雖然如此，我和瑟蕾莎還是有事需要討論。上個月她才終於找班克討論離婚的手續，我昨天才剛剛去珠寶店挑了一枚戒指。我媽在我三歲的時候，就預言有一天我一定會做這事。我的計畫是在感恩節這天，也就是明天，用這枚戒指叫醒她。這條路瑟蕾莎已經走過了，因此我沒有挑會把人的眼睛閃瞎的戒指，甚至沒有挑鑽戒，而是挑了顆橢圓形的深色紅寶石，中間有火焰花紋貫穿，鑲在沒有裝飾的黃金戒圈上。就好像她的歌聲凝結成了寶石一樣。

我買這枚戒指是件背棄信仰的事，因爲瑟蕾莎說她再也不相信婚姻了。「至死不渝」這話陳義過高，不切實際，註定會失敗。我問她：「妳認爲婚姻沒意義，那認爲什麼有意義呢？」她說：「情感的交流。」至於我呢，我既傳統又現代，我也看重親密關係，有人不看重親密關係嗎？但是我也相信承諾有其意義。誠如瑟蕾莎所說，婚姻是一種「怪異的制度」。我父母的離婚讓我清楚知道結婚禮堂上簽訂的是什麼樣的不平等條約，但此時此刻，身在美國，婚姻是最接近我夢想的東西。

「妳看著我。」我對瑟蕾莎說。她轉過臉，洩漏出眞正心思的五官這會兒露出來了。她咬著下唇的左角。我若把嘴唇貼上她的頸項，會感覺到她的脈搏在皮膚之下撲撲跳動。

「阿烈，」她重新把眼光轉回窗外灑滿落葉的草坪，「我們要怎麼辦？」

我的回應是走到她背後，用手環抱住她的腰，身子蹲低些，好把下巴擱在她尖銳的肩膀上。瑟蕾莎又問一次：「我們要怎麼辦？」我喜歡她用「我們」這個詞。這代表的意義不能算很大，但是不蓋你，我可是非常振奮的。我說：「首先我們得把實情告訴他。至於他要住哪裡，這種細節就慢一點再說了。」她點點頭，沒有再說什麼。

「四個星期嗎？」我問。

她點頭。「差不多是十二月二十三日，聖誕節前後。」

「我去跟他談談吧！」我說。

我轉頭看她，心裡希望她會明白這個提議的本質，並不是一支九局下半的短打，而是一種紳士行徑，就像中世紀紳士把外套鋪在泥濘水窪上，好讓淑女不會弄髒衣裙，我等於是把自己鋪在了泥濘的水窪上。

但她說：「他信上說想跟我談談。你不覺得我有義務跟他談談嗎？」

「妳的確有義務，也的確要跟他談談。」我說：「可是不要馬上談。我先給他提點一下大致的狀況，如果他希望能跟妳面對面談談，我再開車載他來亞特蘭大。不過一旦他知道之後，說不定就不需要過來了。」

「阿烈，」她碰碰我的臉頰，碰得很輕，輕得像個吻，或像個道歉。「可是萬一我想跟他談呢？我不能把他當個罰單或爆掉的輪胎，派你去路易斯安那處理。我是他的妻子，你瞭解嗎？我們婚姻出問題不是他的錯。」

「這不是錯不錯的問題。」我說。但不用說，我心中當然有個揮之不去的謎之音，喋喋不休地一口咬定，和瑟蕾莎在一起就像盜墓或者冒用他人身分一樣，是一種犯罪行爲。「去找個你自己的女人呀！」那謎之音用羅伊的嗓子這樣責罵我。也有時謎之音是用我爸的嗓子告訴我：「別毀了你的好名聲。」這話出自他的口很諷刺。但在我腦海中這一大堆亂七八糟的聲音中，我阿嬤的勸告也在其中，她說：「該是你的就是你的，屬於你的福氣，你就要伸手去取。」我從沒告訴過瑟蕾莎我心中的這些謎之音，不過她心中想必也有自己的一整個謎之音合唱團吧！

「我知道這不是任何人的錯。」她說：「可是我們之間的關係很尷尬。我和他做夫妻的時間不長，可是真的做過夫妻。」

「妳聽我說，」我說。我沒有單膝下跪，我們早已經不作興這種俗套了。「我想要先談談我們的事，再來談他的事。我本來計畫不是要用這樣的方式，可是妳看！」

她端詳著我手心中央的戒指，困惑地搖搖頭。我買這顆紅寶石的時候，覺得這寶石既完美，又有個人特色，和她先前的那枚戒指完全不一樣，但如今我懷疑這枚戒指可能不夠貴重。

瑟蕾莎問：「這算是求婚嗎？」

「算是個承諾。」

「你不能這樣搞。」她說：「一口氣來這麼多事，我壓力太大了。」她抽身走掉，走進我的臥室，關上門，門把喀噠響了一聲。我可以追上去的，只要用一根迴紋針就能搞定。但當一個女人把你關在門外，你就算撬開門鎖，也打不開她的心。

我在書房裡，拿出我畢業時卡羅斯送我的煙燻威士忌，斟了一杯給我自己。我把這瓶酒藏在酒櫃裡，藏了將近十五年之久，想要等到有個值得慶祝的時機再開來喝。一年前，瑟蕾莎向我問起這瓶酒，我覺得她在我身邊可以算是個值得慶祝的時機，於是我們開了這瓶酒，互相祝賀。如今這瓶酒快喝光了，喝光之後，我會懷念它的。我帶著酒杯走出門去，坐在老山核桃樹底下。空氣有點冷，但我嚥下的威士忌熱燙灼燒。瑟蕾莎家所有的燈都亮著，窗簾也都開著。聖誕旺季快到了，她的縫紉室裡滿是娃娃。雖然娃娃的表情各有不同，而且都是女娃娃，但在我看來，每個娃娃都有些神似羅伊，每一個都是羅伊。我很久以前便接受了這個事實。她是個寡婦，寡婦有權哀悼。

月亮升起時，她喊我。我遲疑著沒應，等待著第二個序曲。她在屋子裡四處走，我感覺到她的擔憂。她若是放慢腳步思考一下，就會知道該到哪裡來找我。我的名字在空蕩蕩的屋裡又多迴盪了幾分鐘。最後，她出現在前廊，身穿印著花朵的睡袍，看起來好像我們是結婚幾百年的老夫老妻了。

「阿烈。」她說。她赤著腳踏過溼溼冷冷的草坪。「進屋子來，上床去。」

我沒答腔，從她身邊走過，一路往我的臥房走去。房間裡床單亂七八糟，看起來好像她沉沉睡去，卻碰上了惡夢一場。我像平常準備上床一樣，梳洗，換上睡褲和T恤，把棉被和毛毯放回床上，鋪好床罩，掀開來，關上燈，然後走向站在衣櫥邊、手臂交叉在胸前的她。「過來。」我說。我像哥哥擁抱妹妹般地擁抱她。

「阿烈，」她說：「你希望我怎麼做？」

「我想要結婚，想要把我們的關係攤在陽光下，讓它合法化。瑟蕾莎，妳要給我一個答案，不能讓我不上不下掛在那裡。」

「現在時機不對，阿烈。」

「妳只要告訴我妳怎麼想就好了。妳是想嫁給我呢，還是不想嫁給我？我們是辦了將近三年的家家酒呢，還是眞的建立了一點什麼？」

「這是最後通牒嗎？」

「妳瞭解我，妳知道我不是這樣的。可是瑟蕾莎，我要知道妳的答案，而且現在就要知道。」

我放開她，她於是走到她睡的那一側床，我走到我的這一側。我們就像拳擊手，退到各自的角落。

沒有人說話，也沒有人入睡。我不知我和她是不是就此完了。我考慮是不是要轉身進入她的領地，進入散發薰衣草味的那一側床。我們通常貼緊身子睡覺，有時兩人共用一個枕頭，但今晚，我感覺若沒有受邀，我不能擅自入侵，但邀請似乎遙遙無期。一個人永遠無法得知另一個人的心思，這是我所學會的唯一一件事。但是無論如何，天亮之前，幾乎就快到我心目中認定的最後期限，她還是向我靠了過來。她用手、用腿、用唇、用渾身靠向我，我像裝了彈簧，毫不猶豫地迎向她。

法律上來說，她是別人的妻子，但是過去五年來發生的事如果教我們懂了什麼事，那就是法律對人民的眞實生活根本一無所知。你不能告訴我，我們在我的床上筋疲力竭、汗水淋漓的軀體交纏不是情感交流。

「妳聽我說，」我對著她散發香氣的肌膚低語：「我們在一起不是因爲羅伊被關，妳懂嗎？」

「我知道。」她嘆息：「我知道，我知道，我知道。」

「瑟蕾莎，拜託妳，我們結婚吧！」

黑暗中，她的唇緊挨著我的唇說話，我幾乎嘗得到她的話語，芳醇濃烈而帶有泥炭味。

瑟蕾莎

那時我才新婚，還在從頭髮中梳下米粒[9]。結婚十八個月，我還沒完全從新娘子過渡成妻子。

結婚就像把一根枝條嫁接到另一棵樹的樹幹。枝條是新割下的，仍滴著樹汁，散發著春天的氣息。砧木則刨去了保護性的樹皮，鑿出了洞來容納新的枝條。好幾年前，我爸在屋子側邊的院子嫁接過一棵山茱萸。他從樹林裡偷來一根開著粉紅花朵的枝條，紮在我媽從苗圃弄來的一棵開白花的樹上，用了好幾碼的麻繩和麻布，外加兩年的時間，兩棵樹才成功癒合。現在過了這麼多年，雖說那棵樹會開出雙重色澤的奇異美景，整棵樹看來依舊有些不大自然。

我從來無法判斷在我的婚姻中，誰是砧木而誰是接穗。我們曾經試圖要生孩子，有了那孩子，誰是砧木誰是接穗便不再重要。當兩口人成了三口人，我們便不僅僅是夫妻，而是一個家庭，此時退出不玩的後果擴大，留在家中的樂趣也增加。我們當時並沒有如此精算計畫，冷酷的事後分析才暴露出當時看似迷信的真正緣由，就好像魔術師的手冊，告訴你魔術是怎麼辦到的，靠的不是魔法，而是小心翼翼的提示與神祕的機關。

這不是藉口，只是說明。

感恩節的早晨，我在安德烈身邊醒來，手上戴著他的戒指。我從沒想像過我竟會是那種同時擁有丈夫與未婚夫的女人。本來大可以不用這樣的。當我一發現我無法當個囚犯的妻子，應該就要立即請班克叔叔幫我辦理離婚手續。歐麗芙的喪禮過後，我就知道我愛的是一直守候在我身邊的安德烈，親愛的阿烈。我爲什麼沒把法律程序搞定？是不是我對羅伊還殘存著隱隱潛伏的愛？兩年來，每天上床前，安德烈的雙眼便問著這個問題，羅伊的信裡也暗暗藏著這個問題，就好像他寫了又擦拭掉，重新寫了新的文字蓋上去。

原因很多。罪惡感滲入了我的理性之中。他已經身陷囹圄，我如何能給他送上離婚判決書，讓他又接獲一次法律的裁決，又承受一次沉重的打擊？他早已經知道的事，又何需白紙黑字證明？我這麼做是出於好心，還是懦弱？一年前我這麼問過母親，她倒了杯冷水給我，告訴我一切都是最好的發展。

我把手擱在安德烈的肩上，彎起手指蓋住他的胎記。他的呼吸深沉，放心地相信在他獲得足夠的休息之前，地球仍然會繼續旋轉。清晨五點，當我們之間只有一人醒著時，生活比較不那樣令人畏懼。安德烈已經長成了俊美的男子，細長的身材結實起來，變得瘦而精壯。他仍然像獅，髮色棕黃而面容紅潤，然而如今他不再是可愛的小獅，而是成熟的公獅。「你們兩個一定會生出很漂亮的寶寶來。」常有陌生人這樣對我們說，我們便微笑以對。這是一句讚美，但想起寶寶，便有個什麼東西如鯁在喉，逼得我就要窒息。

夢境使安德烈抖顫了一下，他捉住我的手，我於是在他身畔又多依偎了一會兒。今天是感恩節。成年的人生中需要跨越的障礙之一，就是節日成為了量尺，而你總是達不到標準。對孩子而言，感恩節的重點是火雞，聖誕節的重點是禮物，長大成人後，我們發現所有節日的重點都是家人，誰也逃不了。

我媽這樣浪漫夢幻的女子，對我手上這枚深紅如秋葉的戒指會如何解讀呢？這枚紅寶石告訴我，安德烈是我的未婚夫，但羅伊那枚純白至近乎澄藍的鑽石卻又堅決認定這是不可能的。然而誰又會在乎寶石有什麼睿智的看法呢？唯有身體知道眞相，骨骼不會撒謊。我的珠寶盒裡還藏著什麼呢？一顆小小的牙齒，乳白一如古典的鏤空蕾絲，牛排刀似地生著鋸齒邊。

亞特蘭大西南區的居民，沒有人不認得我爸媽的房子。房子雖然沒有掛牌匾，但稱得上是某種地標。這棟宏偉的維多利亞式建築座落於林赫斯特大道和卡斯凱路的交叉口，就在奇爾德雷斯街的前方，荒廢了將近有半世紀之久，最後我爸把它從松鼠和花栗鼠的手中搶救回來。附近的住宅盡是井然有序的磚造房舍，這房子與馬路有段距離，半隱半現在一堵由橫七豎八的灌木叢所組成的綠牆背後，恍若一則世紀交替時代的警世預言。童年時去綠荊棘購物中心[10]的路上會經過這棟房屋，爸爸曾說：「我們以後會住在這裡。這怪物是戰後建造的，是給得不到陶樂莊園的人的安慰獎[11]。」年紀幼小時，我把他的話當眞，懇求他放棄這個點子，我說：「可是那個房子鬧鬼。」他說：「沒錯呀，小妹妹，裡頭都是歷史的鬼魂！」這時我媽就會插話：「妳爸是在說大話啦！」爸爸會說：「不是大話，我是在預知未來。」歌蘿莉會說：「預知未來？做白日夢還差不多！要不說你樂觀正向也可以。不過你別說下去啦，瑟蕾莎都嚇到了！」

一直到他發財之前，爸爸的確都沒再提這件事。但有了錢之後，他對小山丘上那棟有著小圓屋頂和彩色玻璃的傾頹豪宅重新燃起了興趣。班克叔叔查出這筆房產隸屬於一個老地主家族名下，這個家族從重建時期[12]就握有這筆土地。由於亞特蘭大西南區已經變成黑人聚居的區域，他們無法忍受繼續住在這裡，卻也捨不得出售這塊房產。又或者說，一直到三個世代之後，法蘭克林・狄蘭諾・戴文波臂膀上用手銬拴著一個裝滿現鈔的手提箱出現之前，他們捨不得出售。老爸說，他知道他大可以簽一張銀行本票，但有時候裝腔作勢也是很有用的。

歌蘿莉以爲白人地主不會讓步，但她比誰都更清楚自己的丈夫多麼擅長達成不可能的任務。誰想得到一個高中化學老師竟會發明個東西來讓我們「一勞永逸」呢？歌蘿莉老是喜歡用「一勞永逸」來描述我們現今的景況。老爸回來時，手提箱已經不見蹤影，歌蘿莉隨即扔掉所有介紹城郊現代灰泥宅邸的手冊，轉而研究專擅修復歷史建築的包商。這個新家位於市區裡一個老社區的邊緣，社區居民大多是教師、家庭醫師，或其他受薪階級人士，這些都是民權運動之後黑人才爭取到的職務。更往西一些時髦的小區域裡，鄰居可能會是饒舌歌手、整形醫生或行銷主管，歌蘿莉說，住在這裡她反而開心點。老爸呢，則說他很高興不會有社區管委會指揮他屋子該怎樣不該怎樣。

老爸個性固執，他能達成跌破眾人眼鏡的成功也正是由於這樣的特質。有二十年的光陰，他在高中校園上了一天的課，下課回家後，就躲在地下室的實驗室裡，調整化合物的成分。我童年時期關於他的多數記憶都是身穿實驗白袍，袍子上釘滿各式各樣復古徽章，上面寫著：「釋放安琪拉[13]！」、「不語即默許[14]」、「我是人[15]」。爸爸放任他的爆炸頭瘋狂發展，即使「黑就是美」運動已經和緩成了「黑挺好的」，他的頭髮仍然亂得無法無天。很少有女人能忍受丈夫這樣邋裡邋遢、成天作夢，更何況地下室老是有古里古怪的氣味飄上來，但歌蘿莉鼓勵老爸進行實驗。歌蘿莉自己工作也忙，卻仍然抽出時間填寫專利申請表，並且郵寄出去。有人問老爸他究竟如何從一個阿拉巴馬州向日葵地區的赤腳小男孩搖身一變成爲身價百萬的瘋狂科學家，他回答對方，因爲他脾氣太壞了，所以失敗不了。

我從沒想過他會把這種牛脾氣用在反對我和阿烈上。阿烈畢竟曾經是老爸的首選，羅伊則因爲企圖心太強太明顯，像傷疤下的皮膚一樣紅腫醒目，老爸因此喜歡他這個人，卻並不視他爲理想女婿。「我敢說他洗澡時肯定也穿著西裝打著領帶。」我爸說：「我很欽佩他的企圖心，我也很有企圖心，但和一個亟欲展現能力的人共度一生未必是好事。」至於阿烈，他就是喜歡，沒別的可說。「給烈仔一個機會嘛！」他三不五時就會這樣說，一直到我辦訂婚宴的那天早晨，他還在這麼說。我堅稱我和安德烈之間是兄妹之情，他說：「只有眞的兄妹才會有兄妹之情。」黑傑克威士忌喝太多的時候，他說：「我和妳媽經過了一番辛苦奮鬥才步入禮堂，但妳用不著爲了生活而被環境整得七葷八素。考慮考慮安德烈吧！他是怎樣的人妳已經很瞭解了，他已經是我們家的一分子了。好歹就這麼一次，挑簡單的路走吧！」

但現在，他對阿烈唯一做的事就是草草點個頭，當作招呼。

感恩節早晨，我和安德烈輕裝簡著來到我爸媽家，唯一的行李就是我們互許終身以及羅伊即將出獄的兩個消息。我原本答應帶兩個甜點——給爸爸的德氏巧克力蛋糕[16]，和給媽媽的切思派[17]，但我受到的震驚太大，沒力氣烤糕餅。甜點是一種喜怒無常、很有個性的東西，用我這天的手來做甜點，甜點肯定會在烤爐裡塌陷，發不起來。

我們到的時候，老爸正在前院和聖誕裝飾奮戰。他的庭院占地廣闊，空間足夠他徹底發揚聖誕精神。他把T恤穿反了，因此「亞特蘭大獨有」的字樣橫在他窄窄的背上。他蹲在廣闊的綠色庭院中央，用一把折疊型剃刀劃開三個裝滿東方博士[18]公仔的大箱子。

「妳記得那些T恤嗎？」我們慢吞吞爬上陡峭的車道時，阿烈問我。

我當然記得。「亞特蘭大獨有」是羅伊的創業發想之一。想當初「我愛紐約」的標語一炮而紅，讓不知出身何處的某個不知名人士大發利市，他希望「亞特蘭大獨有」可以成爲南方版的「我愛紐約」，但他才剛訂製了幾件T恤和幾個鑰匙圈，就被抓走了。「他腦袋裡總是有好點子。」我說。

「沒錯，他的確是這樣。」阿烈轉頭看我：「妳還好嗎？」

「我很好。」我說：「你呢？」

「我準備好了。但是我沒辦法說謊，有時候我覺得光是過日子就罪孽深重。」

我不用告訴他我瞭解，因爲他知道。偷走本來就屬於你的東西，這種感覺應該要有個詞來形容。

我們多注視了我爸好幾分鐘，鎮定情緒，好表現出節慶的喜悅。老爸從每個箱子都拿出一個巴塔札[19]——就是黑皮膚的那個博士——然後把其他的博士又都塞回箱子裡。他打算怎麼處置剩下的六個白皮膚博士，我不得而知。還有一整個托兒所的公仔、兩個充氣雪人和身上掛著聖誕燈的吃草麋鹿一家子等著他照顧。班克叔叔在門廊前，站在一座梯子的半中央，安裝看起來像滴水冰柱的東西。

「大家好呀！」我一面說，一面展開雙臂，擁抱整個畫面。

「瑟蕾莎！」老爸說。他沒有不理會阿烈，但也沒有正視他。「有沒有幫我烤蛋糕呀？」

「嗨，戴文波先生。」阿烈裝作受到了歡迎的樣子：「感恩節快樂！您知道我們不會只帶兩串蕉來過節的！我買了格蘭利威威士忌給您。」

我爸把下巴朝我戳過來，我湊上前去親了親他的臉頰。他身上有可可脂和大麻的氣味。然後他終於對安德烈伸出手，安德烈滿臉樂觀地握住他的手。「感恩節快樂，安德烈！」

「爸爸，」我輕聲說：「對他好一點。」然後我牽起阿烈沒拿酒瓶的那隻手，兩人並肩往環繞整間房子的門廊走去。還沒走到門口，我爸在後頭喊：「安德烈，謝謝你的好酒，我們吃飽飯再來享用享用。」

「好的，先生。」安德烈看來很開心。

班克叔叔在我們面前的門廊上，努力解開一團糾纏在一起的燈飾。

「嗨，班克叔叔！」我抱抱他站在梯子上的腿。

「妳好呀，小妹妹！」我叔叔說，然後他又對阿烈說：「你好嗎，兄弟？」

就在這時，希薇雅阿姨把頭探出前門。我對希薇雅阿姨最初的記憶，就是她剛開始和班克叔叔交往時，他倆帶我去奧麗溜冰場溜冰。她買了個裝在酒杯裡的淡黃色蠟燭給我當紀念品，我媽看了馬上沒收，她說：「不能給小孩子玩火！」希薇雅替我向我媽求情：「瑟蕾莎不會點燃那個蠟燭的。妳會嗎？」我搖搖頭，表示不會。「相信她吧！」希薇雅對歌蘿莉這麼說，但說這話時，她看著的是我。我的婚禮上，她笑容滿面走在我前面，當我的已婚陪嫁，但嚴格來說她不能算是已婚。

「瑟蕾莎和安德烈！眞高興你們來了！你們不來，妳媽就不肯把蛋糕捲放進烤爐裡。」她把臉往安德烈的方向歪了歪，說：「好姪兒，來給我香一個吧！」

她把門拉得大開，安德烈跟著她進屋，我躑躅跟在後頭，在梯子腳邊停下。「班克叔叔？」

「我沒說。」他看出了我的心思：「我只告訴了希薇雅，其他誰都沒說。要不要告訴家人，由妳自己決定。」

「謝謝你，班克叔叔！」我說：「謝謝你鍥而不捨。」

「沒錯，我鍥而不捨。那些死白人不知道我絕非省油的燈。」班克叔叔穿著他最好的一雙鞋，小心翼翼從梯子一步步往下跨，來到我身旁的地面。「妳爸是我認識最久的朋友。我們五八年一起身無分文地來到亞特蘭大，我對他比對親兄弟還忠誠。但是我希望妳知道，他的看法我不是每一樣都同意。我當律師這麼久，什麼場面都見過了，所以視野廣一點。法蘭克林呢，在某些方面的見解跟他生下來的時候一模一樣，完全沒改變。但是他很疼妳，瑟蕾莎。妳有這麼多人愛妳——妳爸爸、安德烈、羅伊。妳要想想，妳碰到的問題是好命的人才會有的問題。」

晚餐在厚重的橡木桌上擺開，桌上鋪了蕾絲桌巾，來遮掩經年使用的痕跡。在這間經過我爸媽精心翻修的夢幻豪宅裡，樣樣家具都精美閃亮，唯有這張桌子別有一番來歷。這是我外婆送我爸媽的結婚禮物，是他們在法院公證之後收到的稀少禮物之一。外婆說：「妳要把這張桌子傳給妳的孩子，再傳給孩子的孩子。」搬家公司搬運這張桌子的時候，歌蘿莉說：「小心點，這張桌子代表著我媽的祝福。」

我爸只在節日展現出他身爲牧師兒子的家傳技能。「主啊！」他的嗓音低沉有力，我們全都低下了頭。我左手握住老爸的手，右手握住安德烈的手。「我們齊聚在此，感謝您所賜予我們的一切美好。我們感謝您賜予我們這張桌子以及桌上的食物，感謝您賜予我們自由，我們爲此刻身陷囹圄、不能享受家庭溫暖的人祈禱。」接著他背誦了一段冗長的經文。

就在大家還沒來得及說「阿們」之前，安德烈搶先說：「感謝主賜給我們這張桌旁的親友。」

我媽抬幾頭來說：「說得好，阿們。」

屋子裡瞬間歡樂起來。我爸用一把看起來像縮小版電鋸的電動切割刀切開火雞，歌蘿莉從一只閃亮水瓶中倒出冰茶。班克和希薇雅正襟危坐，看起來像大晴天一樣平靜無波，但我相信桌底下，班克想必把手擱在希薇雅腿上。這是一幅美麗的畫面，屋子裡到處插滿鮮花，枝狀的大燭臺上燭光熠熠。我從厚重的玻璃杯啜了一口檸檬冰茶，想起了歐麗芙。她喜愛水晶製品，她的高腳杯是一只一只分開買的。她沒有女兒可以領受她的讚許或繼承她的玻璃器皿，不知她過世後，她的東西怎麼處理了。我垂下頭，爲她祈禱了一番：「但願天堂有許多精緻典雅的物品。」接著我對著空氣低語：「請原諒我！」

我把視線轉向我媽，但願她能至少賞我一個微笑。歌蘿莉美得不像話。我曾經警告羅伊，雖然我和我媽五官神似，但千萬別以爲我將來必定會和我媽一樣美。我和我媽都是高個子，都有深棕色肌膚、大眼睛和豐滿嘴唇，她叫歌蘿莉雅·瑟蕾絲，我叫瑟蕾莎·歌蘿莉娜。我小的時候，她會親吻我的額頭，把我稱爲她的「心愛寶貝」。

我在盤子裡裝滿食物，堆得跟山一樣高，但一口也吃不下，祕密像腫瘤一樣哽在喉頭。我說出的話無論多麼誠實，但只要內容不是「羅伊聖誕節之前就會出獄，而我和安德烈要結婚了」，感覺就像謊言。坐在對面的班克叔叔用刀切著食物，但似乎也同樣沒什麼胃口。我對這位親愛的叔叔充滿了愛戀感激，他用盡了全力，但這許多年來，卻似乎仍然力有未逮，一直到最近才終於成功。不能向朋友宣布官司勝利的喜訊，不能獲得感激和眞誠的恭賀，這眞是太委屈他了。

我感覺到歌蘿莉在觀察我。我帶著沒說出口的疑問凝視她，她則極輕微地對我點了個頭，彷彿是知道了她所不可能知道的事。

甜點是黑莓果醬蛋糕，是外婆傳給媽媽的食譜。要在感恩節端出這樣一個蛋糕，從夏末就要開始烤，在微風裡仍有螢火蟲漫天飛舞的時候，就要把麵糰浸泡在蘭姆酒裡封裝起來。這個甜點在我爸媽的交往中也占有一席之地。當時在學校教社會科的她請新來的化學老師吃了一片破碎的蛋糕。「我驚爲天人！」一直到今天，老爸仍然這麼說。

歌蘿莉把蛋糕端上桌，蘭姆酒、丁香和肉桂的芳香撲鼻而來。我轉頭仰望她，她輕聲說：「無論發生了什麼事，我永遠是妳媽媽。」我低頭看看自己的盤子，看著躺在花邊紙墊正中央的蛋糕以及架在盤子邊緣的小巧湯匙，想起我的婚禮彩排晚宴[20]。羅伊要求用我媽的拿手蛋糕當新郎蛋糕[21]。當其他所有人吃著鴨肉、喝著卡瓦氣泡酒時，歌蘿莉把我拉到餐廳外，站在停車場一叢香氣濃郁的梔子花叢旁，把我拉近她身邊說：「我今天很開心，不是因爲妳結婚，而是因爲妳很開心。我不關心那些花稍的細節，我只在乎妳。」這一番話就是我媽給我的祝福，我祈禱她會願意再給一次。

我轉頭看安德烈，他臉上洋溢著充滿自信的興奮之情。我再瞥向班克叔叔，他正和希薇雅咬著耳朵唧唧呱呱，聊得渾然忘我。最後我面向爸爸。有許多許多年來，我都是老爸的乖女兒，小寶貝。我結婚時足蹬平底芭蕾舞鞋，不是爲了要看起來比羅伊矮，而是爲了不要高出老爸太多。

雖然我堅持要牧師跳過「順服他」的誓詞，但爲了讓老爸能用他低沉到令人驚奇的嗓音說出「是我」，我們保留了「是誰要將這位女子嫁給這位先生」的這段話。

我舉起只剩下一點點茶的杯子說：「我要敬大家一杯！」五個杯子彷彿自動自發地升了起來。「敬班克叔叔！他持續不懈的努力終於有了成果，羅伊聖誕節前就要出獄了。」

希薇雅悅耳地歡呼了一聲，把杯子在寂靜的空氣中往前舉起，期待有誰能拿杯子來相碰。班克叔叔說：「謝謝！」我媽說：「我就知道上帝會出手！」我爸什麼也沒說。

安德烈把椅子往後推。他瘦而高，站得像個燈塔。「各位，我已經向瑟蕾莎求婚了。」我和羅伊的婚約也是在這張桌子旁，以幾近相同的方式宣布的，當時大夥兒用掌聲和波爾多葡萄酒迎接我們的喜訊。但這一次，我爸把頭轉向我，溫和地問：「那乖寶貝，妳是怎麼回答的呢？」

我也站起來，和安德烈肩並肩。「爸爸，我說好。」我想把語氣說得果決，但我聽得出其中有徬徨和畏怯。

「這問題可以解決的。」我媽說這話時眼睛看著爸爸：「我們慢慢再來談一談。」

安德烈用手摟住我的肩，淚水湧上我的眼，我深呼吸穩定情緒。說實話很艱難，但說了實話，心比較踏實。

我爸把他的空酒杯放在一口都還沒動過的蛋糕旁。「這樣不對。」他的語氣顯得滿不在乎：「乖寶貝，這個我不能背書。妳已經有老公了，不能再嫁給安德烈。該我負的責任我願意負，妳小的時候我太寵妳，所以妳以為天天都是星期天，可是現實不是這樣的，現實生活裡，妳不能要什麼有什麼。」

「爸！」我說：「你應該比誰都知道愛情是沒有道理的。你跟媽媽結婚的時候……」

「瑟蕾莎！」歌蘿莉臉上掛著我難以解讀的表情，像以外國語說出警告。

爸爸插話：「情況完全不同。我年輕的時候，還沒想清楚就誤入婚姻，所以我會和歌蘿莉外遇是情有可原，妳媽是我的靈魂伴侶，也是我的好幫手。人會被同類的人吸引，物以類聚。」

「戴文波先生，」安德烈說：「瑟蕾莎也是我的靈魂伴侶和好幫手，她是我這輩子唯一想要在一起的人。」

「孩子，」我爸把甜點湯匙握得像支乾草叉：「身為黑人，我有句話要告訴你：羅伊是國家的人質，是受美國所害的人，你就算不能為他做更多，好歹也該在他出獄的時候，把他的老婆還給他。」

「戴文波先生，恕我直言……」

「你一直滿口先生長先生短的是怎樣？這不是什麼複雜的問題。這個人為了一件他沒幹的雞巴鳥事，被國家關了五年，你要他回來的時候發現他老婆手上戴了你的可愛戒指，還要聽你說你愛她？我告訴你羅伊看到的會是怎樣的情況，他會看到一個水性楊花的老婆，和一個號稱是朋友卻完全不講道義、不配當個人、尤其不配做黑人的傢伙。」

我媽站了起來：「法蘭克林，你要道歉。」

安德烈說：「戴文波先生，您聽見自己說了什麼嗎？我是來提親的，來尋求您的同意，您不同意也就罷了，犯不著口出惡言。您要討厭我就討厭我吧！但瑟蕾莎是您女兒，您不能把她講成這樣。」

「爸爸，不要用難聽的字眼罵我。」我說：「請你不要這樣。」

班克叔叔沒有站起來，但卻散發出一種沉靜的威嚴：「法蘭克林，你早該看得出來會有這樣的發展。你期望這孩子怎麼做？」

「我要她做個有家教的女人。」

歌蘿莉說：「我給她的家教就是要懂得自己的心。」

我爸用兩隻手抱住腦袋的兩側，像是唯恐腦袋從頸子脫落。「你們滿口愛呀、心呀什麼的是怎樣？說句不客氣的，這個事情比你們那些小情小愛嚴重多了。瑟蕾莎想勾搭安德烈，過去一整輩子有的是機會，現在這個機會過去了。羅伊是招誰惹誰了，要受到這樣的待遇？他不過就是個在倒楣時間倒楣地點碰上倒楣事的黑人，如此而已。」

這話說得讓人一時之間無法反駁。我和安德烈還站著，這房子人太多，我們僵在其中不知所措。我爸把湯匙戳進果醬蛋糕裡，我看得出來，他對於自己說的話讓人無言以對感到洋洋得意。

坐在對面的希薇雅對著班克叔叔咬耳朵，迷你鏡子一般的耳環反射著光線。她厚著臉皮鼓起勇氣，大聲吸一口氣，急促地說：「理論上，我不是這個家庭的一分子，但我在這個家裡也混得夠久了。你們這些人真的很過分，每一個都是。首先，我們應該至少花個一分鐘給班克鼓鼓掌才對。他這五年來忙得跟狗一樣。你們其他人就只有開開支票禱禱告，只有班克眞的在做事，他才是去跟政府交涉的人。」

大夥兒滿懷尷尬歉意地對班克叔叔咕噥了幾聲抱歉，他很寬宏大量地點點頭向大家致意。接著他伸手去抓希薇雅的手，示意要她適可而止，但希薇雅沒停下來。

「我說法蘭克林，」她把頭往餐桌的首位揚了揚：「你沒問我的意見，但我還是要提出意見。瑟蕾莎夾在安德烈和羅伊中間已經夠兩面爲難，你就別去影響她了，也不要強迫歌蘿莉在老公和女兒之間選邊站，因爲你贏不過女兒的。不要讓你女兒覺得你要她跟誰上床，她就該跟誰上床，你又不是皮條客。法蘭克林，你知道的，這是血淋淋的街頭鬥毆啊！」

羅伊

從得知我就快要出獄，到我眞的出獄，這中間的那幾個說長不長說短不短的星期間，華特幾乎都沒闔眼，徹夜喋喋不休，向我講授一千條新出獄者的人生道理。「記住，」他說：「你的女人這一整段時間都在外面趴趴走。」

「你又不認識她，」我說：「你要怎麼告訴我她這些日子都在做什麼？」

他說：「我不知道的事我沒辦法告訴你。我不知道她這陣子在忙什麼，你也不知道。我唯一知道的就是，每個人的生活都有所進展，只有你沒有。」

關鍵就在於把心歸零，只往前看。但他沒教我要怎樣才不會難以割捨曾經擁有的東西。華特不懂這個，因爲除了遺憾和錯失的機會以外，他入獄時並沒有在外面留下什麼。對他而言，重新開始不過就是死刑的暫緩執行，對我而言，卻是一切挫折的開始。

在我被宣判十二年徒刑之前，我所追求的一切都已經到手了——一份除了支應生活所需之外還有餘裕的薪水、一棟有四間臥室的房子、一個我每星期天親自修剪的大草坪，還有一個像禱詞一樣使我接近上帝的妻子[22]。我的工作很不錯，但再過幾年，我打算要找個更好的工作。我們在林恩谷路的房子是我們的第一棟房子，下一階段是要有孩子。不只是爲了自己的歡愉，而是爲了更大的目的而上床，這得要彼此的相處到達了另一層境界才辦得到。即使是經歷了後來發生的事，我還是不會忘記那一晚，也不會忘記我們汗流浹背所渴望達到的目標。

「華特，你叫我忘掉過去所擁有的，專注於未來要追求的，可是對我來說，過去擁有的和未來要追求的是一樣的東西呀！」

「嗯，」他說。他的臉皺成一團，好像在思考什麼很深奧的貧民窟大師哲理。「嗯，你這種狀況的人，要以一種新生兒的角度看人生。就當你從沒來過這世界，才剛剛開始要從頭認識萬事萬物。腦子要專注於當下。」

我環顧眼前可憐兮兮的環境，說：「過去比現在好那麼多，我是要怎樣活在當下？」

他咋了咋舌頭：「你知道你現在擁有什麼嗎？洗水槽的任務。」

雖然說牢裡的一切制度規矩都很扭曲，但他派工作給我還是太詭異了。我的親生父親扔了一小塊海綿給我，我接住，又丟回給他：「這次輪到你了。」

「爸爸不用輪。」他把海綿一掌拍回來。

我用小小塊的肥皂在黃色海綿上揉搓，然後開始擦拭水槽，水槽其實並不髒。

「鄉下大師。」我說。

「講話給我小心點。」

華特沒告訴我的是，無論我是被冤枉的還是罪有應得，都沒資格從大門走出去。從大門走出去是我的一個卑微的期待，但我實在不應該笨到期待這麼多。班克警告我別指望會獲得什麼正式的道歉，別期待會拿到蓋了國家大印的信封。見鬼了，我連應該向我道歉的官員叫什麼名字都不知道。我沒拿到什麼賠償金，只領到每一個走出路易斯安那州立監獄的人都會領到的區區二十三美元。但是像我這樣替別人賠償了社會債務的堂堂正正的人，希望從正門走出去的要求很過分嗎？我想像我走下一道宏偉的大理石階梯，陽光照耀在我臉上，我走進一塊小小的如茵草坪，全家人在那兒等著我。雖說歐麗芙已經過世兩年，瑟蕾莎也消失兩年了，我還是期待全家人來迎接我。最起碼，大羅伊會在外頭等我，這一點絕對錯不了。但是說眞的，只有女人的歡迎對男人才眞正受用，她會歡迎他回家，替他洗腳，盛飯給他吃。

我爸知道我不會從前門出來，所以等在後門的停車場，靠在他那臺克萊斯勒的引擎蓋上。我往他走去，大羅伊把領子豎起來，用手順了順頭髮。我的手抵在額頭上，遮擋近晚的陽光，大羅伊的臉上綻開笑容。

這天有十幾個人出獄。有個最多不超過二十歲的小夥子，一家子帶著聖誕裝飾形狀的金屬色亮面氣球在等他，其中有個小男孩臉上戴了紅色的橡皮鼻子，捏了捏腳踏車喇叭，鼻子居然就亮了起來。另外有個傢伙完全沒人迎接。他沒有往左看也沒有往右看，筆直朝著灰色的廂型接駁車走去，像有人拿著牽繩拉他過去似地。那廂型車會把他載到公車站。其餘所有人都是由女人來接，有的是媽媽，有的是妻子或女友。女士們把車開到門前，但離去時都把方向盤讓給了男人。那個晴朗的冬日裡，我是最後一個走出門的。我穿著翼紋雕花皮鞋，穿在腳上感覺很陌生。我的西裝襪不見了，因此光著腳穿鞋子。走向我父親時，柏油踩在皮革鞋底下，感覺很粗糙。父親如今變成一個尷尬的詞彙。我往大羅伊走去，什麼也不敢期待。倒也不是我眞的期待些什麼。我念高中時，和一般男孩子一樣惹事生非，因爲大了，羅伊不能再像懲罰小孩一樣地懲罰我，因此他說：「小子，你給我聽好，要是哪天你被警察抓了，可別打電話給我。我才不信什麼浪子回頭那一套，我不會開趴歡迎你回來。」不過那時我們以爲坐牢都是因爲犯了罪，或者至少是犯了傻。

如果有誰值得開趴來迎接，那就是我了。我是那個沒得到肥牛的兒子[23]，或是約伯[24]，或是以掃[25]，或是聖經裡所有信仰虔誠卻遭到背棄的人。那個不幸的夜晚我去裝一桶冰，我過去所做的所有明智決定忽然之間就都不重要了。

有人強暴了那個女人，從她放在膝上顫抖抽搐的手指，我看得出這是眞的，但強暴她的人不是我。我記得當晚在製冰機旁碰見她時，我對她是抱有親切好感的。我告訴她，她使我想起我母親，她則告訴我，她一向渴望有個兒子。走往她房間的路上，我對她傾吐衷腸，告訴她我和瑟蕾莎之間的無聊爭執，她承諾會爲我祈禱。

在法庭上聽著她艱辛地述說那個可怕的、毀掉我一生的事件，我有點同情她。她陳述事情經過，說得字斟句酌，用學術名詞描繪自己的身體部位及這些部位所遭受到的對待，像在背誦講稿。她在法庭上顫抖著嘴注視我，面帶畏懼，但同時也流露創傷和憤怒。在她心目中，我是侵犯她的人，就在她為我、我的婚姻以及我們努力想生的那個孩子祈禱之後，我侵犯了她。他們問她是否確認那個人就是我，她說，就算我化成了灰，她也認得出我來。

有時我好奇她現在是否還認得出我來。曾經認得我的人，如今還有誰認得出我嗎？不管是無辜還是有罪，監獄都會使人改變，把人變成罪犯。我大步穿越停車場時，像溼淋淋的狗一般甩了甩頭，想要甩去這些思緒。我提醒自己，此刻最重要的是我走出門了，不管它是前門還是後門，終究是出來了。

所以我如同大夥兒說的，重獲自由了。誰還在乎有沒有閃亮亮的氣球、香檳酒或肥牛呢？

大羅伊靠在汽車保險桿上，沒有移動，沒有跑著越過停車場來迎接我。他看著我上前，等我走到碰觸得到的距離，他展開雙臂，把我拉進懷中。我三十六歲了，我知道我的生命還很長，卻無法不去計算我損失了多少歲月。我賴在父親懷裡，感受著他手臂的重量與安全的慰藉。我咬著嘴唇，嘗到鮮血的溫熱滋味。「真高興看到你，兒子。」我喜歡這個詞彙聽在耳裡的滋味，喜歡它賦予的真實性。

「我也很高興看到你。」我說。

「你比預定時間出來得早。」他說。

我忍不住微笑以對。我不知道他所謂的早是指哪種早，是指三天前宣告提前了五天的出獄日期嗎？還是說我原本宣判的十二年刑期，一半都還沒服完就出來了？於是我說：「只早到五分鐘也等於遲到，這是你教我的。」

他也微笑了，「很高興你聽進去了。」

「我一輩子都有聽進去。」

我們坐進克萊斯勒，我入獄之前他開的就是這輛車，現在仍然是。「要不要去看看歐麗芙？我今天還沒去。」

「不要。」我說，面對有我媽的名字深深刻在冰冷大理石碑上的一塊四方形土地，我還沒有心理準備。我唯一想見的女人是瑟蕾莎，但她人在亞特蘭大，在五〇七號高速公路許多英里之外的地方，而且還不知道我已經出來了。

大羅伊的肩膀垮了下來。「我想應該沒關係吧，歐麗芙又不會跑掉。」

我想他只是脫口而出吧，但這幾個字深深擊中我心坎。「對，她不會跑掉。」我說。

接下來一哩左右的路程，我們一句話也沒說。右側賭場的霓虹燈與陽光爭豔，霓虹燈勝出。賭場外車潮洶湧，各自尋覓著停車位。前方一個樹叢裡有巡邏車的車頭突出。和以前一樣，躲在那裡抓超速。

「那你什麼時候要去找她？」

這個「她」指的是瑟蕾莎。「過幾天吧！」

「她知道你要出來了嗎？」
「知道，我有寫信告訴她。但她不知道日期提前了。」
「你沒告訴她，她當然就不會知道。」
除了實話以外，我沒什麼好反駁。「我先休養休養再說吧！」
大羅伊點點頭：「你確定她還是你老婆嗎？」
「她還沒訴請離婚。」我說：「總該有點意義吧！」
大羅伊說：「她混得挺不錯的。」
我點點頭：「我想算是不錯。」我幾乎想補充說，藝術家在美國，紅到這個程度已經算超級紅了，但這樣聽起來好像口氣很酸，很小家子氣。於是我說：「我很以她為榮。」
我爸眼睛看著路，並沒有轉過來看我。「我從你媽的告別式之後就沒再見過瑟蕾莎了。她跟你朋友安德烈一起來的。她能來眞好。」
我又點點頭。
「那是兩年前的事了，應該是兩年多前才對。之後她就沒消沒息了。」
「我也沒她消息。不過她會匯錢到我的戶頭。」我說：「每個月都匯。」
「那很有誠意。」大羅伊說：「所以也不能苛責她。回家以後，我給你看一本雜誌，上面有她的照片。」
「我看過了。」我說。鏡頭前的瑟蕾莎身旁有一對娃娃，長得像她爸媽。畫面中瑟蕾莎笑容燦爛，像是這輩子沒吃過一天苦頭。那篇文章我讀了三次，兩次是沒出聲的默念，還有一次是朗讀給華特聽。華特承認文章裡沒提到我，也注意到文章裡沒提到她身邊有別的男人。雖然如此，我還是並不急著想再次看到那本雜誌。「監獄裡有訂《烏木》，還有《黑玉》和《黑人企業》（*Black Enterprise*）。三本黑人雜誌都有訂。」

「這算是種族歧視嗎？」大羅伊問。

「可能有一點。」我笑了：「我室友喜歡看《精華》雜誌[26]。他會一邊用那個雜誌搧風，一邊說：『外頭有很多女人需要男人！』他是老鳥，名字叫華特，很照顧我。」一股我不曾預期到的情緒猛然湧現，震得我說話抖顫起來。

「是哦？」大羅伊一隻手離了方向盤，要調整後照鏡，結果卻只是撓了撓下巴，又放回方向盤上。「那眞是好事，一件小小的好事。」紅燈變綠燈了，大羅伊卻遲疑著沒起步。後頭的幾輛車按響了喇叭，但只是怯怯地按，像是唯恐打擾我們似地。「不管是什麼人或什麼事，只要對你活著回家有幫助，我都很高興，兒子。」

回艾洛的車程大約四十五分鐘，若要傾吐衷腸，這時間很足夠，但過去三年來在我的腦殼裡橫衝直撞的那個消息，我一點兒也沒透露。我告訴自己，那消息又不是牛奶，擺久一點並不會壞。過一個星期、一個月、一年或十年，不管我打算多久之後再把華特的事告訴大羅伊，或是根本不告訴他，眞相都仍然會是眞相，永遠不會變。

大羅伊把車開進院子。「最近附近的治安變差了。」他說：「有天有人想來偷車，趁我不在家的時候，開一輛拖吊車到我們院子來，跟鄰居說是我叫他們拖的。幸好我同事威克里夫剛好回家休息，拿槍把他們趕走。」

「威克里夫多少歲了？有八十了吧？」

「手上有槍，多少歲都一樣。」大羅伊說。

「這招只有在艾洛行得通。」我說。

回家卻沒有行李要扛，感覺眞奇怪。我的兩條手臂在身體兩側懸盪，好像很無用。

「餓了嗎？」大羅伊問。

「餓扁了。」

他打開側門，我走進客廳。一切擺設都和從前一模一樣，沙發以每個座位都能看見電視的角度擺放。安樂椅換了新的，但是擺放在舊安樂椅的位置。長沙發上方掛著一幅歐麗芙鍾愛的畫，大大的畫幅中，有一名戴著非洲頭巾、面容祥和的女子正在看書。歐麗芙是在舊貨交換市場買到這幅畫的，還額外花錢買了鍍金的畫框。屋子裡收拾得很乾淨，地毯上吸塵器吸過的痕跡裡，飄出一股淡淡的檸檬味。

「家裡是誰打掃的？」我問。

「你媽的教會姊妹。她們聽說你要回來，就組了一個煮飯大隊兼清潔大隊過來。」

我點點頭。「有沒有哪個特定的教會姊妹？」

「沒有。」大羅伊說：「現在就交新朋友太快了。進來，去浴室梳洗梳洗。」

我就著洗臉盆在手上抹肥皂的時候，想起了成天洗手洗個沒完的華特。不知他有沒有新的室友了。我把我所有的東西都留給華特——衣服、梳子、幾本書、收音機，連體香劑都給他了。能用的他就會留著用，能夠換錢或換東西的，就會拿去換掉或賣掉。

熱水沖著感覺很舒服，我把手放在水龍頭下，沖了很久，直到燙得受不了才拿開。

「我在你床上放了一些生活必需品。你還需要什麼，明天可以到沃爾瑪去買。」

「謝謝爸！」

我從沒稱呼過華特為**爸爸**，雖然我想他應該會喜歡我這麼叫，但是我沒有。他甚至自己說了好幾次。「我是你爸，聽我的準沒錯。」但我從沒親口對他說過。

我梳洗完畢，就和大羅伊把餐盤盛得滿滿的。通常有人死掉的時候，教會姊妹就會帶些菜餚去給他的家人吃，今天她們帶來的差不多就是那些菜餚——烤雞肉、火腿燉青豆、苜蓿麵包、焗烤起司通心麵。大羅伊把他的晚餐放進微波爐裡，按了幾個按鍵，盤子在燈光下旋轉起來，盤子的金屬邊緣發出火花，玩具槍一樣劈啪作響。然後他用隔熱手套把他的盤子拿出來，蓋上紙巾，朝我伸過手來，要把我的盤子拿去加熱。

我們一起坐在客廳，盤子擱在腿上。

「你來禱告好嗎？」大羅伊問我。

「天上的……」我開始禱告，但「父」這個字又把我哽到了。「感謝祢賜給我們食物滋養我們的身體。」我還想說些別的，但腦子裡只想得到我媽永遠離開我了，老婆也不在我身邊。「謝謝祢賜給我我的父親。謝謝祢讓我回家。」最後我說：「阿們。」我低著頭，等著大羅伊複誦「阿們」，但他沒出聲，於是我抬起頭，卻見他手掩著口，輕輕搖晃。

「歐麗芙生前最渴望的就是這一刻。那是她唯一的願望，卻不能親眼看到。你回來了，我們卻坐在這裡吃別的女人做的菜。我知道上帝自有安排，可是不應該是這樣。」

我應該走上前去的，可是我哪裡懂得如何安慰一個成年男子呢？如果是歐麗芙，她會坐在他身旁，把他的腦袋摟進懷裡，輕喟著惜惜，用女性的方式安慰他。我很餓，但我一直等到大羅伊穩定了情緒，拿起了叉子，我才拿起我的叉子。這時微波爐魔法的效力已經消褪，食物變得又乾又硬。

大羅伊站起來：「你累了吧，兒子？我今晚要早點睡覺，明天一早才會神清氣爽。」

這時才晚上七點，冬天白晝雖然不溫暖，但日子短。我走進我的房間，換上不知是大羅伊還是教會姊妹替我準備的睡衣。

五年在現實生活裡是很長的時間，但在監獄生活裡，卻是一段看得到盡頭的時光，並非永無止境。倘若我早知道在裡面只會待五年，不知道我做的事會不會有所不同。在監獄裡滿三十五歲很辛苦，但若有人告訴我，明年我就將重獲自由，辛苦的程度會不會低一點？時間並不是永遠都可以用手錶、月曆或甚至沙漏來測量的。

「瑟蕾莎。」每天晚上我都像懇求一樣默念她的名字，即使在她寄了那封和我無用的手掌同樣顏色的信之後，即使在我做了讓我羞愧到不敢回顧的事之後，我還是一直想著她，想著我會如何告訴她我做過的事、我拿到了什麼、被偷了什麼、碰了誰。有時我想她會懂，縱使她不懂，也會發揮同理心。她會理解我以爲我永遠出不來了。

瑟蕾莎是個讓人摸不透的女人。雖然我從沒懷疑過她對我的愛，但她差點就不會嫁給我了。首先是我在求婚程序上出了點錯，不過更重要的是，我認爲她從沒把結婚排在人生計畫裡。她有一張「願景板」，基本上就是一塊軟木留言板，上面用圖釘貼了「富貴、創意、熱情！」之類的字樣，還有一些雜誌照片，呈現出她所渴望的人生。她的夢想是作品能被史密森尼博物館[27]收藏，但她同樣也夢想著在阿米利亞島[28]上有棟小屋，此外還貼了一張從月球角度看地球的影像。這些拼貼圖像裡並沒有婚紗或婚戒。我當時沒有太在意，但也不是完全不在意。

我並不是像十二歲小女孩一樣，編織著婚禮夢境，也不是像蠢蛋一樣，遐想自己能生十個兒子，每十八個月就分送一次雪茄[29]，但我期待自己有兩個孩子，一個叫羅伊三世[30]，另一個是女兒。本錢夠的人可以順其自然，隨機應變，但出身艾洛的小子做事可不能沒有戰略。這是我和瑟蕾莎的共同點，我們兩個都不是聽天由命的人。

大約一年前，在絕望的痛苦中，我把瑟蕾莎寄給我的所有信件都銷毀了，只留下她字斟句酌寫的那封分手信。沒錯，華特勸我不要把那張帶有香氣的紙揉成一團扔進金屬馬桶裡。我爲什麼偏偏選了傷我最深的那封信留下來，我也不知道。但如今，在我呼吸自由空氣的第一晚，我要把那封信再讀一次。

我若是能制止自己看這封信，必然會制止。我小心翼翼展開信紙，以免已經軟化的皺褶處碎裂。我用手指從文字的下方撫過，搜尋著我偶爾認爲隱藏在其中的一絲希望。

瑟蕾莎

我們的故事是個老派的愛情故事，是黑膚女孩再也不會碰上的故事，就和黑人開的女裝店、雜貨店及自助餐店一樣，是金恩博士[31]之後逐漸從世上消失的骨董[32]。我出生的時候，曾經是全世界最富裕的黑人區——甜蜜奧本區[33]——已經被高速公路一分為二，走向衰敗沒落。「固執的以便以謝」教堂[34]仍屹立不搖，無比自豪地召喚人想起她知名的兒子，這兒子的大理石墓塚與永恆之火[35]持續鎮守著教堂的隔壁。二十四歲時，我居住於紐約，我以為黑人的愛情也和甜蜜奧本區一樣，逐漸走向衰敗沒落。

妮基·喬瓦尼[36]說：「黑人的愛就是黑人的財富。」我的室友伊瑪妮某天夜晚在西村[37]喝醉，把這句話刺在右側的屁股上，期望事情能有好的轉機。我們兩個都出身傳統黑人大學，因此研究所生活既是文化衝擊，又是烏托邦的幻滅。藝術學院裡只有兩個黑人，另外一個是男的，他似乎每天都因為我毀掉他的獨特性而一肚子火。伊瑪妮念的是詩學，情況和我相同，於是我們一同在「逃亡黑奴」餐廳當服務生。逃亡黑奴是曼哈頓的一家餐廳，專門供應世界各地黑人的療癒食物，例如牙買加辣烤雞、西非辣燉飯、羽衣甘藍，還有玉米麵包。我們兩人的男友都是我們的主管，極其性感，操著殖民時代的口音，太老，太窮，太俊美，因此和天氣一樣不可信賴。不過就像伊瑪妮說的：「起碼是黑人，而且沒死，這算不錯了！」

我那時正努力打入紐約藝術圈，永遠在節食，並且試圖戒掉「啊」呀「吼」啊之類的口頭禪。多數時候我都很成功，只有喝醉時除外。三杯琴費士[38]下肚，亞特蘭大西南區的腔調就泉湧而出，好像我從沒上過正音班一樣。羅伊那時住在亞特蘭大都會區，但是是在都會區的邊緣，租一棟小公寓，偏遠到收音機連節奏藍調電臺都收不太到。他在那種有隔板的辦公室裡當上班族，爲了彌補這樣的工作環境，薪水頗爲豐厚。他對那工作並不喜歡，也不討厭。對他來說，工作只是達成目的的一種手段。但這工作常要出差，這部分他是喜歡的，在他簽約上工之前，他最西只到過達拉斯，最北只到過巴爾的摩。

當然啦，在伊瑪妮招呼他們一夥人坐進我職責區域內的一張大圓桌時，以上這些事我是不知道的，我只知道六號桌有八個人，其中七個是白人。我以爲他是「那種」黑人，因此我的態度非常公事公辦。介紹完本日特餐，我感覺到那個唯一的黑人盯著我看。他左側的紅髮女子看菜單時倚在他身上，看來是他的女友，但他卻瞅著我。女孩考慮了半天，點了酸模卡琵莉亞[39]。「先生您呢？」我問他，口氣冷得像個稅務稽查員。

「我要一杯威士忌加可樂。」他說：「喬治亞女孩。」

我就像有人在我襯衫裡扔了顆冰塊一樣顫了一下。「是口音漏的餡嗎？」

全桌的人都咧嘴笑了，那個紅髮女孩笑得尤其開心。「妳沒有南方口音。」她說：「我們全都是喬治亞人。妳整個人完全就像個北佬。」

「北佬」這個詞是白人用語，在語言上就和聯邦旗所代表的意義差不多，是南北戰爭遺留下來的餘怒[40]。我把視線轉回那個黑人身上，現下我們是一國的了。我非常輕微地翻了個白眼，那黑人則以動作細微到幾乎不能察覺的聳肩回應我，意思是：沒辦法，白人就是白人。接著他把身子從紅髮女子身旁稍稍抽開，這回的意思是：這是工作上的應酬，她不是我的女伴。

之後他改以話語溝通，他說：「我好像認識妳。妳的髮型變了，但妳是念斯貝爾曼的，對吧？我是羅伊．漢彌爾頓，妳的莫爾豪斯學伴。」

可能因爲我是轉學生，錯過了新生週的儀式吧，我對於斯貝爾曼和莫爾豪斯兩校互爲學伴的這一套一向不太熱衷。但他這麼一提，我們忽然就成了失散多年的兒時玩伴。

「羅伊．漢彌爾頓。」我慢慢念著這名字，努力想勾起點什麼回憶，但他看起來實在太像莫爾豪斯出品的標準配備，就是打從幼兒園年代就宣告自己將來要念企管的那種人。

「妳叫什麼名字來著？」他瞇著眼看我的名牌，名牌上寫著「伊瑪妮」。眞正的伊瑪妮掛著「瑟蕾莎」的名牌，在餐廳的另一端。

「伊瑪妮。」紅髮女子明顯地不悅：「你不識字嗎？」

羅伊聽若罔聞。「不對，」他說：「妳不是叫那個名字，妳是比較老派的那種名字，像露西梅那種的。」

「瑟蕾莎，」我說：「是用我媽的名字取的。」

「妳都搬到紐約了，居然沒改叫小瑟之類的，真令我意外。我是羅伊，確切來說，是羅伊．奧山尼爾．漢彌爾頓。」

聽到這個中名，我想起來了——說到老派的名字，這個名字才真是老派。他當年是個痞子，獵豔高手，風流浪子，所有這類的名稱都可以冠到他頭上。我的經理昨天才信誓旦旦告訴我他不適合我，此時此刻卻在一旁清喉嚨。兩個花花公子狹路相逢了。

我是在傷感地追憶過往嗎？事情的經過真是這樣嗎？我真希望當初我們拍了照，我才能記得當天稍晚我們站在餐廳外時是什麼模樣。那年冬天來得早，羅伊身穿一件輕羊毛大衣，搭配一條可能是隨大衣附送的細小圍巾，我穿一件歌蘿莉寄給我的羽絨大衣來抗寒。歌蘿莉深信我在「藝術家夢」落空然後回鄉去改拿教育碩士之前，一定會先失溫而死，所以寄了羽絨衣給我。溼溼的雪一團一團落下來，但我沒有把大衣帽子繫緊，我希望羅伊能看到我的臉。

現在我看出來了，人生其實就是一連串的機遇與巧合。羅伊在我需要一個像他那樣的男人時，走進我的生命中。如果我沒有離開亞特蘭大，會這樣一頭栽進這場戀情中嗎？我不知道。但對愛情的感覺和對愛情的理解是兩回事。如今多年過去，我理解到當時我漂泊在外，芳心寂寞，而他處於唯有長年在女人堆裡左右逢源的男人才會有的孤寂落寞中。他讓我懷念起了亞特蘭大，我也勾起他同樣的回憶。這些都是我和他互相吸引的原因，但與他站在逃亡黑奴餐廳門外的當時，原因或理性於我們毫無重要性。人類的情感是超乎我們所能理解的，像用玻璃吹出的球體，光滑而連綿。

羅伊

站在餐廳外的人行道上，我暗自記下了她的模樣，記下了她嘴唇的形狀、與頭髮挑染的色調相互輝映的口紅的微紫。我認得她的口音，帶點南方腔調，卻並不濃厚。我也認得她的身材，臀部豐厚但上半身苗條。我說她的名字「比較老派」，其實應該要說「比較古典」才對。我仍記得喚她的名字時舌尖的感受，就像記得一場夢境的細節。

「想不想去布魯克林逛逛？」她說：「我另外一個室友在『下兩階』（Two Steps Down）酒吧工作，我們去那裡的話，可以喝免費的酒。」

我的頭一個反應是想告訴她我們不需要喝免費酒，但我感覺她應該不會因此對我刮目相看，反而會有點氣惱，所以我說：「那我們搭計程車去吧！」

「今晚最好不要搭計程車。」

「為什麼？」我一面問，一面往自己駱駝毛大衣和柔軟皮革手套之間露出來的棕色皮膚點了點。

「那個也是啦，」她說：「還有就是現在下雪，計程車會加倍收費。最好是搭地鐵。」她指指一顆綠色的球體[41]，我們於是走下階梯，進入一個讓我感覺像《新綠野仙蹤》[42]中黑暗場景的世界。

「你先走。」她在閘門投入一枚代幣，用手肘推著我通過。

我感覺像個忘記帶手杖的盲人。我說：「妳知道嗎？我是來出差的，明天一早還要開業務會議。」

她有禮地微笑說：「那很好。」她嘴上這麼說，但顯然一點兒也不關心我的專業地位。管它呢，我自己也沒多在乎，我的重點只是要讓她知道，我可不是閒閒沒事做的。

我不怎麼喜愛大眾運輸系統。亞特蘭大有公車和捷運，但只有買不起車的人才搭那種東西。我剛進莫爾豪斯的時候沒得選擇，但一有幾塊錢，就買了僅存的最後一輛福特平托車[43]。因為有安全問題，安德烈把那車稱為「汽車炸彈」，但他或其他人從來沒有因此對搭便車裹足不前。

A線地鐵和歌曲給人的想像完全不一樣[44]，這條紐約地鐵線擠滿了人，乘客厚如睡袋的溼漉漉大衣裡無論塡充著什麼樣的襯墊，氣味都明顯飄散，地面鋪著只有社會住宅才會鋪的油地氈，座位有著救濟金發放單位式的橘色椅面。還有一些好手好腳的男人大字型占住兩個座位，害一些女士沒位子坐，這種情況我一罵起來就會沒完沒了，所以還是別提了。

整段顛顛簸簸的車程中，我們站在一個黑膚女士面前，她把一個大型購物袋緊緊抓在胸前，睡得像在家裡的床上一樣熟。她隔壁坐著一個淡黑膚色的男子，是我們從前稱為「迪巴吉」[45]的那一型。他整顆腦袋上刺滿一大堆肖像，顴骨上是個女人的臉，看起來像在哭。
「喬治亞，」我對著她的頭髮說話：「這種地方妳怎麼住得下去？」
她轉過頭來回答我的問題，但我們靠得太近，因此她把頭往後縮了縮，以免親到我的臉。
「我不是眞的住在這裡，只是在念研究所，不得不待在這裡。」
「所以妳只是假裝當餐廳服務生？」
她調整手握吊環的姿勢，抬起一隻腳來給我看她那雙有著厚厚橡膠底的黑鞋。「最好有人告訴我的腳我是假裝的，不然它痛死了，好像是眞的在工作一樣。」
我跟著她一起笑，但卻想起了路易斯安那老家的媽媽，她老是抱怨足弓痛，聲稱是星期天穿高跟鞋造成的，但我知道其實是因爲她每天在簡餐店打菜，站太久的緣故，我感到心酸。
「妳在學校念什麼？」但願不是在攻讀博士或企管碩士或法律學位。倒不是說我對女人出頭有什麼意見，只是不想解釋自己爲什麼拿了學士就不再繼續深造。
「美術。」她說：「主攻織品和民俗藝術。」我從她微揚的眼角看得出來，她簡直像個以女兒爲榮的媽媽一樣，深深以自己爲榮，但我完全聽不懂她說什麼。
「是哦？」我說。
「我是個工匠。」聽起來不像是說明，比較像是報喜訊。「我是做娃娃的。」
「妳以後要靠做娃娃爲生？」
「你沒聽過費絲．林戈德[46]嗎？」我沒聽過，但她繼續說：「我想要跟她一樣，不過不是做棉被，而是做娃娃。我想要申請統一編號，成立公司。」

「公司名稱要叫什麼？」

「寶貝嬌娃。」她說。

「聽起來像脫衣舞俱樂部。」

「才不像！」她的聲音大到我們前方坐著打瞌睡的女士都被她嚇醒了。腦袋刺著一大堆臉龐的男子抽搐了一下。

「我剛好是念行銷的。」我說：「我就是專門想這一類的事。」

她看起來還是非常不爽的樣子。

「說不定用別的名字效果比較好。」看來我的方向對了，所以我再接再厲：「妳可以取名叫『布寶』，法文裡娃娃就是叫『布寶』。」

「法文？」她打量了我一番：「你是海地人[47]？」

「我？」我搖頭：「我是純正的美國黑鬼。」

「可是你會說法文？」她聽起來像是懷抱希望，好像她有個翻譯的差事需才孔急。我考慮了一下是不是要拋掉我的路易斯安那出身，因爲如果聲稱自己是克里奧爾人[48]，美眉通常都很哈，但我不大想對她說謊。「我高中時念過法文，在莫爾豪斯也修了幾堂法文課，想要當成副修。」

「我指導教授迪迪埃是海地人，」她說：「算是海地人啦，他在布魯克林出生，但還是算海地人，你知道紐約就是這樣。他會講法文。」

我或許沒見過什麼世面，但我知道當一個女人無緣無故提起另一個黑人兄弟，絕對不是好兆頭。

換車之後，瑟蕾莎終於說：「到了。」然後帶著我走上一道公共廁所一樣髒兮兮的窄小樓梯。終於到達地面，走進布魯克林的夜色中，眼前赫然是兩排樹木夾道，我很吃驚，仰頭去看光禿禿的樹枝，只見胖嘟嘟的雪花片片飄落。我是土生土長的南方小孩，下雪對我來說是難得一見的奇景，我沒有伸出舌頭來嘗嘗雪的味道已經算很克制了。「好像電視裡的景象。」我說。

「明天就會變髒兮兮了，而且會堆在路邊。不過現在剛下的時候的確很美。」

我們在下一條街轉了彎，我想要牽她的手。道路兩旁的房子都是淡棕色的，像削下的鉛筆屑，每棟房子的牆面都和隔壁棟彼此相連，因此道路感覺像被城堡包夾。瑟蕾莎解釋說，這些褐砂石房子原本都是蓋成透天厝，從一樓到四樓都要給同一戶人家居住，但現在都分割成一間一間的公寓了。

「我住在那裡。」她指著遠一點的對街：「花園層[49]，看到沒有？」

我順著她手臂看過去。

「噢，我的老天，」她說：「又來了！」

我在燈光中瞇著眼，努力想要透過片片雪花的間隙看清楚她是對什麼事情不滿。但在我還沒來得及分清東南西北之前，她已經出聲嚷叫了：「喂！」而且她像被彈弓彈射出去一樣，忽然拔起腿來死命向前衝。我因爲一時之間沒反應過來，所以起步慢了四、五秒。直到我也跟著拔腿狂奔時，還沒搞清楚狀況。我使出吃奶的力氣，還是落在後頭。就像史派克．李說的：「一定是鞋子的緣故。」[50]我腳上穿著深紅色的富樂紳皮鞋[51]，鞋面是皮革，鞋底也是皮革，連傳教士看了都會物慾薰心。但是這雙鞋好看是好看，卻不耐走。她呢，則穿了一雙名稱可能體面一點，但說到底就是護士鞋的鞋子，跟剛出生的小狗一樣醜不拉嘰，不過很適合在大街上賽跑。

我看見有個傢伙跑在前面，估量是怎麼一回事。瑟蕾莎用各式各樣的髒話罵那小子，中間穿插著命令：「快把我的鬼東西放下來！」很顯然，我們在追闖空門的賊，而且這賊腳力挺優。瑟蕾莎算是跑速一流了，但那小子是個飛毛腿。他腳上穿的是喬丹鞋，八成也是偷來的，就我說的啦，一定是鞋子的緣故。

卡爾登大道（Carlton Avenue）是很長的一條街，兩旁都是褐砂石建築，行道樹的根部隆起，使得人行道凹凸不平，這場追逐因此成了障礙賽。很顯然，這場競賽中，我是唯一的新手。瑟蕾莎準確地跳起來越過突起的樹根，一拍不差，那個小偷更是技高一籌，而且姿態優雅，看得出來他絕不是第一次參加牛仔競技。

那小偷深知瑟蕾莎追不上他，我也深知瑟蕾莎追不上他。以我平日的理性，才不做這種無謂的追逐，但是瑟蕾莎不停腳，我也不能停。我的女伴忙著追小偷，我遠遠落後像什麼話？因此雖然我氣都快喘不過來了，還是死命奔跑。該做的事就是要給它做好做滿。

這場追逐追了有多久呢？大概地老天荒那麼久吧！在冷風凍僵我的肺臟、鞋子咬死我的雙腳之際，我想到自己可能會就此一命嗚呼，但前方的瑟蕾莎還是緊盯著那小子，粗話罵得跟碼頭工人一樣猛。我感到一陣痙攣，問題就是這痙攣發生在心臟。雖說花力氣罵粗話把瑟蕾莎的速度拖慢了一點點，但情勢對我不利，我個頭大，起步慢，最重要的是，我穿得像路易斯．法拉汗[52]。我不是伊斯蘭民族組織[53]的追隨者，但是想起法拉汗教士讓我的鬥志稍稍提振了一些。這人在某些議題上的觀點雖說讓人不敢恭維，但對一些基礎事務的看法倒是很有見地。法拉汗教士無論身上是什麼打扮，也絕對不會眼睜睜看著一位黑人姊妹奮勇抓賊，自己則在一旁納涼。

我發誓，就是那一刻，眾神在對我微笑。正當我向內在儲藏庫探尋更多體力和耐力之際，瑟蕾莎的腳被人行道上一塊突起的地磚絆到，當場跌了個狗吃屎。我大跨三個箭步追上去，像劉易士[54]一樣一躍而起越過她。對我來說，這場競賽就在這一剎那，在我的體面皮鞋落地之前結束了。在我飛躍在半空中之際，主題曲可以開始播放，片尾字幕也可以開始跑了。

但很可惜這並不是電影，我落地之後往錯誤的方向滑了幾吋，修正姿勢後繼續往前衝。那小子就在我前方幾塊地磚處回頭看我。這會兒我要奪大獎了，我加足馬力擺動手腳，用力回想高中時田徑場上學過的技巧，這時候他踉蹌了一下，以致於慢了幾拍，現在我跟他近到我看得見他襯衫背面的標籤，上面寫著：卡尼[55]。我撲倒在柏油路面上，右膝先著地，著地之際用手抓住他瘦巴巴的腳踝。他用力抖了幾下腿，但我死命抓著不放。

「你有什麼毛病啊？」他大感驚奇：「萬一我有槍，你不就完了？」

我真的頓了一秒鐘思考他的話，就在那一秒鐘，他猛一抽腿，掙脫了我的手，並且一腳踹在我臉上。我必須說，他可以踹得更狠一點，或是把我的腦袋踩扁在人行道上，但他沒有這麼做，這點我必須給予肯定。就踹人來說，他那一踹比較像是愛的拍拍，不偏不倚就拍在我嘴上，拍飛我一顆下排牙齒。

瑟蕾莎橡膠鞋底的腳步聲在我身後響起，我很擔心她會把我當跨欄越過去，繼續瘋狂追逐那小子。但她停下腳步，在我身邊跪了下來。

「我沒幫妳把東西搶回來。」我氣喘吁吁。

「沒關係，你是我的大英雄。」她說。我以爲她在開玩笑，但她捧住我的臉的那雙手告訴我，她是說正經的。

後來幫我做牙橋的牙醫告訴我，如果我當場就去醫院，那顆牙其實可以救回來。瑟蕾莎當場也曾這麼建議，但我揮揮手拒絕了這提議，和她一起回到了她和三個室友及一打布娃娃合住的小小公寓。她幫我冰敷，並且報了警。警察過了兩小時才來，來的時候我鼻子傷口大開，我跟傑克森五人組[56]唱多雷咪ＡＢＣ[57]的時候一樣，搖頭晃腦暈頭轉向。瑟蕾莎在警方的筆錄上簽了她的全名，我簡直恨不得把那名字刺在我的額頭上：瑟蕾莎·歌蘿莉娜·戴文波。

安德烈

事情的眞相只與我和瑟蕾莎有關，不干其他任何人的事。

就在歐麗芙入土爲安之前的那個星期天，我前去監獄拜訪，瑟蕾莎則陪伴羅伊的父親。我說「拜訪」，是因爲找不到更好的詞，也許直接說我去看他還比較恰當吧！我們從販賣機買了三包洋芋片一起吃掉，羅伊問我星期一能不能代替他，幫忙把他媽媽的靈柩從靈車移到祭壇，我答應了，但並不是欣然答應，這種事沒有辦法開開心心地接受。大羅伊已經找好一個額外的執事來負責靈柩的右邊一角，我則要去告訴大羅伊，羅伊派我代替他的位置，因此那位執事可以退出了。我們握手達成協議，像完成一樁交易。鬆開手後，我起身要離開，但羅伊文風不動。

「我要待在這裡，待到會客時間結束。」

「就這樣呆坐？」

他揚起一邊嘴角：「呆坐總比回去好。」

「我不急。」我重新坐回塑膠椅上。

「看見那傢伙沒有？」他指指一個頂著平頂削邊頭[58]、戴著麥爾坎．X式眼鏡[59]的瘦皮猴說：「我的親生父親，在這裡相認的。」

我偷眼瞥了一下那個老人，他正和一個身穿花洋裝的棕髮胖女郎說著話。

「他透過分類廣告認識她的。」羅伊解釋。

「我不是在看他的女朋友。」我說：「我恍神了。你說是你的親生父親？」

「顯然是。」他像檢查電路一樣，仔仔細細打量我的臉。「你不知道？」他說：「你竟然不知道。」

「我怎麼會知道？」

「瑟蕾莎沒告訴你？如果她連你都沒說，那表示她誰也沒說。」他很樂，但我感覺像被介於蚊子和大黃蜂之間的某種東西叮了一下。

「你跟你爸挺像的。」我用下巴指指那人。

「大羅伊才是我爸。裡面這個，我們現在和解了，當年他說去買包菸，就翹頭了，再也沒回來。現在我每天都看到他。」他搖搖頭：「我覺得這應該代表了什麼意義，我是說綜觀來看，應該代表了什麼意義，可是我不知道是什麼。」

我身穿稍晚守靈時要穿的灰色西裝，一聲不吭，困窘地坐著。我一點也不知道這代表什麼意義。父親是一種複雜的動物。我七歲的時候，我老爸在商展上碰到一個女人，就跟她跑了，另組新家庭。在那之前，他也幹過類似的事，跟萍水相逢的女人傻呼呼地墜入情網，聲稱要另組家庭。他的工作是經營啤酒攤，需要到處去參加大型會議。一進到大型會場，他就被熱鬧滾滾的氣氛刺激得暈頭轉向。他顯然是個感情豐富的人，我三歲的時候，他愛上一個乾冰運送界的女人，但那女人不想離開她丈夫，我老爸只好回到我和伊薇身邊。之後這種強烈的火花又爆發了幾次，但是都無疾而終。最後，他在丹佛一場跨夜商展上遇到一個做冰雕的女人，只和她相處了妙不可言的短短不到三十六小時，他就回家打包，跟我們珍重再見。不管內情如何，他倆終歸是生了一兒一女，他全程不離不棄，看著那一雙兒女長大成人。

我攤開雙手：「上帝自有安排？」

「類似這樣的。」他說：「我媽走了。」

「我知道，」我說：「請節哀。」

他搖搖頭，死盯著自己的手掌。「請你幫我扶棺。」他說：「謝謝你！」

「放心啦，包在我身上！」

「跟瑟蕾莎說我很想念她。幫我謝謝她幫忙唱歌。」

「沒問題。」我又說一次，一面說，一面從椅子上站起來。

「阿烈，」他說：「你別誤會，但是請你記住，她是我老婆。」說完他笑了，嘴巴咧得老大，露出一個黑洞洞的缺牙。「我開玩笑的啦，兄弟。跟她說我問她好。」

瑟蕾莎不是那種你會想要邀到婚禮來獻唱的歌手。雖然她媽是個足以抗拒地心引力的女高音，她本人卻是被菸酒薰壞嗓子的女低音。即便是幼年時，她的嗓音也是聽起來像黑夜。她唱起歌來並不讓人身心舒暢，而比較像是在透露一個不該由她來透露的祕密。

羅伊拜託我幫忙抬棺，對瑟蕾莎，他的請求則是唱一首讚美詩。瑟蕾莎走到臺前，看起來完全不像平時的她。她燙直了頭髮，身穿向歌蘿莉借來的一件深藍色洋裝，看起來非常低調謙卑。倒不是說刻意壓抑，而是當她選擇不做華麗裝扮時，這選擇顯然懷了敬意在其中。

「歐麗芙姊妹愛兩種東西。」麥克風使她說話的聲音產生鬼魅般的迴響。「她愛上帝，並且愛她的家人，尤其是她的兒子。在座的人大多都知道羅伊為什麼不在場，但他並沒有缺席。」瑟蕾莎向後退了幾步，幾個照護司事彼此比手畫腳，以防萬一她情緒潰堤，就要衝上前去攙扶。但瑟蕾莎後退只是因為她站得離麥克風太近，因此聲音大到讓她有點吃不消而已。

她在沒有鋼琴伴奏下，清唱〈耶穌許了我一個家〉（*Jesus Promised Me a Home*）。她的眼光越過黝暗的棺木，直接望向大羅伊，傾注了全部的情感，因此女士們都站了起來，舉起扇子，前排的一位男士則複誦著：「感謝祢，耶穌！」她的歌聲既傷人，也療癒人。「耶穌這麼說，我便知道確實是如此。」她沒有賣弄技巧以博取掌聲，也沒有刻意撩撥大羅伊的情緒，只不過是大聲吼出旋律，傳達出聖靈的消息與凡人的情感，大羅伊的肩膀一聳一聳，冰涼的水滴滔滔落下。我不是神學家，但我看得出，這屋子裡有神的愛存在。她說羅伊沒有缺席，當她歌聲停止時，沒有任何人或靈魂懷疑這個事實。

瑟蕾莎回到座位，疲累不堪地在我身旁坐下。我牽起她的手，她把頭靠在我肩上說：「我想回家。」

接著是親友致悼詞，悼詞很一般，就是些稱讚她是好妻子好母親之類的話，間或談及一點〈路得記〉60。悼詞之後就是護柩人員各就各位的時刻。大羅伊堅持我們要用正式的方法護柩，也就是用肩膀撐住棺木，完全不靠手扶持。禮儀師像指揮交響樂團一樣指揮我們，我們六個護柩人員在他指揮下，把歐麗芙姊妹扛上肩頭，一步一步慢慢走出禮堂。沒有什麼負荷比人的軀體更沉重的了。共有六個人分擔這個重量，但我在這項勞務中感到孤單。每走一步路，棺木便撞擊我的耳朵。有一剎那鬼神之說襲上我心，我感覺另一個世界似乎在捎給我什麼訊息。

我們三人——大羅伊、瑟蕾莎和我——搭上由葬儀社老闆兒子駕駛的豪華轎車。老闆的兒子詢問我們要不要開冷氣，大羅伊說：「不用，雷吉，我喜歡新鮮空氣。」他搖下車窗，溼潤的微風吹進來，濃得像血。我動也不動地坐著，專注於呼吸。瑟蕾莎噴了一種聞起來像愛情故事的香水，大羅伊含著薄荷糖，氣味香甜濃烈。瑟蕾莎坐在我左側，她牽起我的手，我喜歡那種冰涼的觸感。

「我希望你們不要那樣。」大羅伊說。瑟蕾莎抽開手，於是我的手心空了。

走了幾哩路，靈車帶領我們這個小小車隊走上一條沒鋪柏油的顛簸道路。車子的蹦跳似乎震開了大羅伊心中的某道鎖，他說：「我對歐麗芙的愛是你們這些年輕人所無法想像的。我是我所能做到最好的丈夫，是我能力所及最好的父親。歐麗芙教導我怎樣和一個女人結合，怎樣照顧一個小男孩。」

我把手掌握緊，說：「是的，先生。」瑟蕾莎哼起一段小曲子，曲調很熟悉，但我不知道曲名。她和我平常認識的瑟蕾莎不一樣，比較深沉寬闊，好像她參透了某種愛與生與死的眞諦，而我有幸尙未明瞭。

到了墓地，我們再一次扛起靈櫬。走往墓穴的途中，我很驚異這樣小的一個市鎮竟然累積了這樣多的死人。靠墓地前側的墓碑較爲新穎，都是拋光打磨的花崗岩，但較遠處立著一座座陳舊的標記，十之八九是石灰岩製的。在這一段路程中，我們獲准用手來穩住歐麗芙。泥土地裡張著大口的洞穴上橫撐著幾條皮帶，我們把棺木放在皮帶上。

牧師在我們身後，一面就定位，一面喃喃誦念經文，講述著人的肉身如何會遭蟲蟻啃噬毀壞，但靈魂永遠純淨不朽。大家複誦塵歸塵，土歸土，墓地人員鬆開皮帶，歐麗芙降落到地面之下，我們幾個送葬親友拆掉花束，把鮮豔的花朵扔進墓穴裡。

瑟蕾莎陪著大羅伊坐在綠色的帳棚下，在水泥墓穴的蓋子重重蓋上時安慰著他。工人從工具堆中拿出捲起的人工草皮攤開，瑟蕾莎用揉成一團的紙巾揩揩眼睛。工人按兵不動，他們不想在家屬還沒離去之前開動推土機。想到瑟蕾莎、大羅伊和我算是屬於一家人的「家屬」，感覺有點怪，但總而言之就是這樣了。

我站起來：「伯父，我想我們該走了，大夥兒都在教堂等我們。」

瑟蕾莎也站起來：「大家都在教堂等。」

「大家是誰？沒有我太太，就沒有所謂的『大家』。」

我們後方的掘墓工人焦躁不安，準備好要開始做他們受雇來做的工作了。我聞得到墳墓的氣味，帶有霉味的肥沃氣息，像魚餌。大羅伊終於站了起來，走向墳墓，像是要抓起一把泥土，往已經安放在地底的棺材上扔擲。我和瑟蕾莎緊緊跟在他身後，他卻忽然在土堆上一屁股坐下，坐得很刻意，幾乎像是在表達抗議。我和瑟蕾莎都吃了一驚。

瑟蕾莎說：「先生？」

大羅伊沒有答腔。瑟蕾莎跟上前去，也坐了下來。我轉頭去看看有沒有人能幫我們解除僵局，但少許幾位送葬的親友都走光了，八成回去吃圓滿餐[61]了。我跟著瑟蕾莎，也坐了下來。泥土是溼的，溼氣從褲子的臀部部位滲透進來。掘墓工人壓低嗓子用西班牙文交談。

雖然我就坐在大羅伊右側，但他只對瑟蕾莎一個人說話，告訴她現在責任換到她身上了：「歐麗芙每個星期都去看小羅伊，一直到她的身體再也撐不下去為止。她一直和班克先生保持聯絡，每星期三中午都打電話給他。目前為止班克先生做了什麼我還不大清楚，但歐麗芙一直繼續委任他。現在歐麗芙走了，瑟蕾莎，現在交給妳了。我能做的我會做，但是男人需要女人來照顧。」

瑟蕾莎眼眶泛淚地點點頭。「是的，先生，」她說：「我瞭解。」

「妳真的瞭解嗎？」大羅伊用提防的眼神打量著瑟蕾莎：「妳以為妳什麼都懂，但是小姐，妳還太年輕。」

我站起身，拍拍衣背，向瑟蕾莎伸出一隻手，她抓住我的手站起來。我也向大羅伊伸出手：

「先生，我們走吧，讓這些人做他們的工作吧！」

大羅伊沒有靠我的手撐持，自己站了起來。他身軀龐大，我在他身邊像樹枝一樣細小。

「這不是他們的工作，」他說：「是我的工作。」他大踏步走到一棵樹旁，拿起一支靠在樹幹上的鏟子。雖然他已經不年輕了，仍是鏟起了整鏟整鏟的泥土，覆蓋在歐麗芙的墓穴上。我永遠忘不了泥土打在水泥墓穴上的聲音。

我想起羅伊，想起此刻我是他的替身，於是也拿起另一把鏟子。大羅伊朝我吼叫，要我放下鏟子，接著又改用較溫和的口吻說：「這不是你該做的事。我知道你自認爲是在代替小羅伊，但是即使小羅伊在這裡，這也不是他該做的事。這是我和我老婆之間的私事，我要親手埋葬她。你和瑟蕾莎搭凱迪拉克回去，我做完該做的事之後，會去跟你們會合。」

我們就像聽從自己老爸一樣，乖乖轉頭離開，蜿蜿蜒蜒繞過一座又一座墓碑，來到閒閒停在路上的轎車旁。開車門的時候，司機被我們嚇了一跳，急急忙忙關掉震耳欲聾的舞曲音樂。車開走時，我們像小孩一樣，扭頭從後車窗望去，看著大羅伊親自爲他的妻子封印。

瑟蕾莎嘆了口氣：「不管你活多久，都不會再見到這種景象了。」

「我也不想再見到。」

「羅伊離開那麼久，」她悄聲說：「我該做的都已經做了。我連想都沒想過別的男人，更別說碰過了。可是我看著羅伊先生在他太太墳前的表現，我覺得我的婚姻根本就是表面文章。我覺得我根本不懂把一生完全奉獻給一個人是怎樣一回事。」她哭了起來，把我骯髒的白襯衫哭溼了一片。「我不想去教堂，我只想回家。」

我噓了一聲，把腦袋往司機的方向歪了歪，壓低聲音說：「這裡是小鎮，會讓人誤解的話不要講這麼大聲。」

一刻鐘之後，我們一身骯髒如礦工的打扮，走進基督君王浸信教堂，吃了一頓皇室般豐盛的餐點。賓客們談論著我們，我知道的，但在我們面前，他們保持著禮節，不斷給我們倒水果雞尾酒。我注視瑟蕾莎的眼眸，明白她和我一樣，渴望喝的是超乾的伏特加馬丁尼[62]，但我們一起努力撐到靈魂料理大餐[63]完全結束，一直到確定大羅伊不可能出現之後，我們才離去。

我們找了好一會兒，才終於找到一間可以闖進去的酒吧。到賭場去會快一點，只要開三十英里，那裡飲料便宜，酒保笨手笨腳。但當我把車子轉向時，瑟蕾莎阻止我：「不要往那個方向。我不想要經過監獄。」

「沒問題。」我說。

「沒問題嗎？」瑟蕾莎說：「我連監獄的鐵絲網圍牆都不敢看，他卻必須待在裡面，我覺得我很可恥。我愛他嗎，阿烈？」

我無法回答。「妳嫁給他了呀！」

她轉頭望向窗外，額頭敲在車窗上。我一隻手伸進外套口袋，掏出手帕遞給她，只用一隻手開車，一面還張望著哪裡有酒吧可去。

倒不是說艾洛很缺酒精，路上每隔一百公尺，就有一家酒鋪，還有教堂。有男人站在街角，舉著牛皮紙袋裡的瓶子喝。萬一找不到好的去處，我們可以買一瓶酒，像酒鬼一樣彼此傳來傳去。

最後我們來到「厄爾．皮卡的週末夜狂歡者」。這是一間廉價酒吧，看起來像是7-11投胎轉世。我們挑了兩張搖搖晃晃的吧檯椅坐下，看著一堆熱狗繞著一個電燈泡轉圈圈。窗戶全漆成了黑色，因此外面街上儘管不過下午兩點，裡頭永遠保持著凌晨兩點。酒吧裡幾乎沒人，我猜有工作的人都在上班，沒工作的人則不會浪費錢來用杯子喝酒。酒保用一支手電筒看著書，我們坐下來時，她從書中抬起頭來。

「要喝點什麼？」她一面說，一面放下手電筒，天花板上於是出現一圈光亮。

他們沒有馬丁尼類的東西，瑟蕾莎於是點了螺絲起子64。酒保往一只輕薄小杯裡倒了足足四指高的思美洛伏特加（Smirnoff），然後打開一罐果汁，接著在櫃檯底下一陣翻找，拿出一罐櫻桃，插上劍型的塑膠叉。

我們沒有舉杯相碰，直接喝。我們身上髒得不得了，因此飲料喝起來有泥土味。「妳想大羅伊會不會還在鏟土？還是我們走了之後，他就讓機器接手了？」

「他一定還在鏟。」瑟蕾莎說：「他不會讓推土機來葬她的。」她晃了晃酒杯，讓酒更冰涼一些。「那羅伊呢？他有沒有很傷心？」

「我想他還好啦！他要我跟妳說他很想妳。」

「你知道我愛他，對吧，阿烈？他媽媽從來不相信我。」

「她不瞭解妳吧？也許她覺得沒有人配得上她兒子。黑人媽媽都這樣。」

「我想再喝一輪。」瑟蕾莎說。於是酒保又調了更多的伏特加和柳橙汁。我在口袋裡東翻西找，摸出一枚兩毛五硬幣。「小子，慢慢來，別喝這麼急。」我對瑟蕾莎說：「去點唱機點個什麼來聽聽。」

瑟蕾莎接過我的錢，走到屋子後方去，腳步踉蹌，好像是用別人的腳在走路。喪禮時梳得平直的頭髮現在吸飽了溼氣，倒豎在她耳際。她彎下腰去端詳點唱機裡的歌，坐在吧檯另一端的男子打量著她的身材。

「你老婆？」酒保問我。她的眼光裡閃爍著一絲絲調情的意味。

「不是，」我說：「我們是老朋友，從亞特蘭大來這裡參加一場喪禮。」

「喔，」她說：「歐麗芙．漢彌爾頓？」

我點點頭。

「眞不幸。她是她媳婦嗎？」

我懷疑她早就知道了，她眼裡的那一抹光亮不過是對小鎮八卦的興致而已。

瑟蕾莎走回來時，酒保像是不好意思般地退開了。點唱機裡赫然響起王子[65]的歌聲：「我想當妳的情人。」我對瑟蕾莎說：「記不記得我們八年級的時候，以爲王子是在說：『我希望妳只爲我一個人煮飯』？[66]」

瑟蕾莎說：「我從來沒有這樣想過。」

「妳八年級就知道『高潮』是什麼意思？」

「我想我知道是某種限制級的意思。」

我們好一會兒沒說話。她猛灌廉價伏特加，我先改喝啤酒，後來改喝雪碧。

「她打我。」瑟蕾莎把杯子裡的冰塊搖得叮噹響。「羅伊的媽媽。有一次我出去太久沒回家，她再看到我的時候，一巴掌打得我昏天黑地。我們當時在賭場吃飯，她等歌蘿莉去上廁所，手就伸過來，啪！」她拍了一下自己的手。「一巴掌打在我臉上，我的淚水湧了滿眼，她說：『小丫頭，妳給我聽好！如果我沒哭，就誰都不准哭！我光是一個早上吃的苦，就比妳一輩子吃的苦還多。』」

「什麼？」我摸摸她的臉頰：「她這是爲什麼？」

「爲了一切的事情啊！歐麗芙把我全部的眼淚都打出來了。」她把手蓋上我貼著她臉頰的手。「除了唱歌的時間以外，整場喪禮上，我的臉頰都是熱的。就是這裡。」她用我的手摩搓她臉頰的柔軟處，然後轉過頭來親吻我的掌心。

「瑟蕾莎，」我說：「小朋友，妳醉了。」

「我沒醉。」她說。她又一次伸手抓我的手：「嗯，我是醉了，但我還是我。」

「別這樣。」我把手抽回來：「這裡的人已經猜到我們是誰了。」我把頭歪到一邊，嚴厲地瞪她。

「喔，對，」她說：「這裡是小鎮。」

她的臉稍稍垂了下來，我點點頭：「超級小鎮。」

點唱機如今響起了艾斯禮兄弟合唱團67的歌聲。這些年代久遠的慢歌有一種獨特的韻味，幾位老兄歌詠著早已經不風行的全心無悔的愛。「我一向都很喜歡這首歌。」我對瑟蕾莎說。

「你知道為什麼嗎？」瑟蕾莎說：「因為我們就是在這種音樂中受孕的。它打動了你最原始的層面。」

「我不是很喜歡想像自己是怎麼受孕的。」

她用手指攪動冰塊，手上的指甲被她啃得肉都露出來了。她顯得鬱鬱不樂。「阿烈，我對這一切的一切都好厭倦。我厭倦這個髒兮兮的小鎮、厭倦有公婆、厭倦監獄。監獄根本不應該出現在我的生命中。羅伊被抓的時候，我才結婚一年半而已，我爸連婚禮的錢都還沒付完。」

「我從來沒習慣把妳看成漢彌爾頓太太。」我揮手向酒保要帳單，並且要了兩杯冰水。

瑟蕾莎翻了翻白眼：「你去看他的時候，他有沒有很氣我的樣子？我最後一次去看他的時候，他說他不喜歡我的調調，說我是出於義務才去看他。」她放下杯子：「他說得沒錯，可是我又該怎麼辦呢？我在店裡忙得跟狗一樣，然後開幾小時的車去路易斯安那，住在他爸媽家，他爸媽根本就不喜歡我。然後我又要經歷……」她上下抖抖手指：「又要經歷那些流程，然後他覺得我笑得不夠開心？我當初可沒報名要過這種生活。」

她滿臉嚴肅，但我還是笑了：「我不知道這還需要報名。婚姻不是這樣的啦！」

「你儘管笑吧！」她眼中透著憤怒。「你知道我到這裡來的感覺嗎？明顯覺得自己身爲黑人，而且很絕望。你不知道排隊等著探監的那種感覺。」

「我知道。」我說：「我昨天也去探監了。」

「女生不一樣。他們對女生的態度就好像你是要去見你的皮條客一樣。每一個工作人員看你的時候，似乎都帶著一抹得意的笑，好像覺得你這人蠢爆了，是個妄想症患者。如果你把自己打扮得體面一點，那就更糟了，他們會把你當白痴，覺得你明明可以找個好一點的對象，偏偏就是笨到無可救藥。」她彈著手指給音樂打拍子，像是要彈走此刻籠罩著她的情緒，但她已經醉到無法控制自己的情緒了。

如果四下無人，我一定會碰碰她，但在酒保以及其他三位男客人眾目睽睽下，我的手抬也沒抬，只是對她說：「我們走吧！」

回到飯店，店家都打烊了，但賭場的停車場停滿了車，顯然今晚有十臺汽車的大抽獎。終於進到電梯裡，電梯門安全阻隔了其他人的眼光，我正面面對瑟蕾莎，瑟蕾莎則緊緊環抱住我的身體，使我想起小時候，她常熊抱我，抱得我氣都喘不過來。她身上有伏特加的氣味，但也有薰衣草和松樹的氣味。我擁抱著她，一直到電梯抵達五樓，電梯門打開，有一家人十分有耐心地等著進電梯，那一刻我們都還沒鬆開。

「新婚夫婦。」那一家的媽媽向孩子解釋。

我們走出電梯，面對著通往我們房間的走廊。

「每個人都以爲我們兩個有一天一定會結婚。」她說。

「妳醉了。」我說：「超級醉。」

「我不同意。」她往她的房間走去，鑰匙插進門中，小小的綠燈閃爍起來。「我是怎樣了沒錯，但不是醉。要不要進來？想進來嗎？」

「瑟蕾莎，」我覺得我的身體倒向她，就好像有人把大地傾斜了，但我還是說：「別認錯人，我是阿烈。」她笑了，笑聲聽起來戲謔輕佻，就好像我們剛剛並沒有看見羅伊他爸用一根老式的鏟子埋葬他老婆，好像什麼壞事都還沒發生過。

「你也別認錯人，」她笑嘻嘻地說：「我是瑟蕾莎。」

我也想用笑來回應她，卻沒笑出聲來。何況這時候笑是假笑，而和瑟蕾莎相關的事，我從沒半點虛假。

等我跨進門檻，聽見門在我身後喀噠關上，一切都來不及了。我們沒有像電影中那樣，立刻飛撲到彼此懷中，深深擁吻愛撫。開頭的幾刻，一切運作得緩慢，我們僅是對望，彷彿我們所做的抉擇是個不知該如何開啓的包裹。她坐在床上，我也跟著坐下，這使我想起我們前一次跨越紅線的情景，那是高中時的事。那次和現在一樣，我們盛裝且疲累。那次我們是在黑暗的地下室，但我仍看得出她禮服皺褶的輪廓。如今在明亮的燈光下，她的頭髮蓬在腦袋旁，像黑色的光環。我們兩人的嘴都因喝了酒而灼熱，衣服上沾滿墓地的塵土。

我往她湊近了些，手指纏進她濃密的髮中。「我們一直都是在一起的。」她說：「不是像這樣的在一起，但一直都是一起的。」

我點點頭：「我希望妳只爲我一個人煮飯。」

我們都笑了，是眞的笑，一起笑。這一刻，我們的人生改變了。我們嘴角帶著喜悅來到彼此身畔，接下來的事或許沒有法律效力，沒有神職人員或證人給我們做見證，但是是屬於我們的事。

羅伊

在艾洛，你若想知道自己的身分，用不著上天下地去尋索，只要看看家中的聖經就知道了。在最前面的空白頁，在「起初，神創造天地」之前，你所需要知道的一切都在那裡了。世間還有其他的眞相，但其他的眞相大多都不會寫成白紙黑字，那種非正式族譜的紀錄是口耳相傳的，若有白人親戚就會大作文章，口氣依情節不同，可能帶著羞恥也可能帶著得意。另有一些親戚可能膚色很對，財力狀況卻很不妙。我是艾洛少數除了爸媽以外沒有什麼親戚的人。歐麗芙生在奧克拉荷馬市，她在那兒有親人，但我從沒見過他們。大羅伊來自德州豪蘭（Howland），本來要去傑克森（Jackson），半路溜達到艾洛來。我們家的聖經是他倆結婚時，大羅伊的房東太太送的禮物。翻開皮革封面，只會看到歐麗芙小心翼翼用草體字母寫的我們三人的名字：

羅伊・麥克亨利・漢彌爾頓＋歐麗芙・安・英格曼

小羅伊・奧山尼爾・漢彌爾頓

歐麗芙始終沒把瑟蕾莎的名字加在我的名字旁邊，但頁面上還有很多空白，還夠列入用斜線和橫線相連的一大堆未來的漢彌爾頓家人。

達芬娜·海德利克就不一樣。我們鎮上至少有十幾個姓海德利克的黑人，甚至還有幾個姓海德立克的，是在家族鬧分裂時改了名字。我羨慕她的家族這麼龐大，開枝散葉，根基厚實到足以撐破人行道。她說她住在安妮·梅伊老師的家，我努力回想安妮·梅伊老師是她的誰，在聖經上和她是用什麼符號相連的。我還記得達芬娜的外公，皮卡先生。說不定皮卡先生是她舅舅？他們家族有一些旁支，這個我是記得的。我曾經知道鎮上哪些人是哪些人的親戚。

我去幫歐麗芙買花的時候，在沃爾瑪超市碰到達芬娜。她身穿一套藍色制服，幫我打開鮮花冷藏櫃的鎖，幫我挑了一把我不敢獻給歐麗芙的花束，用乾淨的白紙幫我包起來，一面包，一面問我記不記得她。我們念同一所高中，不過她早我幾屆。我告訴她我記得，她問我有沒有興趣吃一頓家常便飯，我說有。幾小時後，我站在那棟貼了護牆板的房子門前，房子做了聖誕節裝飾，掛著各色小燈和金蔥緞帶。

我爬上三級水泥階梯，站在傾斜的門廊上。這間小小的房子想必有七十年歷史，說不定八十年了，很可能是安妮·梅伊老師的先生蓋的。這個社區叫做硬木社區，很久以前這裡還有磨坊，而且「有色人種」這種詞還算是尊重的詞彙時，這裡是磨坊有色人種工人居住的社區。我敲了敲掛著銀色花環的門，幾乎有點但願我戴了帽子，就可以把帽子脫下來拿在手上。

「嗨！」她隔著紗門說。她身穿一條聖誕節圍裙，襯托著她的膚色，棕裡透紅的濃郁膚色，像一雙質地精良的休閒鞋。這副打扮使她看起來十分迷人。她歪了歪頭說：「你挺帥的唷！」

「妳也挺美的。」廚房的香味隨著空氣一路飄散過來，此時此刻我在世間最渴望的事就是跨過她家的門檻。

「你到早了。」她說這話時面帶微笑，沒有顯得不悅，只是告知我事實。「給我一分鐘，讓我整理一下頭髮。」說完她就關上門。我在門前階梯坐下來等。離家五年，這種事我最在行。我坐在那兒，並不轉頭去看斜對角幫我媽辦理後事的殯儀館橙紅色的磚砌建築，而是凝視我的手指，發覺我的手指和華特的好像，生著瘤一般淡黃色的老繭。我帶著銀行家的手入獄，出來時卻成了磨坊工人。但好歹我出來了。我在裡頭學到的事就是，只要把注意力放在重要的事情上就好。

愛德華街大體上很安靜。有一小群男孩用線綁著培根，捕捉路旁水溝裡的小龍蝦。遠方酒鋪的玻璃窗上反射著霓虹燈，低音喇叭搖撼著空氣，我感覺得到微微的震動。這裡是我的家鄉，我在這些道路上摔傷過膝蓋，在這些街角學會頂天立地，但我感覺不到自己回家了。

達芬娜第二次開門時，沒有穿圍裙了。她換上的酒紅色洋裝凸顯出女人身材裡每一分動人的特質，我卻懷念那條圍裙。高中時，她的體態是一等一地好，該大的地方大，該小的地方小，是我們稱之為「肉彈」的那種身材。大羅伊警告我，體型曼妙的十五歲少女到了三十歲就會變成肥師奶，所以不要娶那種女人。和達芬娜對照起來，那則箴言顯得既幼稚又殘酷。她的確胸部和臀部都碩大豐滿，但整個人看起來秀色可餐。

「你還是已婚嗎？」她隔著紗門問。

「我不知道。」我說。

她笑了笑，歪了歪頭，露出插在耳後的一串梔子花一般的金屬色流蘇。「請進，」她說：「晚餐馬上就好。要喝點什麼嗎？」

「妳覺得呢？」她踏了幾步進入廚房，我緊緊盯著她玲瓏婀娜的曲線。

從前的我——我不是指入獄前的我，而是二十出頭、還沒有和瑟蕾莎交往、換女友像換衣服一樣快的那個我——那個我會知道該說什麼。那個時候，我知道如何集中精神。無論當時我鎖定的目標是什麼，我都曾經低聲告誡自己：**把心放在錢上，把錢放在心上**。一次只專注於一件事情，這樣才能成功。但此時此刻，我坐在那裡，面對著一個姣好美麗的女人，心裡卻想著一個兩年沒交談過的妻子。

我也不是說我是個多清高的丈夫。就像人家說的，過錯已經放下，傷害已經造成，譬如有一次瑟蕾莎發現一張兩件女用內衣的收據，其中只有一件是我送她的生日禮物。她並沒有發飆，但也相去不遠了。我說：「瑟蕾莎，我只愛妳一個人。」這或許解釋不了她手中那張小小的紙片是怎麼一回事，但我說的確實是對得起天地良心的肺腑眞言，我猜想她理解了。

我坐在達芬妮的客廳裡，喝著達芬妮的酒，心裡卻想著瑟蕾莎的臉，鼻腔裡流連著瑟蕾莎的氣味，耳裡響著瑟蕾莎的歌聲。但雖然如此，看著達芬妮時，我嘴裡流起了口水。「安妮·梅伊老師什麼時候過世的？」我問她：「她是個好人。我記得我們小時候，她賣酸黃瓜，只賣一分錢。妳記得嗎？」

「她過世四年了。她把什麼東西都留給我，我眞是意外，不過我們滿親的就是了。她兒子現在在休士頓，叫華佛，你記得他嗎？」

我記得他，他是地方上的傑出子弟，功成名就之後回來我們高中演講，呼籲我們不要輟學、不要搞大人家的肚子，也不要嗑藥。「記得。」

達芬娜嘻嘻笑著說：「梅伊老師不在了，我猜他再也不會回到這個小鎭了。」她搖搖頭：「我爸也一樣，我都還沒滿五歲，他已經在去達拉斯的半路上了。」

我說：「可是妳也不知道他爲什麼去達拉斯。」

她又笑了，這次是眞心誠意的笑，像是很欣賞我試圖往好的方向想。「我只知道他跑了。就跟世界上到處發生的無聊小故事一樣。」

「不要說他無聊。」我說：「人做事都是有原因的。」

她噓我：「你不是來這裡跟我聊我爸的吧？」這個問題裡藏著另一個問題，女人就是有辦法問得很深，比她們想知道的更深。

「菜好香！」我試圖把氣氛扭轉得輕鬆一點。「我打賭路易斯安那的女生一定都是手拿鍋子出生的。」

我希望桌上會有一碗從達芬娜家和隔壁人家之間的圍牆藤蔓上摘下來的米豆。我年少的時候，住在隔壁的是教外語的方特納老師。我不小心選到了法文課，成爲教室裡唯一的黑人學生。方特納老師也是班上的唯一，所以我和他後來很親近。

他告訴我有一個法語俱樂部，大家放學後聚在一起練習法語，準備要去巴黎進行十天的旅行。我問他巴黎有沒有黑人，他說：「當地的和進口的都有。」他送我一本詹姆士·鮑德溫的小說《山巔宏音》68，這本書和法國一點關係也沒有，但他保證我們說話的時候，作者就在法國。我把書翻過來，端詳作者悲傷卻又充滿智慧的臉龐。他是個很黑的黑人。方特納老師說：「你把法文學好，我會資助你去旅行。」但後來發生了三件事：只有我一個黑人小孩要參加那個旅程，沒有人覺得這是好事。大羅伊說：「萬一發生什麼事，其他人眾口鑠金，你就百口莫辯。」第二個問題是錢，雖然有方特納老師資助我，我還是要自己出七百五十美元。怪不得沒有別的黑人小孩要參加。最後一個問題是方特納老師自己。

方特納老師把《山巔宏音》介紹給我的時候，對於吉米是個同志的這件事隻字未提。方特納老師老是把鮑德溫稱爲「吉米」，好像他倆交情很深的樣子。他告訴我，吉米十一歲就開始保存自己的各種文件紀錄，要留傳給後世子孫，因爲他知道他會成爲大人物，會需要有「發跡過程的紀錄」。方特納老師給了我一本黑色的小筆記簿，跟我說：「你應該寫日記給你的後世子孫看。有一天你到外地去發展，別人會想知道你是怎麼辦到的。」我的計畫就是被這本日記終結的，這個問題比錢的問題更大。大羅伊對這本小書的外型很有意見，我媽也是。艾洛是個小鎮，有點幽閉恐懼症，有時甚至有點刻薄。只需要幾通電話，我爸媽就發現方特納老師有點「怪怪的」，他們絕不讓我在他的資助下去巴黎。

「方特納老師後來怎樣了？」

「他九〇年代初就過世了。」達芬娜說。

「怎麼過世的？」

「你知道我的意思。」她說：「好了啦，你需要吃點東西了。」

我站起身，往橢圓形的餐桌走去，這餐桌和我從小吃飯的餐桌長得很像，坐得下六個人。我拉開椅子，正準備要坐下，達芬娜問我要不要洗洗手。我面帶愧色地問她洗手間在哪裡。把帶著女生香氣的肥皂抹在手上時，我的下巴下側感覺到一點點憤怒的刺痛感，我往下巴潑水，潑到這感覺消褪才停止。我低頭彎到水龍頭下，把柔軟的水含了滿嘴，一口吞下。我已經很久沒辦法照眞的鏡子了，現在照了，發現我一點兒也不喜歡我的模樣，額頭皺得跟歐麗芙帶在包包裡的扇子一樣。但起碼我儀容整潔，鬍子刮得乾乾淨淨。等我賺了錢，就要去找牙醫做個新的牙橋。我用鉤子上掛的一條毛茸茸的棕色毛巾擦乾臉，回到餐桌上，達芬娜已經擺上了無比豐盛的大餐。

這大餐簡直就像聖經裡的盛宴。豬排在肉汁裡泅泳，焗烤起司通心麵表面焦黃且閃著奶油光，一整個藍條紋碗公的馬鈴薯泥，旁邊則是一堆歐麗芙從前也會做的白色小餐包，是那種只要一撕就會分裂成好幾截的爆漿奶油包。再來是一只閃亮亮的銀碗，裡頭舒舒服服躺了好些我渴望已久的米豆。

「你要不要來帶禱？」她伸出手來，要握我的手。

我閉上眼睛，垂下頭，但才說完「主啊」兩個字，喉嚨就抽搐起來。我吸了兩口氣，終於決定放棄說話，緊緊閉著雙眼，用力嚥下從我體內往上湧、試圖破繭而出的不知什麼。

「主啊，」達芬娜接手說下去：「感謝祢賜予我們滋養身體的糧食，感謝祢賜予我們這份情誼，奉主耶穌的名，阿們。」說阿們時，她捏了捏我的手，像是給句子劃上句點。接著她要抽開手，我仍然捏住不放，終於吐出一句：「求祢賜福給準備這餐飯的雙手。」然後才放開。

達芬娜往我的盤子裡舀了各式各樣的菜餚，我想像著我自己，是個剛剛出獄，正打算要對豬排做出嚴重傷害的人，我覺得自己像個活體笑話，明明身在自己的家鄉，卻比過去置身大企業時更侷促不安。達芬娜把盤子放在我面前，我終於及時想起要注意禮貌，等達芬娜拿起叉子，我才拿起叉子。

「祝你胃口大開！」她微微笑著說。

我對她說了同樣的話，想起瑟蕾莎，她無論吃什麼之前都會說這句話，就算是吃早餐穀片也一樣。

我正忙著對付第二回合的菜和第三回合的檸檬汁時，達芬娜問我問題，語氣輕鬆愉快到不像是在問一個已經問過了兩次的問題：「你還是已婚狀態嗎？」

我慢吞吞嚼完口中的食物，嚥下去，還用檸檬汁潤了潤喉，然後說：「妳期望我怎麼回答這問題呢？我知道的是這樣：我入獄的時候是已婚，而她沒有把我休掉。」

「你用不著像律師一樣拐彎抹角。」她好像很受傷，好像我打了個幌子來這裡騙吃騙喝。

我深吸一口氣，把心中最眞的實話告訴她：「我兩年沒看到她了，我媽過世之後我就沒見過她了。」

「你有跟她講電話嗎？」

「最近沒有。」我說：「那妳呢？妳有沒有交往的對象？」

她四處張望了一下：「你有在這裡看到誰嗎？」

我們就好像各自都克盡職守，做了應做的調查，於是心滿意足，不再談論這話題了。

吃飽後，我跳起來收拾桌子，把盤子裡的殘渣倒掉，碗盤堆在水槽裡。達芬娜微微笑著，就好像看見一個小寶寶嘗試做大人做的事，譬如說彈鋼琴。「不用管廚房的事啦，你是客人。」

我可以向上帝發誓，我不是專程來和達芬娜上床的。我發誓我來這裡的計畫不是這個。但我有沒有期待這個呢？華特勸我不要渴求女人，但若我說我不渴求女人，那是謊言。只不過我渴求的不只是女人，我渴求吃到我媽媽的菜，打從離家上大學的那一天起，我就渴求著我媽媽的菜。達芬娜．海德利克邀我去吃晚餐。如果我們除了吃飯以外什麼也沒做，我也同樣會滿載而歸。

「要喝咖啡嗎？」她問我。

我搖頭表示不要。

「再來一杯酒？」

「好。」我說，她於是又倒了一杯酒給我，這次的顏色比較淡。

「我怕你酒駕被抓。」她說。我有點失望，原來她已經準備送客了。

「我能不能問你一件關於你入獄的時候的事？」她說。

「妳知道我是冤枉的。」

「我知道。」她說：「這一帶沒有人相信是你幹的，你只是生錯了種族，又時運不濟。警察都很黑，所以每個人都被抓進牢裡關。」

我歪了歪酒杯，把杯裡的酒一飲而盡，算是向她致敬。我把酒杯舉向達芬娜。

「還有個問題。」她神色嚴肅起來，我做好防衛，準備迎接又一個關於瑟蕾莎的問題。

「什麼問題？」

「你在裡面有沒有認識一個名叫安托萬．吉勒利的人？全名是安托萬．菲德利克．吉勒利？」

「誰呀？」我說：「妳男朋友嗎？」

她搖搖頭：「我兒子。」

我用哀悼的語氣說：「沒有。」如果是她兒子，想必頂多才十七、八歲。「我沒碰到過。」

「他們叫他蚱蜢還是草蜢之類的。」

這個綽號我聽過。草蜢不是牢裡最小的一個，但關在成人監獄還是太年輕，太嬌嫩也太可口了。我記得他塗了口紅的嘴唇和用自製鹼水燙直的頭髮。

「我不認識他。」我又說一次。

「確定嗎？」

「很確定。」我說：「沒有叫草蜢的人。」我再一次把酒杯舉向她：「麻煩妳了，夫人！」

她搖搖頭：「我不能再給你酒了，這是爲你好。」

「小姑娘，不用擔心我酒駕，我是走路來的，這個小鎮這麼小，一分鐘內哪裡都走得到。」

「羅伊，」她說：「這裡變了很多，我建議你晚上不要趴趴走。我不知道是警察比較可怕，還是市井小民比較可怕。草蜢是因爲非法持有槍械被抓的。他也不過是要自我保護而已。才十六歲，就被當個成年人審判。」

「相信我，我不怕的。妳知道我過去這五年來都在哪裡嗎？」我說這話時，有一股笑聲搔刮我的喉頭：「妳以爲我會怕從樹叢裡跳出來嚷著卜嘰卜嘰的鄉下狗屎蛋？」

「要是鄉下狗屎蛋手裡有槍，就眞的要怕。」說完她往我的手臂拍了一下，眞心誠意地笑了，是有酒窩的那種笑。「卜嘰卜嘰？你眞會掰。好啦，再給你喝一杯，不過我會調淡一點。」

「妳自己也調一杯。我不能忍受一個人喝酒。」

她拿著兩個裝了飲料的小小玻璃杯回來，就像我媽用來裝柳橙汁的那種杯子。「沒有冰塊了。」她說。我舉起杯，我們互相敬酒，但沒有說是要慶賀什麼，然後就像喝小杯烈酒一樣一飲而盡。這樣喝的感覺眞好，讓我想起我的第一份工作。公司聖誕酒會的時候，白人同事斟出最頂級的酒，我們喝水一樣猛灌，好像錢多到花不完似地。

達芬娜站起來，扭開音響，法蘭基·貝弗利[69]正談論著「幸福的感覺」[70]。達芬娜走回來的路上彈了幾下手指，這回她彎身坐在椅墊上，好像在展示她渾身上下所有的關節。「嗨！」她的嗓音裡有小小的挑逗。

我不能說威士忌把她變美了。她不是小美人，就像我不是年輕主管一樣。但我曾經是年輕主管，她曾經是小美人，我想我們身上都留有一些過去殘存的特質。達芬娜是我所錯過的一切，化身成爲古銅色的溫暖胴體。

「你還好嗎？」

我搖搖頭，因爲我所做得出的唯一動作就是搖頭。

「怎麼了？」

我又搖搖頭。

「沒關係的。」她說：「你才剛剛回家，剛回家一定會有點難適應。」她說得好像我是剛剛退伍或出院似地。

達芬娜像圖書館員一樣，用手碰了碰嘴唇，我傾身湊到她的手後方。瑟蕾莎——我無法不想起瑟蕾莎——瑟蕾莎塊頭並不小，骨架大，身材豐腴，但不像達芬娜這樣柔軟，達芬娜摸起來像四星級飯店裡的浴袍。我試圖克制自己，我不想像野人一樣對她動手動腳，但我必須說，我衣冠整齊的每一分鐘都是奇蹟。終於放手一搏時，我深深吻她，把舌頭狠狠插入她的嘴裡，嚐到威士忌的嗆辣滋味，喜歡這樣的滋味。她的手指在我身上游移，嬌小輕盈如螢火蟲，但如同店頭牧師[71]一般具有療癒力。她的手在我的襯衫下游走，冰涼的掌心觸著我火熱的背，酥麻如電擊。

進了臥房，我們並沒有爲彼此寬衣，而是各自在一個黑暗的角落卸下衣衫。達芬娜把她的衣服掛進衣櫥，衣架一陣叮噹，接著她鑽進我身旁的被窩，身上帶著威士忌的酒香和可可油的甜香。她側翻身子，頭髮嘩啦啦翻滾在我臉上。我躲開那種塑膠質感，因爲我不想碰觸不眞實的東西。我巴巴渴望能摩搓一個會呼吸的物體，痴痴期盼某種活生生的東西。達芬娜抬起腿跨在我的臀上。「你還好嗎？」她輕聲問。

「很好。」我說：「妳呢？」

「我沒事。」

「妳兒子的事我很遺憾。」

「你媽的事我很遺憾。」

談起生命中的失落可能會使正常人失去性致，但對我而言，這樣的談話卻猶如煤油、汽油再加上一股純氧。我又吻了她一次，調整姿勢，換成我在上方。我在黑暗中俯視她的輪廓，很想重新解釋一次。但我說不出口，說不出我不想像個剛出獄的人那樣與她溫存，而想要像個返鄉探親的人，衣錦榮歸的人。我想要像個名下仍有錢、有體面辦公室、義大利皮鞋、鋼質錶帶手錶的人一樣地同她溫存。我要如何對一個女人解釋，我想要像個人類那樣地與她溫存？

我不能說我害怕，但我撐在那裡猶豫，渾身的重量都壓在手臂上，眞眞切切地不知道下一步該怎麼做。我想要取悅她，不是要她呼喊我的名字或諸如此類白痴行爲的那種取悅，而只是想讓她留下好印象。她說她相信我並沒有強暴松林旅社那個婦人，但她心中難道沒有一絲絲的懷疑嗎？每個故事都有另一面，不是嗎？

「寶貝！」達芬娜說。她伸出手臂，交叉在我背後，把我壓下來，讓我們的軀體貼近。我靠著肌肉的記憶，用膝蓋叉開她的雙腿，但她躲開了，側躺著面向我。她用食指推我的胸膛，於是我平躺下來。我試圖坐起來去摟她，但她用手掌輕輕我把壓倒。「不要急。」

達芬娜照顧我，這個過程我僅能用照顧來形容。我出獄的兩天後，她把我癱在她的床上照顧我。她用手和嘴碰觸我的周身，沒有哪一吋肌膚沒有領受到愛。她爬到我的上方、我的下方，甚至穿過我。我身上每一方她不在愛撫的部位都灼熱如火，渴盼著下一刻就得到她的關愛。在有人以你最需要的方式給了你你所最需要的東西之前，你根本不知道你需要什麼。

當她纏繞我身，腳湊在我的臉旁時，我低頭去親吻她的足弓。我不知成長在艾洛的人如何能有這嬰兒般細緻的腳。瑟蕾莎的腳也同樣水嫩光滑。想起我的妻子，我的心中猛然一動，我彈跳起來，猶如自噩夢中驚醒。達芬娜頓住了，屋裡僅有的不知什麼黯淡光線映照在她的瞳眸裡。

「你還好嗎？」

「不好。」我說。

「過來。」她平躺著，展開雙臂。接著她喊我「寶貝」。有些女人會這麼喊，把這個詞喊成她獨有的語言中唯一的詞彙，一個詞彙表達了她所需表達的任何意義。此時此刻，這個詞彙的意義是邀請，正如同「請」這個字。她用雙腿環繞住我的腰，我緊緊抱住她，因爲我的命就繫在她身上了。「寶貝！」她又喊了一聲。

「妳有套子嗎？」

「應該有。」她說：「在藥櫃裡。」

「浴室裡的藥櫃嗎？」

「對。」

「需要戴嗎？」

黑暗中，達芬娜一陣靜默。我用手肘撐起身子，想看看她的表情，但月光沒有照在她臉上。

「妳希望我戴的話，我就起床去拿。」我向她承諾，但隨即又吻了她，輕輕啃咬她甜美的下唇。

「我們需要嗎？」她或許不知道，但我是在懇求她。我迫切渴望碰觸另一個人，中間不要有橡膠的阻隔，就好像碰觸她頭皮根部毛茸茸的眞髮。這差別就好比是講電話與面對面的差別。「拜託！」我聽見自己說：「我保證會抽出來，眞的，拜託妳！」她沒有把我推開，甚至沒有夾緊雙膝。「寶貝！」我說。此刻換成我在說這個神祕暗語。

「沒關係的，」她終於說：「沒關係，我很安全。」

瑟蕾莎

我三歲的時候，歌蘿莉教我禱告。她跪在我身旁，示範如何像小天使一樣把雙手併攏在下巴下方。宗教是我媽的專長，我爸則興趣缺缺。信仰基督教的女人中，有一種人對不信上帝的男人格外缺乏抵抗力，一心要跪求他的靈魂平安無恙。有時我但願我像我媽，生來就是要拯救男人，如此我便能跟隨我媽用麵包屑指引的路徑行走。

「現在我要睡了。」[72]歌蘿莉把這段禱文念得如同歌唱一般，我緊閉著雙眼，用童稚的嗓音跟著念。在說「阿們」之前，我睜開眼睛問歌蘿莉「求主帶走我的靈魂」是什麼意思。歌蘿莉說，人隔天早上能不能醒來，還有沒有資格多活一天，這是由上帝決定的。若是在夜裡死掉了，我們就祈求上帝能把我們帶回天堂。至少我所理解的是這樣。我很受震撼，躺在那張有頂篷的床上，眼睛連眨也不敢眨一下，生怕一旦睡著就永不再醒來。

每天晚上，她都這樣送我上床，我們兩人一起咕咕吟誦。當歌蘿莉跪在我身旁時，我按照她所期望的方式禱告，但她一走，我便收回我的誓言，和上帝討價還價，期望能把靈魂留給自己。

不知哪裡寫的，說人十二歲以前，罪孽歸於父母，尤其是母親。十二歲之後，犯的錯就記在自己的積分上。我在這方面一旦有了選擇的權利，就很少再陪母親上教堂，情願和父親相處，比較輕鬆愉快。但我仍保持了禱告的習慣。

獨居的時候，我會出聲禱告。如今安德烈和我同居一室，我僅僅用唇語禱告，並不出聲。我爲羅伊禱告，祈求他平安，祈求他原諒我，雖然當早晨天光潔淨明亮，我知道我什麼錯事也沒做。我也爲安德烈禱告，祈求他原諒我祈求原諒。我爲我的父親禱告，祈求我能找出辦法重新做他的女兒。

我的母親告訴我，我們對上帝不能有所隱瞞。祂知道我們的感覺，因爲感覺是祂創造的。當我們告解我們的罪，上帝會因爲我們有勇氣而賜福給我們，會因爲我們謙卑而賜福給我們，會因爲我們跪地禱告而賜福給我們。

上帝一定知道，在我珠寶盒的最底層，嵌在一個絨布盒子裡的，是羅伊摔掉的那顆牙齒。懂草藥的巫醫會知道這顆牙齒該如何處理，就連我這個對於看不見的東西毫無天分的人，把這顆牙齒置於掌心時，都感受得到它彗星一般熾烈的能量，只是我毫無方法可以取用這份能量，也無法隨心所欲地操縱它。

羅伊

我在曾經是安妮・梅伊老師家的地方和達芬娜・海德利克連續共處了三十六小時。人生眞是充滿奇蹟，誰想得到高中時和我僅是點頭之交的學姊，如今竟把我迷得暈頭轉向，害我差點連回家的路都忘了？我離開她床鋪的唯一原因是她要上班了，把我趕出去。她的廚藝不凡，床上功夫也一流，我簡直樂不思蜀。我終於穿著已經穿（或脫）了一天半的皺巴巴衣服出現時，大羅伊正在門廊上等我。兩張休伊・牛頓大藤椅[73]是空的，大羅伊坐在水泥地上，兩條腿懸在門廊外，腳踩在花圃上。他的左手握著我媽的黃色咖啡杯，右手抓著一個蜂蜜小餐包，直接從包裝裡吃這個小餐包。「你還活著喲？」

「是的，先生。」我蹦蹦跳跳躍上階梯：「活著，而且活得很好！」

大羅伊把眉毛抬高了好幾吋：「對方叫什麼名字？」

「我發誓要保護無辜者的身分。」

「只要不是有夫之婦就好。我可不希望你好不容易歷劫歸來，就爲個女人被哪個老兄給殺了。」

「說得是。我的人生已經夠悲情了。」

「爐子上還有咖啡。」他把頭往大門的方向扭了扭。

我給自己倒了杯咖啡，又回到門廊，在我爸身旁坐下，上上下下打量著馬路，想著自己。這是我在獄中養成的習慣——坐在那裡想著自己渴望此刻身在何處、想與誰共處、想吃什麼。我曾經花長達二十分鐘的時間，想著卡拉馬塔橄欖（Kalamata olives），想著我要把這種橄欖搭配什麼來吃。如今我想著達芬娜，想著我今晚不知還能不能再去她家。

我是在背叛瑟蕾莎，還是在背叛我記憶中的瑟蕾莎？我想我這樣處境的男人應該獲得某種特殊的體諒吧！我不能說達芬娜用她鬆軟舒適的大腿及「寶貝」語言拯救了我的性命，但她確實拯救了我的什麼，如果不是性命，或許是精神吧！

大羅伊從黃色咖啡杯的杯緣說話：「兒子呀，你要學學怎樣用電話。發生了這麼多事，你不能這樣說不見就不見。」

我的頭低到快要觸到胸膛，肩都駝了起來。「對不起，爸爸，我做事不經大腦。」

「要記得替別人著想一下。」

「我知道。」我呼嚕嚕又喝了一點咖啡，大羅伊把吃到一半的蜂蜜小餐包遞給我。我把甜甜的小餐包撕成兩半，塞進口裡。「我還在適應怎樣做我自己。」

大羅伊說：「你今天該跟老婆聯絡聯絡了，通知她一聲。」

「通知她什麼？」

「不是通知她有個人讓你回家時笑得跟小木偶的蟋蟀一樣。你總要讓她知道你回家了吧！相信我，昨晚跟你在一起的人，你現在可能覺得她很特別，但她不是你老婆。」

我舉手投降：「我知道，我知道，我知道。」我過去整整五年來一絲絲快樂也沒有，這會兒他卻連一小時的陽光也不讓我曬曬。

「不過你至少得先梳洗一下。」他說。

他說得沒錯，我是該計劃計劃回亞特蘭大，去和瑟蕾莎來點肌膚相親，耳鬢廝磨一番，問問她我們到底還是不是一對夫妻。我一方面覺得，也許我只是在挖坑給自己跳。這問題如果非問不可，答案想當然耳是「不是」。兩年沒探監就已經代表某種訊息了，又何必聽她親口說出？無論她如何辯解，她說的話都會刺得我皮開肉綻，而且還不會是乾乾淨淨的傷口，眞相捅出的傷口會像狗咬的一樣坑坑窪窪。

但是她沒有訴請離婚，這仍然是不爭的事實。如果她沒有正式脫離這個婚姻，那唯一可能的原因，就是她並不想脫離這個婚姻。對我來說，這是有意義的。更何況，就算是狗咬的傷口，也是會癒合的。

電話響起時，我才剛穿上內褲而已。電話是舊式的電話，發出一種金屬敲擊的刺耳響亮鈴聲。「跟威克里夫說我在門廊上等他。」大羅伊從門外喊。

我光著腳，上半身全裸，貓咪一樣躡手躡腳走進廚房，拿起電話說：「他在門廊上等你。」

電話另一頭的人說：「你說什麼？」

我說：「抱歉，這裡是漢彌爾頓家。」

電話另一頭的人說：「羅伊，是你嗎？」

「我是小羅伊，你找大羅伊嗎？」

「我是安德烈。你怎麼會接電話？你不是星期三才會出來嗎？」

我前一次見到安德烈時，他身穿替歐麗芙守靈時要穿的灰色西裝。我感覺得到我們交談時，會客室裡擁擠的人群都在打量他，想估量出我和他之間的關係。我知道我自己看起來什麼模樣——和監獄裡其他所有人一樣，黑皮膚、破舊連身衣，其他一切就是不重要的細節。阿烈的服裝一本正經，但看起來不像律師，而像個「因為美國人聽不懂爵士樂」而移居到歐洲的樂手。

看見他時我還滿開心的，阿烈是我的好兄弟，我第一次認識瑟蕾莎就是他介紹的，只不過我們的戀情過了很久才發展起來。我們結婚的時候，阿烈站在我身邊，簽下他的名字。歐麗芙下葬之前的最後一個星期天，他來看我。

「你可以代我扛棺嗎？」我問他。

阿烈深深吸氣之後點點頭。

說出那樣的話，就連如今回想起來都很痛苦，但他答應時，我既感激又憤怒。「我很感謝你。」我說。

他揮揮鋼琴家一樣的修長手指，不要我說下去。「你碰到這種事眞的很不幸，班克還在努力……」

現在換我揮揮手制止他：「去他的班克！就算他明天就把我弄出去，也來不及了。我媽已經死了。」

此時此刻聽見他的聲音，我就和他答應幫我扛歐麗芙的棺木時一樣，感覺既羞愧又憤怒。這種情緒害我喉頭發癢，我清了兩次喉嚨，才有辦法重新開口說話。

「你好呀，阿烈！聽見你的聲音眞開心！」

「我也是呀，老兄。」他說：「可是你到早了，我們以爲你要過幾天才會出來。」

他說「我們」，「我們以爲」。

「文書作業的問題，」我說：「公文往來的問題。總之矯正署有個什麼人說我可以出來，我就出來了。」

「我瞭。」阿烈說：「瑟蕾莎知道嗎？」

「還不知道。」我說。

阿烈頓了一下才說：「好的。那你能不能先在你家多待個幾天呢？」

「你們兩個要一起開車過來？」

「只有我。」阿烈說。

我掛上電話，回到門廊，站在大羅伊身後。從這個角度，我可以看到他光禿禿的腦袋上一個個小小的疤痕。我們家飯廳的吊燈吊得有點太低，大羅伊老是一頭撞上去，我媽就會親親他的傷口。我媽愛死那個小巧可愛的吊燈，我爸從沒要求她把吊燈換掉過。

「不是威克里夫。」我說：「是安德烈。」

「他是說了什麼嚇死人的話，把你嚇到穿著內褲站在門外？」

我低頭看看我赤裸裸的腿，已經發白了。「他說他要開車下來找我，只有他一個。」

「你覺得這樣好嗎？」

「我不知道怎樣才叫好。」

大羅伊說：「你最好是跑一趟亞特蘭大，去搞清楚你到底是還有老婆沒有。」他頓了一下又說：「如果你還想要這個婚姻的話。」

「我當然想要。」

「我一定要問這句，因爲十分鐘前你好像並沒有很想要你的婚姻。」

電話又響了，大羅伊往屋子的方向呶呶下巴。「不是威克里夫就是瑟蕾莎。你去接，要是是威克里夫，就說我今天請假，如果是瑟蕾莎，你就自求多福吧！」

我任電話響個不停，直到對方自己掛斷爲止。

我穿著沃爾瑪超市能買到的最好衣裝——卡其長褲和有領子的針織衫——回到廚房。起碼我的鞋子還不錯。我照照鏡子，鏡中的我看起來像平價版的老虎‧伍茲，不過並不像更生人。「我想回家了。」

大羅伊在冰箱前彎著腰翻找東西。「你是說亞特蘭大嗎？」

「對。」

「你決定下得眞快。」他說：「安德烈把你心裡的什麼火點起來了。」

「我本來就打算要過去的，只是還沒決定什麼時候去。現在我知道了，就是要盡快。」

「你打算要開車去嗎？」

我把手伸進背後的口袋，掏出皮夾。這皮夾放在監獄的保管處這麼多年，皮革還是很柔韌。黏在咖啡集點卡旁邊的是我的駕照，照片裡的我是當年那個事業有成的我，身穿正式襯衫，打著酒紅色領帶，自信滿滿，咧嘴笑得露出兩排方正堅固的牙齒。根據喬治亞州的規定，我還有資格再開六個月的車。蜜桃州74同時還認爲我住在林恩谷路一一〇四號。這張駕照是我舊日生活留下來的唯一物件。我把駕照舉高，讓光線照上州政府的章戳。「萬事俱備，只欠一臺車。」

「那臺克萊斯勒你拿去開吧！」大羅伊打開一個雞蛋盒子，裡面只有孤伶伶一顆蛋。「我得去買菜了。兩個大男人需要吃點早餐。」

「爸，你沒有車要怎麼上班？」

「我補貼一點油錢的話，威克里夫會載我去。」

「我考慮考慮。」

「你不是說你已經準備好要動身了？」

「我是說我考慮要動身。」

「你知道嗎？蛋不夠的時候，吃培根也可以的。」大羅伊把冰箱開得更大，腰彎得更低，去翻冰箱裡的抽屜。「有一片小不隆咚的培根。你可以吃蛋，我可以吃培根。」他走到碗櫥前，打開門，裡頭是一排又一排整整齊齊的罐頭。「有了！鮭魚可樂餅！鮭魚可樂餅你吃吧？」

我像遇見陌生人一樣地看著大羅伊。他塊頭太大，我媽的廚房太小，但他身手挺不錯的，單手敲開僅存的那顆蛋，用一根小巧的叉子劈劈啪啪打蛋。

「看什麼？」

「沒有啦，老爸，只是我成長過程中，從來沒看你碰過鍋子或茶壺，結果你現在變得跟家事女王瑪莎．史都華[75]一樣厲害。」

「這個嘛，」他背對著我，繼續打那顆孤伶伶的蛋：「歐麗芙走了，我只剩下兩個選項，要嘛學做菜，要嘛是餓死。」

「你可以再討一個老婆。」我話含在口裡，幾乎說不出口：「這合法的。」

「等我想討老婆的時候，自然會去討老婆。」大羅伊說：「可是如果我只是想要吃飯，那只要做飯就好了。」他把鮭魚罐頭舉高，笑嘻嘻地說：「他們沒宣傳，可是很多食材的罐頭底下都有食譜，教你怎樣用這個食材做菜。」

我又注視了他一會兒，心裡想這是不是就是所謂的「向前看」，就是在失去一個人之後，學會用一種新的方式過活。他對著一只小小的碗忙碌，灑上一點辣椒粉。「問題就是食譜不會教你怎樣調味。根據經驗法則，只要吃罐頭食品，最好就是撒點辣椒粉。」

「媽媽做菜都不用想的，直接就做了。」我說。

大羅伊往一個長柄鑄鐵鍋咕嘟咕嘟倒了些油：「我還是沒辦法相信她走了。」

他煎完早餐，把食物平分在我們兩人的盤子上。我們一人有兩個大可樂餅、半片培根，和一顆切成一個個三角形的柳橙。

「祝你胃口大開！」我一面說，一面伸手拿叉子。

「主啊！」大羅伊開始飯前禱告，我趕緊放下叉子。

大羅伊做的菜挺不錯的，不算超好吃，但挺不錯的。

「不錯吃吧？」大羅伊說：「罐頭上說要加碎麵包，我是把麗滋餅乾壓碎加進去，會有一種堅果的口感。」

「沒錯。」我一面說，一面把半片培根一口吃掉。

我不禁想起了歐麗芙，她是廚藝高手。星期五夜晚，她會烤蛋糕、派、餅乾，星期六下午拿來賣，供應鎮上的人家星期天晚飯後食用。也有其他主婦做同樣的生意，但歐麗芙就是有膽子賣得比市價貴兩塊。她說：「我的甜點價值比較高。」

我們吃得很慢，各自陷在各自的沉思之中。

「你出發前最好剪個頭髮。」大羅伊說。

我摸摸毛茸茸的腦袋說：「禮拜一要去哪裡剪頭髮[76]？」

「就這裡。」大羅伊說：「我當年在軍中就是幫人理髮的。我一直都有申請換發新的理髮執照[77]。萬一有什麼最壞的情況，我還可以靠剪頭髮混口飯吃。」

「這麼久以來一直有執照？」

「你十歲以前我每星期六都幫你剪頭髮。」他搖搖頭，往一片柳丁咬了一口：「以前的水果好像比較好吃。」

「我在裡面最想念的就是水果。有一次我花了六塊錢買一顆梨子。」我一說完這話，就用力甩頭，想把這段記憶甩掉，但它嵌在腦子裡出不來。「我永遠也忘不了那顆梨子。」我對大羅伊說：「我狠狠討價還價了一番。我賣了一個垃圾袋給一個傢伙，他想要用四塊錢來買，我拚命逼他出高一點的價錢。」

「你在裡面的時候，我們盡力供應你的需求。我們或許不像你岳父母給你那麼多零用金，但我們付出的心意絕對是比較多的。」

「我不是在比較，」我說：「我是在告訴你這件事。爸，我跟你說，我賣了一個垃圾袋，可是我沒有懷疑爲什麼會有人願意出高價買一個垃圾袋，我只是一直逼他，逼到他掏出所有的積蓄，只因爲我想吃一個水果。我渴望那個新鮮的滋味渴望得要命。」那顆梨子紅得像秋葉，軟嫩得像冰淇淋。我把整顆梨連核帶子帶蒂頭都吃了。我躲在髒兮兮的廁所吃，因爲我不希望有誰看到我有梨子，會把梨子搶了去。

「兒子。」大羅伊說。我從他垮下的臉得知，就連他也知道後來怎樣了。感覺好像全世界就只有我不知道監獄裡的人是怎樣用垃圾袋的。我本來想分一些梨子給華特，但我告訴他梨子的來歷之後，他碰也不要碰那顆梨子。

「我怎麼曉得會這樣？」我跟我爸說。

人到了監獄裡，很快就會學到，什麼東西都可以當成武器來對付別人，或對付自己。牙刷可以變成匕首，巧克力棒融化後，可以製造汽油彈，垃圾袋則可以做成非常完美的上吊用繩索。

「我不知道會這樣。我要知道的話，根本不會把垃圾袋給他，更不會拿他的錢。」

我記得我伏在金屬便盆上，但願臭烘烘的氣味可以幫助我把梨子吐出來，但除了又苦又嗆的胃酸，我什麼也沒吐出來。

「我不怪你，兒子。」大羅伊說：「無論什麼事，我都不怪你。」

這時電話響了起來，就好像電話知道我們倆正坐在那兒，絕不允許我們冷落它。

「這個不是威克里夫。」大羅伊說。

「我知道。」

電話響個不停，直到她累了，終於停了，隨即又響起來。

「我想要等想清楚要跟瑟蕾莎說什麼之後，再跟她說話。」

「你剛剛跟我說你要上去找她，可以跟她說這個啊！」

現在該是說我不想說的那句話的時候了：「我沒有錢。」大羅伊說：「我可以資助你一點。發薪日快到了，不過我身上的錢你都可以拿去。威克里夫說不定可以資助我一點。」

「爸，你已經把車借給我了。你不能拿威克里夫的錢。」

「這種時候就不要嘴硬了。你要嘛就看我身上能湊出多少錢，帶著那個錢開車上去，要嘛就等著安德烈來接你。跟老人伸手拿錢可能很傷你的自尊心，但拖到星期三你會更傷。」

這一刻的大羅伊讓我想起華特，這眞是神奇。我強烈想念我親生父親的某種特質，不知他對我此刻面對的狀況有何看法。我始終認爲華特和大羅伊是截然不同的兩種人，且他倆的不同不只在於大羅伊會把別人的兒子視如己出，而華特卻是拋家棄子的失職父親。認識了這兩個人後，我發現我媽有她喜歡的特定類型，可能每個人都有自己喜歡的特定類型吧。我媽喜歡的類型就是對事情有見地、對人生很有一套自己看法的男人。

「你知道嗎？」大羅伊說：「你出生的時候，你媽就開始幫你存錢，所以你名下的帳戶可能有幾百美元。你拿駕照和出生證明應該就可以提款。歐麗芙把你的證件資料都放在她五斗櫃的抽屜裡。」

臥室的擺設跟歐麗芙在世時一模一樣，床上鋪著她從跳蚤市場買來、上頭畫著重疊圓圈的被子，西側的牆上掛著一幅裱了框的畫，畫裡呈現三個身穿粉色洋裝的女孩在跳繩，是我用第一份薪水買給她的。那幅畫不是原版，但是有畫家的簽名和編號。五斗櫃的頂端坐著一個頑皮天使般的布寶，身上穿著我兒時的兔裝。

大羅伊說存摺放在「她五斗櫃的抽屜」裡，指的是右邊最上層的抽屜，她把最私人的物品都放在那裡。我的手握在抽屜的黃銅把手上，怔住了。

「看到沒？」

「還沒。」我說。接著我像揭開繃帶一樣，猛一下拉開抽屜。房間裡的空氣與折疊整齊的衣服互相激盪，飄散出我記憶中歐麗芙的氣味。若你問我歐麗芙的氣味是什麼樣的氣味，我答不出來，就好像若有人問你咖啡是什麼氣味，你也答不出來一樣，總之這就是我媽的氣味，沒有辦法分解成單一的元素。我拿起一條花圍巾，湊到臉上，眼眶裡感覺到山雨欲來，但什麼也沒流出來。我從手中的布疋深深吸氣，眼中的緊繃更強了，幾乎感到頭疼，但仍舊沒能哭出來。我想把圍巾摺好，但圍巾似乎是捲著的，我不想弄亂排放整齊的東西。

抽屜最裡側的角落裡，有一疊用綠色橡皮筋綁著的文件，我拿出來，回到廚房，大羅伊在廚房等著我。

「你都沒把她的東西清掉？」

「沒有必要啊！」他說：「我又不需要多一個房間。」

我拆掉文件上的橡皮筋，最頂端是我的出生證明，上頭記載我是個活產的男性黑鬼，生於路易斯安那州亞歷山卓鎮，還登錄著我原本的名字——奧山尼爾．華特．詹金。歐麗芙的簽名小小的，擠成一團，好像字母互相躲藏在其他字母的後方。出生證明之下，是改名後重開的證明，上面登載著我的新名字，大羅伊藍色墨水的簽名龍飛鳳舞，我媽的字跡則一圈一圈的，像小女孩的字跡。存摺的頭一頁顯示，我出生的那年存入了五十美元，此後的每一年都存入五十美元。我十四歲那年，存款開始以比較大的幅度增多，我每個月存入十美元。十六歲那年，我提出了七十五美元，去申請我現在手上捧著的護照。我打開這個藍色的小本子，凝視我在亞歷山卓郵局拍的黑白照片。接著我又望回存摺，發現我高中畢業後，提了七百四十五美元去上大學，存摺裡於是剩下一百八十七美元。加上十多年的利息，實際金額可能比這個數字大一點，可能夠我前往亞特蘭大，用不著勒索我爸以及威克里夫老頭。

我沒有立即站起身。那堆文件裡還有另一樣東西——一本我從前堅信封面是皮革、但時間證明它只不過是塑膠皮的小筆記本。是我以爲我會成爲詹姆士·鮑德溫的那個年代，方特納老師送我的那本日記。裡頭只有少少幾篇日記，大半是在說我要去辦護照、買了匯票，還和羅伊去亞歷山卓拍了證件照。最後一篇日記寫著：「親愛的歷史：這個世界要準備迎接小羅伊·奧山尼爾·漢彌爾頓大顯身手了！」

世界上有太多未竟的事情需要了結，我們當然不可能方方面面都顧到，但總是要盡力。這是那個星期一下午大羅伊幫我剪頭髮時說的話。他沒有推剪，於是用傳統的方法，手拿梳子把頭髮挑起來，用剪刀剪。金屬的切割聲在耳畔清晰響亮，我想起還不明瞭一個男孩可能有不只一個父親的時光。那個年代，我們仍是個三口之家，聖經的扉頁述說著我們家全部的故事。

「你有話要跟我說嗎？」

「報告爸爸，沒有。」我的聲音尖細。

「怎麼回事？」大羅伊笑了出來：「你講話像四歲的小孩。」

「是剪刀啦！」我說：「讓我想起小的時候。」

「我認識歐麗芙的時候，你只會說兩個字，就是『不要』。我追你媽的時候，只要我靠近她，你就會尖叫『不要』，然後握起小小的拳頭。但是她跟我講得很明白，她是一個套裝組合，要她，就要連著拖油瓶一起要。我逗她說：『那如果我只要小的呢？』她聽了臉就紅了，就連你也從此不再抗拒我了。得到你的批准之後，她才回心轉意，願意考慮當我的老婆。你看，她都還沒開口，我就已經知道，向她求婚要先過你這關。你是個不可一世的小孩。

「我那時候剛剛退伍。我是在簡餐店認識歐麗芙的。我的房東太太想要勸退我。她有大概六個還是幾個女兒吧，想給自己找女婿。她跟我咬耳朵說：『你知道嗎？歐麗芙有小孩唷！』說得好像她有傷寒一樣。可是這樣我就更想追歐麗芙了。我不喜歡有人暗中說別人的壞話。半年後，我們就在法院公證了，公證的時候，歐麗芙把你掛在腰際。對我來說，你就是我兒子。你永遠都是我兒子。」

我點點頭，因爲這段故事我已經知道了，甚至還說給華特聽。「你幫我改名的時候，」我問：「我有沒有被弄得糊里糊塗？」

「你那時候連話都不大會講。」

「可是我已經知道自己叫什麼名字了。我花了多久才適應新的名字？」

「一點時間都沒花。開頭只是我給歐麗芙的承諾，可是我眞的就把你當兒子了，你是我現在僅存的家人。你有曾經覺得自己沒有爸爸嗎？你有曾經覺得我沒盡力當你的父親嗎？」

剪刀的喀擦聲停了，我從椅子上轉過頭去面向大羅伊。他抿著嘴唇，下巴緊繃。「誰告訴你的？」我問。

「歐麗芙。」

「那又是誰告訴她的？」

「瑟蕾莎。」大羅伊說。

「瑟蕾莎？」

「你媽接受安寧療護的時候她有來。我們把病床設在小客廳，這樣你媽就可以看電視。瑟蕾莎一個人來，安德烈沒有來。她就是那時候把你媽好想要的那個娃娃給她的，就是長得跟你很像的那個。歐麗芙吸不到氧氣，就算戴了面罩也吸不到，可是她還是努力和病魔奮戰，堅持不屈，看了很不忍。我本來不要告訴你這一段的。他們說她走得很『快』，檢查出來兩個月，她就走了。就是所謂的「傑克．魯比癌」78。可是那兩個月過得很慢。不過我要肯定一下瑟蕾莎，那兩個月內她來了兩次，第一次是她得到消息的時候，她連夜開車趕來，歐麗芙坐在床上，不是病得不舒服，而是累。歐麗芙快要臨終的時候，她又來一次。

「後面的那一次，瑟蕾莎請我迴避一下，我以爲她是要幫忙歐麗芙清洗身體還是什麼的，但是十五分鐘之後，門打開，瑟蕾莎拿著皮包，好像準備要離開了，歐麗芙靜靜躺在床上，動也不動，我好擔心她是不是已經往生了，然後我聽到她吃力的呼吸聲，額頭上瑟蕾莎跟她道別時的吻痕閃著亮光。

「之後我哄歐麗芙，讓她同意我給她一點嗎啡，我往她的舌下噴了一點，然後她說：『奧山尼爾跟他一起在牢裡。』這不是她說的最後一句話，但是是最後一句有意義的話。兩天後，她就走了。瑟蕾莎來之前，她還努力在撐，還想活下去，瑟蕾莎來過之後，她放棄了。」

「瑟蕾莎答應我不說出去的。她爲什麼要做這種事？」

大羅伊說：「我不知道。」

安德烈

我十六歲的時候曾經想要單挑我爸，因爲我以爲伊薇要死了。醫生當時說，紅斑性狼瘡已經把她打垮了，沒救了，所以我們正用快轉的速度經歷悲傷，希望能在時間來不及之前告別哀痛。我好生氣，開車到卡羅斯的家，他正在前院剪樹，要把矮樹剪成圓球狀。我跑上去對著他的下巴就是一拳，他兒子——可能應該說是我弟弟——衝過來想要幫忙，但他個子小，我一把就推倒在草地上。「伊薇快死了！」我跟我爸說。他不肯還手，我又揍了他一拳，這回揍在他胸口，我抽回手還要再打，這次他擋住了我的拳頭，但仍然沒有還手，只是喊我的名字，我當場僵住。

我弟弟這會兒已經站起來了，輪流看看我又看看我們的父親，等著他下指令。卡羅斯用一種我從來沒聽他發出過的溫柔語調說：「進屋去，泰勒！」然後對我說：「與其浪費時間開車來這裡揍我，你應該用這個時間陪伊薇才對。」

我說：「你就只會說這種話。」

他像容忍小小孩一樣攤開雙手。我看見他頸子上露出麻花項鍊的亮光，他的襯衫底下藏著一枚兩毛五分銅錢大小的圓形金墜子，是幾百年前他媽給他的，他從不拿下來。

「那你要我說什麼呢？」他問得很溫和，好像眞的想知道答案一樣。這是個好問題。過了這麼多年，他還能說什麼？說他很遺憾嗎？

「我要你說你不希望她死掉。」

「天哪，小子，我當然不希望伊薇死掉。我一直以爲我們總有一天會和解，至少可以變成朋友。我以爲我們終有一天會和好。她是個了不起的女人，你看看你自己，她把你養到這麼大，我永遠都欠她這份情。」

我知道他這番話說得很謙卑，聽在我耳裡卻很受用。

一個星期後，伊薇病況好轉，從加護病房轉到醫院三樓的普通病房。她的床頭櫃上放著一把喜氣洋洋的花束，共有六朵粉紅玫瑰和幾片綠葉。伊薇邀我看看卡片，卡片上寫著：「祝早日康復！卡羅斯」。那次之後，我們的關係就稍稍改善了。出於善意，他現在會邀請我去他家過節吃晚餐，我也會出於善意婉拒他。每一年我都會收到他郵寄的聖誕卡，裡頭夾著一張他老婆寫的歡樂信函。我不大讀這些年度報告，對於她的小孩如何成長如何健壯的消息，我不怎麼感興趣。也不是嫉妒，只是我根本不認識他們。

我羨慕羅伊的只有這一點——他有老爸。倒不是說認識他之前，我沒見過別人有負責任的老爸，我畢竟是在瑟蕾莎和戴文波先生家隔壁長大的呀！但是女兒的爸爸和兒子的爸爸不一樣，一個是左腳的鞋，一個是右腳的鞋，雖說一模一樣，但是彼此不能互換。

我不常想到卡羅斯，不像有些不幸的黑人，從小沒有爸爸，一輩子就扭曲了。伊薇對我教育嚴謹，我也還算是個正直可靠的人，但坐在我的卡車駕駛座上，困在八線道公路的中間線道時，我很想和爸爸說說話。羅伊・漢彌爾頓提早七年出獄了。倒不是說他一出獄，世界的動態就此顛覆，只是時程忽然加快了，讓我頭暈目眩。

我渴望能有個良師益友或教練之類的人。我小時候，戴文波先生不時會出手指導我，但是如今他好像看到我的臉就倒胃口。伊薇咋咋舌頭說，男人都不喜歡睡他女兒的渾小子。我試圖向她解釋，問題可能沒那麼粗淺單純。伊薇說：「羅伊被關之前，他有這麼愛羅伊嗎？」沒有，可是那不重要。現在戴文波先生對羅伊比對自己的女兒更忠誠。某方面來說，全體黑人都對羅伊忠誠，因為羅伊是剛從十字架下來的人。

去年我在卡斯凱路的克羅格超市（Kroger）碰到卡羅斯和他老婆。他推著推車，裡頭裝滿雞肉、肋排、馬鈴薯、黑糖、冰淇淋汽水，以及烤肉所需的一切東西。他先看到我的，否則我們根本不會交談。他老婆很識相地自顧自跑去逛沙拉區，卡羅斯把手放在我手臂上說：「好久不見了。有空隨時來坐坐！」

家人怎麼會變成這樣？我看過我小時候的照片，我騎在他肩上，頭髮蓬得像孩提時代的麥可・傑克森。我記得一些日常點滴，例如他教我怎樣尿尿才不會灑到地上。我甚至還記得他用皮帶抽我時我腿上的刺痛，但這不常發生。他曾經是我的父親，如今我們連話都不大講。我忽然想到，男人如果對兒子的媽愛得不深，對這兒子的愛可能也就不深。可是不對，不可能是這樣，他是我父親，我雖然沒有承襲他的名字，但我冠他的姓，就和我身上長著皮膚一樣自然。

「我們家永遠歡迎你。」他說。

於是我決定要把他的話當眞。

我不相信血濃於水這種話。家庭是手拉手圍成的緊密圓圈。擁有共同的基因或許的確具有某種意義，但我不知道那個意義是什麼。重要的是我沒有在父親身邊成長，就好像生了長短腳，走路當然可以走，但是會一跛一跛。

卡羅斯住在布朗里路，那棟房子和當年他、我媽和我一家三口住的房子幾乎一模一樣。好像他喜歡的生活其實一樣，只不過想要和不一樣的人共度。他老婆吉娜甚至和伊薇長得有點像，骨架大，小麥膚色。他倆剛結婚的時候，吉娜靠著幫婚禮之類的場合做冰雕過活，那時候她比伊薇年輕許多，但是過了這麼多年，歲月用神奇的方式把她倆的年紀拉近了。

卡羅斯裸著上身、光禿禿的腦袋頂著滿頭的刮鬍泡沫出來開門。他用一條粗糙的毛巾擦乾額頭，聖克里斯多福[79]的金牌在他墨黑的胸毛間閃閃發亮。「安德烈，一切都還好嗎？」

「還好。」我說：「我能不能跟你很快地聊一聊？」他頓在那裡沒反應，我又說：「你說過我隨時都可以過來。」

他把門敞開，讓我進去。「那當然，進來吧，我去穿一下衣服。」然後他對著家裡的人喊：

「安德烈來了。」

我踏進屋子，早餐的香味撲面而來，有培根、咖啡，還有某種甜甜的氣味，像肉桂麵包。我面前的玄關立著一棵聖誕樹，散發著松香，雜亂無章地掛著一堆亮晶晶的銀球，地上鋪著一塊有白邊的紅布，像聖誕老人，布上已經有幾十個閃閃發亮的禮物了。我像小孩一樣擔憂著裡面並沒有給我的禮物，但又像成年人一樣地擔憂著空手而來似乎很失禮。

「樹很漂亮吧？」他說：「聖誕裝飾我讓吉娜全權處理。我把樹拖進來，這是男人的工作，剩下的就交給她了。」他彎下腰，把一條綠色電線往牆上一插，聖誕樹登時燦爛輝煌起來，白色的燈火潔淨明亮，縱使在灑滿陽光的屋子裡也晶瑩閃爍。

這時吉娜出現了。她身穿一件孔雀顏色的和服，一面整理頭髮，一面說：「你好呀，安德烈！眞高興見到你！」

「我也很高興見到妳，夫人。」

「別叫我夫人了，」她說：「我們是一家人。要不要一起吃早餐？」

「不用了，夫人。」

她在我爸的臉上吻了一記，像是要提醒我這裡是她家，這個男人是她的丈夫、她小孩的父親。也或許那是親密的表現，好似多年來他倆的親密情感始終沒褪色。不過無論那一吻是出於何種心態，我都感到光是置身此地就等於是背叛了伊薇，雖說我媽自從找到眞愛之後，對我爸的事已經不大在乎了。

「你跟我來，我去把頭洗完。」他指指自己滿頭的泡沫說：「想當年，小姐們認我都是認我的頭髮。黑人和波多黎各人的混血，烏黑的波浪峰峰相連到天邊。抹上一點點髮油，拿把溼的梳子梳一梳，就十全十美了。現在呢？」他嘆了一口氣，彷彿是說：歲月不饒人哪！

我跟著他在屋子裡鑽來鑽去，屋子裡很靜，只有廚房裡鍋鏟鏗鏘。

「孩子們呢？」我問。

「上大學了。」我爸說：「兩個都是今晚回來。」

「他們上哪間大學？」

「泰勒念歐柏林[80]，米凱娜念杜克[81]。我想讓他們念黑人大學，可是呀……」他搖搖頭，好像忘了當初我若不念他屬意的學校他就不付學費的事。

他站在浴室裡的兩面鏡子之間，小心翼翼刮掉頭頂的泡沫。「麥可・喬丹的出現是我們這一代黑人最幸運的事。現在我們都可以把頭剃光，然後跟人家說我們不是禿頭，是故意剃的。」

我看著我們倆在鏡子裡的倒影。我爸是個大塊頭，我們家有一張我剛出生時他抱著我的照片，我在他胸前，看起來比胡桃大不到哪裡去。他現在應該有六十歲了，暴突的肌肉有些微鬆弛，胸膛左側露著一塊參加兄弟會留下來的傷疤[82]。他發現我看著那傷疤，伸手去掩蓋：「我現在覺得這個很難爲情。」

「我則是覺得沒參加兄弟會很難爲情。」我說。

「不用難爲情。我這三十年來學到了一些事情。」

他重新開始專心剃頭，我專心看著鏡中的自己。上帝彷彿知道伊薇最後會獨自撫養我，因此把我造得完全只像伊薇一個人——闊鼻、豐唇，頭髮是厚紙板的顏色，但小卷小卷，像典型的非洲人。我唯一像爸爸的特徵是鎖骨一樣高聳的顴骨。

「那……」他把這字拖得很長，像連串的鼓聲。「你找我有什麼事呢？」

「我要結婚了。」

「新娘是誰呀？」

我囁嚅了。我很意外他竟不知道，可能就和他很意外我竟不知他的小孩在哪裡念大學一樣。

「瑟蕾莎。瑟蕾莎．戴文波。」

「哈！」他說：「你們還是小貝比的時候我就看出來了。她長大有沒有跟她媽一樣正呢？可是等一下，她不是嫁給一個什麼人嗎，後來變成強暴犯的？莫爾豪斯畢業的。是兄弟會的成員對吧？」

「他是冤枉的。」

「誰說他是冤枉的？瑟蕾莎嗎？如果她到現在還堅稱他是冤枉的，那你麻煩就大了。」他在鏡中和我對望後，換了一副比較溫和的語氣：「對不起，我說話太直。這年頭這麼說話叫作『心直口快』，但你媽當年說我是『嘴賤』。」他咯咯笑起來：「我在南方待了三十八年，說話還是像紐約人。」

他說「紐約人」三個字時，操起了一種像在說外語的腔調。

「你不清楚內情。」我感覺自己有必要捍衛捍衛瑟蕾莎和羅伊。「我來就是要跟你說這個。律師幫他爭取到推翻原判決，現在他出獄了，我正要去路易斯安那看他。」

我爸放下剃刀，在水槽裡清洗，然後蓋上馬桶蓋，把馬桶當王位一樣地坐下，接著向我招手示意，於是我在他對面那座寬闊的大浴缸邊緣坐下。「你想娶他的前妻。我看出挑戰在哪裡了。」

「不是前妻，」我說：「名義上還不是。」

「老天，乖乖！」卡羅斯說：「我就知道你一定碰上了什麼嚴重的事，才會來找我聊。」

我把整件事一五一十全說給他聽，說完後，我爸捏捏鼻梁，好像有預感偏頭痛就要發作。

「這是我的錯。」他閉著眼睛說：「你要是由我訓練，就不會出這種差錯了，我一定會教你要避開這種地雷。這種情況不會有贏家的。首先，你應該要知道別去惹那傢伙的老婆。不過，」他優雅正經地點了個頭：「我有什麼資格批評呢？想當初，跟吉娜在一起是我不對，但是是伊薇把我掃地出門的。是沒錯啦，我有地方可以去，但是我沒有拋棄她，是她要我走的，這你知道吧？」他用手指在溼溼的腦袋上摸索一陣，看有沒有哪一撮髮根被剃刀漏掉了。

「我不是來聊這個的。」

「那你是來聊什麼的？」

「很顯然，我需要有人給我意見，或指導，或什麼明智的建議。」

「這個嘛，」他說：「我也曾經身陷三角戀情，這你知道的。你也知道那場三角戀情結果並沒有皆大歡喜。我每天都想念你媽，想當初我們也是青梅竹馬，可是她跟吉娜水火不容……」

「你可以自己一個人來看我們哪！」

「現在吉娜是我老婆，我們又有了泰勒和米凱娜。你不能說我拋棄你們，因爲是你媽把我轟出來的，別忘了這個。」

「夠了！」我說：「別再翻這些舊帳了！她把你轟出去是因爲你在外面拈花惹草，她把你轟出去，你就跑去跟外面的花草結婚了，結果現在你把事情都怪到她頭上。那我呢？我又沒把你轟出去。我當時才小學二年級。」

浴室裡的抽風機轟轟作響，但空氣依然悶熱，老爸的刮鬍膏散發著丁香味，讓我有些作嘔。我到底來這裡做什麼呢？我爸根本不瞭解我，也不瞭解瑟蕾莎或羅伊，他怎麼有辦法引導我走出風暴？

相較於浴室裡的寂靜，浴室外傳來吉娜婉轉的呼喚：「早餐好了喔！」

「來吧，阿烈！」我爸說：「來吃點蛋和培根。」

「我不是來吃飯的。」

卡羅斯把頭探到走廊上喊：「馬上來了，吉娜。」然後他轉向我，像是好不容易多爭取到一分鐘似地，帶著一絲匆忙，說：「我們從頭來過。你說你要我給你建議，我的建議是這樣：跟他打開天窗說亮話，不要扭扭捏捏，你既然有種做，就要有種說。你可以問你媽，她會說她好氣我沒跟她說謊。她從頭到尾都很清楚她老公是個什麼樣的人。

「你去跟那傢伙明說你幹了什麼好事、現在還在幹著什麼好事。他有權知道眞相，但是他的權利就這麼多了。你用不著卑躬屈膝求他原諒。你告訴他是爲了讓他看清楚你是什麼樣的人，至於他要怎麼評價你，那是他的事。」

「然後呢？」

「然後看他怎麼反應。我猜他會動粗，但應該不至於要你的命，他不會想再回去吃牢飯，但是兒子呀，你挨一頓海扁大概是免不了的，就撐一下，然後又繼續過你的生活。」

「可是……」

「『可是』就是，」他說：「從好處想，他可以把你打得在路易斯安那滿地找牙，可是沒關係，他再怎麼把你扁得七葷八素，也搶不回瑟蕾莎，瑟蕾莎不是頒發給優勝者的戰利品。」

然後他笑了，但我沒笑。

「好啦，兒子，說正經的，雖然我覺得你去路易斯安那討打是罪有應得，但這不表示我不希望你跟小瑟幸福快樂。每一段感情都需要經歷一些狗屁倒灶的事。」他用手指摸了摸胸膛上那個符號傷疤：「這麼做很蠢，把彼此當成牛還是奴隸一樣烙印符號。我們曾經互相幹架幹得不可開交，但就是這麼打，才打出了革命情感，我和他們每一個都是生死至交。我跟你說我們曾經共患難，說的是眞心話。也許我和吉娜這麼多年來可以一直相知相守，就是因爲我爲了和她在一起，吃了多少苦頭、做了多少犧牲。」

說完這話，他打開浴室門，我們走出浴室，回到喜氣洋洋的房間。我在走廊拉上外套拉鍊，準備抵禦十二月的寒風，然後經過一閃一閃的聖誕樹，走向玄關。我心中有個角落仍然是小小孩，躑躅著不想走出門，期待著聖誕樹下的禮物或許也有我的一份，或許他過節並沒有忘記我。

「聖誕節的時候再來一趟！」他說：「樹下會有個禮物是給你的。」

我的心思居然這麼容易被看透，我的臉紅起來。我遺傳了伊薇的膚色，因此他看得出我臉紅。

我轉過身背對他，但我爸扳著我的肩膀把我轉回來。「我從來沒忘記過你。」他說：「一整年當中都不會忘記，聖誕節更不會忘記。只不過我沒料到你會跑來。」他拍了拍口袋，好像期待裡面會有什麼東西，結果沒有，他很失望，於是他把金鍊子越過剃得光光的腦袋拿下來：「我高中畢業的時候，我媽在中國城買的。別的孩子上大學得到的是打字機或行李箱之類的，我媽給我的是聖人。聖克里斯多福保佑旅人旅途平安，也可以給單身漢帶來好運。」他吻了吻金墜子上雕刻的頭像，然後把金鍊交給我。「好可惜你沒見過她，波多黎各阿嬤是世界上最好的阿嬤。在東哈林區待上一、兩個夏天，你就會頭好壯壯。」他把金墜子像骰子一樣在手心甩了甩，說：「我跟你說，這是你的，我在遺囑裡寫說要留給你，但我想不出有什麼理由要等我死了之後再給你。」

他抓過我的手腕，把金鍊硬塞進我的手心，然後用力把我的手握成拳頭包住金鍊，用的力氣之大，我的手都痛起來。

羅伊

說再見不是我的專長，我比較擅長說「待會兒見」。我出獄的時候甚至沒跟華特說再見，他在我出獄的前一天，在操場上故意找碴惹事，被關進禁閉室。我把我的東西收拾好，全部堆在他那一半的牢房，我想，或許說再見也同樣不是他的強項吧！我還沒出獄就已經開始想念他了，於是在我留給他的筆記本第一頁寫了張條子：

親愛的華特：

你有機會出獄的時候一定要出來。這些年來你是我的好爸爸，我會保持聯絡。

你的兒子
羅伊

我過去從沒稱自己是他的兒子過。然而我寫的是眞心話，但我忽然很愚蠢地擔心大羅伊會不會發現，或者歐麗芙的在天之靈會不會得知。雖然如此，我還是沒有把條子撕掉，並且還在他的枕頭上放了一張瑟蕾莎寄給我的照片，是我和她在希爾頓黑德島[83]海灘拍的。別的男人都有自己孩子的照片，憑什麼華特就不能有？你的兒子，羅伊，我就是了。

現在該是給歐麗芙上墳的時候了。她葬在過去稱爲「有色人種墓園」的地方，這墓園早在十九世紀奴隸制度剛剛終止的時候就建造了，方特納老師曾經帶我來這裡拓印殘破的墓碑，如今他自己也葬在這片土地之下。當然也有其他地方可以下葬親人，這年頭，墓園和其他一切都融合在一起了，但我沒認識哪個人不是把親人葬在大安息紀念園區。

大羅伊給我一大束綁著綠色聖誕節緞帶的黃花，送我出門。我開著克萊斯勒駛過墓園中央坑坑窪窪的道路，在人行道的盡頭停下來，走下車，往東走十步，再往南走六步，像過情人節一樣，把花束藏在背後。

我經過了幾座雕刻了死者肖像的時髦墓碑，這些墓碑像凱迪拉克一樣閃閃發亮，刻在上面的幾乎清一色是年輕男子。我在一面印滿粉紅唇印的墓碑前停下來，心算了一下年分——十五歲。我再度想起華特，心情低落的時候他會說：「六個或十二個。」他並非一天到晚心情低落，但頻率也不低，至少當有股憂鬱情緒襲罩在他身上時，我已經辨認得出。他說：「黑人的命運就是這樣，要嘛是給六個人抬，要嘛就是給十二個人審判[84]。」

大羅伊教我的認路方法就像海盜的藏寶圖。我在胡桃樹右轉，果然找到了歐麗芙的安眠地，和大羅伊形容的位置一點不差。

墓碑暗灰的色澤讓我禁不住撲通跪下，兩膝重重敲在夯實堅硬的黑色土壤上，土壤上的小草打定主意只長在稀少的幾塊小小區域。墓碑的頂端刻著我們的姓氏，姓氏下方寫著「歐麗芙·安」，這幾個字的右側則寫著「羅伊」，我頓時透不過氣來，心想，連我的墓地都已經準備好了，但隨即想到未來將葬在我媽身旁的人應該是我爸。我瞭解大羅伊，我想他一定是覺得既然墓碑的雕刻師都請了，不如就連他的名字一起雕上去，這樣將來我幫他辦後事的時候，除了雕日期之外，就不用額外再花錢雕名字了。我用手摸過他倆的名字，想著當我大限來到時，又將長眠於何處呢？這個墓園已經很擁擠了，歐麗芙的四面八方都有鄰居。

我跪著將花插進黏在墓碑上的生鏽金屬花瓶中，然後並沒有站起來。「向她祈禱，」大羅伊是這麼告訴我的：「你希望她知道什麼，就對她說什麼。」可是我根本不知要從何說起。

「媽！」我說，然後就哭了起來。打從被判刑後，我就再也沒哭過，而被判刑的當下，我在一個冷血法官面前哭得醜態畢露。那個恐怖的日子，我一把眼淚一把鼻涕地啜泣，加上瑟蕾莎和歐麗芙悲傷的哭聲作伴奏，但此時此刻，我唱的是無伴奏樂曲[85]。哭泣使得我喉頭灼熱，就像嘔出烈酒時一樣嗆辣。我所說出的唯一字眼——媽——是我唯一的禱詞。我在地上打滾扭動，像是感受到了聖靈，但體驗到的並不是狂喜。我在冷硬的黝黑土壤上痛苦抽搐，肉體上感覺著痛楚，我的關節疼痛，像是後腦勺挨了一記悶棍，像是這一生受過的所有創傷都在此刻重現。疼痛一直持續著，最後終於消褪，我疲憊地坐起來，渾身髒污。

「謝謝妳！」我對著空氣說，也對歐麗芙說：「謝謝妳讓它停止！謝謝妳當我媽，謝謝妳這樣疼我照顧我！」然後我靜下來，期望能聽見什麼回應，在鳥兒的啁啾聲中聽見什麼訊息，什麼都好，但四周一片靜謐。我振作起心情，站起身，盡可能撣掉卡其褲上的塵土。我把手放在墓碑上，含糊地說：「掰掰！」因爲我想不出還能說什麼別的。

在加油站給我爸的克萊斯勒加油時，我終於聽見我媽的聲音響在耳畔：「一走了之這種事就連傻子也會幹。」每當我媽說「就連傻子」也會如何如何，後面一定接著說「但眞正的男人」會怎麼解決問題。她還很喜歡說就連狗也會如何如何，譬如說：「就連狗也會生一大堆小狗，但眞正的男人會教養他的孩子。」她說過幾十句像這樣的人生道理，通常是對著我說的，我也盡其所能地去做到她心目中「眞正的男人」會做的事。但她從沒教過我如何道別，因爲對她而言，眞正的男人不用道別，眞正的男人不離不棄。

我手上拿著加油槍，停下動作來等著聽我媽還有沒有更多智慧小語要告訴我，但顯然就只能聽到這麼多了。

「遵命，母親。」我大聲說，然後開著克萊斯勒轉了彎，轉向硬木社區。

我有義務對達芬娜．海德利克好好說再見，也好好道個謝。或許我應該單刀直入，告訴她我是個瑕疵品，不是個當戀愛對象的好貨色，甩掉我對她而言是明智之舉。這些都是實話，我根本用不著提到瑟蕾莎。但在心裡演練這一番說詞的時候，我自己也知道沒有那麼容易道別。我和達芬娜雖說目前爲止僅是砲友，但我們的關係並不僅止於此。我們的床笫活動並沒有達到我和瑟蕾莎試圖生小孩的那個層次，卻有點像在酒醉的深夜跳舞，因爲醉眼迷茫而任由舞曲的節奏擺布，於是你深深注視舞伴的雙眼，兩人完全契合地隨著音樂擺動。這是一半的情況，另一半情況是，跟她打的那一砲把我打回了健康人生。我不會這樣對她說，因爲有些話妹子不愛聽，但事實確實是如此。有時唯有女人的肉體才能療癒男人，唯有當恰到好處的女人以恰到好處的手法做了恰到好處的事，才能救男人走出傷痛。這就是我需要感謝她的地方。

我到達她家，按了門鈴等待，但我知道她不在家。我考慮留個紙條，就像留紙條給華特一樣，但這樣感覺不大對。用寫信來跟男朋友分手很壞，用寫信來跟女朋友分手更壞。這並不是說不要用老掉牙的招數，而是至少要懂一點點最起碼的做人的道理。有一個人讓我記起了身爲一個人而不僅是個剛出獄的黑鬼是什麼樣的感覺，我該如何回報這個人？我該付出什麼來還這樣一份情？除了微不足道的自己，我又有什麼可以付出？精確一點說，應該是已婚的微不足道的自己。

我回到車上，發動引擎，打開暖氣，但我總不能一直坐在車裡等她回來，我還有時間要趕，也沒有錢可以這樣浪費汽油。我在置物箱裡一陣翻找，找到一支高爾夫球計分用鉛筆和一小本便條紙。如果是要留紙條給她，好歹也該用張信紙大的紙張才好。我下車去翻行李箱，但裡頭除了我的旅行包和一張地圖以外什麼也沒有。我坐在保險桿上，用手掌當桌子，開始構思紙條該怎麼寫。「親愛的達芬娜：謝謝妳給了我兩天療癒性的性愛，我現在感覺好多了。」我的頭腦還算有一點點理智，這種話我寫不下手。

「她在上班。」有個人在我背後這麼說。

有個五、六歲的小瓜呆站在那裡，花生殼一樣的瘦長腦袋上歪歪斜斜戴了一頂聖誕老人絨布帽。

「你是說達芬娜？」

他點點頭，把一根拐杖糖用力插進一個玻璃紙包著的酸黃瓜裡。

「你知道她什麼時候會回來嗎？」

他點點頭，把酸黃瓜和薄荷糖吸吮了一番。

「你可以告訴我嗎？」

他搖搖頭。

「爲什麼？」

「因爲不關你的事。」

「賈斯丁！」有個女人從隔壁房子的門廊喊，就是法文老師從前住的那棟房子。

「我沒有跟他講話。」賈斯丁說：「是他跟我講話。」

我對方特納老師家門廊上的那個女人解釋：「我要找達芬娜，賈斯丁說她在上班，所以我問他她什麼時候會下班。」

門廊上的女人八成是賈斯丁的阿嬤，個頭高，皮膚黑，靠近太陽穴的頭髮是白的，頭頂則紮成一條條辮子，看起來像個籃子。「我怎麼知道這跟你有什麼關係呢？」

賈斯丁對我露出得意的笑。

「我是她朋友。」我說：「我要出遠門，想跟她說聲再見。」

「你可以寫張字條。」她說：「我幫你轉交給她。」

「光是留張字條對她不太公平。」我說。

那位阿嬤揚起眉毛，像是理解了我的意思。我要說的不是回頭見，而是珍重再見。「聖誕節快到了，她不到午夜不會下班的。」

現在是下午四點二十五分，我不能花一整天時間等著當面給達芬納潑一頭冷水，我得盡快上路才行。我謝過了賈斯丁和阿嬤，回到車裡，往沃爾瑪出發。

我穿過整間超市，查看了每條走道，終於在後側手工藝用品區找到達芬娜，她正在幫一個戴眼鏡的瘦皮猴剪一塊藍色毛茸茸的不知道什麼東西。「還要再長一碼。」瘦皮猴說，於是達芬娜把布捲翻了幾翻，拿一把大剪刀狠狠剪下去，然後把布摺起來，貼上標價，這時她看見我了。她把布遞給那個瘦皮猴，對我笑了笑，我覺得我是全世界最壞的男人。

那人走開後，我往桌子靠去，就好像我也有什麼東西需要丈量和裁剪。

「要找什麼呢，先生？」她笑笑地說，好像這是個聖誕節遊戲。

「嗨，達芬娜！」我說：「我能不能跟妳談談？」

「沒事吧？」她看著我髒兮兮的衣服：「發生什麼事了？」

「沒事啦！」我說：「我只是還沒換衣服。我有事要跟妳很快地談一談。」

「我還不能休息，你去隨便拿一塊布過來，我在這裡跟你談。」

布疋是以顏色分類的，這些布使我想起童年時的星期六，我媽總是會拖著我去逛亞歷山卓的布世界。我拿起一捲紅底有金點點的布，回到剪裁桌前，遞給達芬娜，她馬上把布捲攤開。

「有時候有人會問我們這整疋布有多長，我們就會全部攤開來量。我現在就把這疋布全部攤開來，我一邊量你一邊說。怎麼了？你要跟我說你想我嗎？」她又笑容滿面了。

「我要跟妳說我會想妳。」我說。

「你要去哪裡？」

「回亞特蘭大。」

「回去多久？」

「我不知道。」

「你要回去找她？」

我點頭。

「你一開始就打算要回去的，是嗎？」

她狠狠抓起那疋布，抓到卷軸已經空了，整疋布攤在桌上，像電影明星的紅地毯。她用桌子邊緣的量尺量那疋布，低聲地計算數字。

「我不是那個意思。」我說。

「我有特別問你是不是已婚。」

「我也有告訴妳我不知道。」

「你的動作不像不知道。」

「我想跟妳說謝謝。我是專程爲道謝而來的，來跟妳說謝謝和再見。」

達芬娜說：「我想跟你說去你媽的，怎麼樣？」

「我們度過的那段時光很美好。」我覺得自己是個大蠢蛋，但我說的都是實話：「我很在乎妳，妳不要這樣。」

「我愛怎樣就怎樣。」她氣炸了，但我看得出來她正極力忍住淚水。「那就走啊，羅伊，回去你的亞特蘭大小姐身邊。但我要你承諾我兩件事。」

「沒問題。」我說。我迫切地想表現點什麼來讓她相信我很樂於配合，我沒有故意要傷害她。

「不要去外頭破壞我的名聲，不要跟人家說你剛出獄的時候飢渴得要命，就去沃爾瑪勾搭了一個女生，不要跟你朋友講這種話。」

「我不會的，本來就不是那樣的。」

她舉起手：「我是說眞的，不要跟別人談起我。還有，羅伊．漢彌爾頓，我要你承諾永遠不再敲我家的門。」

瑟蕾莎

「你們是相愛，或者只是圖個方便？」感恩節那天，我爸怒氣沖沖上樓去，安德烈起身去拿我們兩人的外套時，歌蘿莉這麼問我。她解釋說，方便、習慣、慰藉和義務都經常披上了愛的外衣，我覺得我和安德烈的這段情會不會只是近水樓臺，順便而已？畢竟他不折不扣就是我們的鄰家男孩呀！

如果我媽此時此刻在這裡，就會明白我們所做的抉擇一點也不方便。現下是聖誕時節，我經營一家有兩名員工的企業，我那坐了冤獄的老公出獄了，我得告訴他我和另一個男人有了婚約。眼前的狀況可以用一千種形容詞去形容——悲慘、荒謬、難以置信，可能還有點不道德——但絕對不是方便。

我們協議出了一套說詞，要盡可能委婉溫和地向羅伊說明我們的狀況。安德烈預演這番說明時，我仰頭望向光禿禿的樹枝，想著老山核桃在這裡不知道多久了。我們兩家的房子建於一九六七年，等到最後一塊磚就定位，各自的父母就搬了進來，開始生兒育女。但是老山核桃早就在這裡了。工人來清理土地建造房屋時，砍倒了數十棵松樹，炸掉了殘存的樹墩，唯有老山核桃逃過一劫。

我開口說出我的好奇，安德烈一掌拍在粗糙的樹皮上說：「只有一個辦法可以知道，就是把它砍了，計算年輪。但我沒那麼想知道。總之答案就是它很老了，見識過很多很多歲月風霜嘍！」

「你準備好了嗎？」我問。

「沒有什麼準備好這種事。」阿烈說。他背靠在樹上，把我拉向他。我沒有抗拒，手指穿過他濃密的頭髮，整個人歪過去吻他的頸子，但他扳住我的肩，把我扳離他，好讓我們可以看見彼此的臉。他的瞳眸映照著冬季裡的灰黑棕黃。「妳在怕，」他說：「我感覺得到妳皮膚底下在顫抖。瑟蕾莎，把妳心裡的話說出來。」

「是眞的。」我說：「我們的感情是眞的，並不只是方便而已。」

「寶貝，」阿烈說：「愛本來就應該要方便，本來就應該要輕而易舉，〈哥林多前書〉裡不是這麼說的嗎[86]？」他再一次把我摟在懷裡：「我們的感情是眞的，很方便，也很完美。」

「你想羅伊會跟你回來嗎？」

「也許會，也許不會。」安德烈說。

「如果你是他，你會怎麼做？」

安德烈放開我，跨過突出地面的樹根。空氣冷冽潔淨。「我不知道，因爲我沒辦法想像身爲他是什麼感覺。我試過要揣摩他的心情，可是帶著他的心情，我連個轉角都過不了，更別說要走一哩的路了。有時我想如果我是他，我會很有風度，會祝妳幸福，很有尊嚴地放妳離開。」

我搖搖頭，羅伊不是那一型的人，他絕對有尊嚴，但對羅伊那一型的人而言，放手絕不是一種有尊嚴的選項。歌蘿莉有一次告訴我，一個人的長處往往也就是他的短處。以她自己來說，她認爲她的長處在於適應力佳。「我在應該還手的時候逆來順受，」她說：「可是這麼逆來順受，也就順進了一個我所熱愛的人生。」她告訴我，打從幼年時，我就勇於擁抱自己所愛。「妳總是不顧一切衝向妳要的東西。妳爸想要改變妳這個習慣，可是妳就跟妳爸一樣，聰明卻又衝動，而且還有一點點自私。不過女人還是自私一點好，」她說：「不然就會被世界欺負。」而羅伊呢，就我看來，是個不服輸的人，這種性格是個閃亮而尖銳的雙面刃。

「但是我其實不知道啦！」安德烈自言自語，把心中轉動的思緒說出來：「他覺得他的一切都被搶走了，工作、房子、妻子，都被搶了，他會想要把屬於他的一切都奪回來。工作他奪不回來，美國的企業是不等人的，尤其不等黑人。但是他會想要奪回他的婚姻，就好像妳這些年來都是冰在冷凍庫裡一樣。所以現在我的任務就是要去打碎他的幻想。」他揮手比了比，意思是要涵蓋我們的房子、身體，可能還包括我們的城市。「說實話，我覺得罪惡感超重的。」

「我也是。」我說。

「爲什麼？」他用手環抱住我的腰。

「從我有記憶以來，我爸一直在告訴我我有多幸運，從來不用奮鬥，每天都有得吃，從沒有人當面叫過我『黑鬼』。他曾經說：『人生幸不幸福，頭號決定因素是天生的造化。』有一次我爸帶我去格雷迪醫院的急診室，要讓我看看貧窮的黑人生病時受到怎樣的待遇。那時候我八歲，回家時抖得一塌糊塗，歌蘿莉氣炸了，可是我爸說：『住在卡斯凱高地沒關係，但是她得要瞭解整個局勢才行。』歌蘿莉氣瘋了，她說：『她不是社會學研究個案，她是我們的女兒。』我爸說：『我們的女兒有必要瞭解事情，她有必要知道自己有多幸運。我在她這年紀……』我媽打斷他說：『不要說了，法蘭克林，所謂進步就是這樣，你的生活過得比你爸好，我的生活過得比我爸好。你不要把她教得好像她偷了什麼一樣。』然後我爸回她說：『我不是說她偷了什麼，我只是要她知道她擁有什麼。』」

阿烈搖搖頭，好像我記憶中的往事其實是他的往事。「妳本來就有資格過妳的人生。沒有什麼天生的造化這種事，根本就沒有造化這種東西。」

我深深地親吻他，像送他上戰場一樣送他上路，前往路易斯安那。

羅伊

路易斯安那州九八五六二
艾洛鎮
郵政信箱九七三號

親愛的華特：

我從牆的另一側向你打招呼！你別理會信封上的回郵地址，因爲我不知道你收到信時我會在哪裡。我現在在密西西比州格夫波特（Gulfport）郊外的一個休息站，要租個房間來過夜。明天一早，我就要前往亞特蘭大去找瑟蕾莎，瞭解一下我還有沒有機會在那裡生活。答案可能是有，也可能是沒有。她沒有訴請離婚，我想我應該沒有高估這件事的意義。明天的這個時候，我就會知道答案了。

我口袋裡有錢，因此心懷感激。我從很小就有個存款帳戶，剛剛過去的那個星期二，我去把帳戶結清了，結果碰上了小小的奇蹟。歐麗芙自從得知瑟蕾莎會匯錢到我的保管金帳戶之後，就不再匯零用金給我了，改爲爲我的未來做打算。她把每星期六賣蛋糕的錢省下來，存在我的戶頭，所以我有三千五百美元。這樣我出現在瑟蕾莎家門前的時候，就不用一副流浪漢的模樣。我猜想我的確是個流浪漢吧，但是起碼不用當個一貧如洗的流浪漢。

瑟蕾莎並不知道我正要去找她，而且我很高興我不用聽你說對這件事的看法！情況很複雜，總之瑟蕾莎派了安德烈到艾洛去接我。根據我的推算，他應該明天一早會上路。就是因爲這樣，我才不告訴瑟蕾莎我要過去。我想要單獨見她，不要有安德烈在旁邊。我不是說我懷疑他倆之間有什麼曖昧，而是他倆之間一直以來都有一點曖昧。你知道我的意思吧？還是說我已經變成大師二世了呢？不過重點是，我需要在中間沒有障礙的情況下跟她說話。如果安德烈開車到了路易斯安那，要回去亞特蘭大也要另外花上一天，這樣我就有兩天可以把需要處理的問題處理處理。

承認吧，這眞的是高招！

我可能得到了你的眞傳。

總而言之，我會把我的一些錢匯到你的保管金帳戶裡，你可別全都花在同一個地方唷（哈）！好好照顧自己。可以的話，請幫你兒子祈禱！

羅伊・奧

譯注

1 Prepare a table for me. 語出《聖經》〈詩篇〉第二十三章第五節：「在我敵人面前，你為我擺設筵席。」（You prepare a table before me in the presence of my enemies.）此處作者省去原文開頭之you字，因此譯文中亦省去「你」字。

2 一九七九至一九八一年間，亞特蘭大發生連續殺人案。

3 Bunsen burner，科學實驗中用來加熱的一種燈，燃燒的是瓦斯而非酒精。

4 艾拉・費茲傑羅（Ella Fitzgerald, 1917-1996），美國爵士女歌手。一九七〇年代一支推銷音響喇叭的電視廣告顯示她以歌聲震碎玻璃杯。

5 Xavier University，全稱為Xavier University of Louisiana，同樣是一所傳統黑人大學。

6 Smith College，位於麻州的私立女子學院。

7 美國習俗上在婚禮結束後，新郎新娘搭乘離去的車後會綁上一堆鐵罐拖著走。

8 美國的重要節日感恩節是十一月的第四個星期四，因此十一月的第四個星期三即是感恩節前夕。

9 西洋婚禮傳統上，賓客會向新人拋撒米粒，以示祝賀。

10 Greenbriar Mall，位於亞特蘭大的一間大型購物中心。

11 陶樂莊園（Tara），小說《飄》女主角郝思嘉家的莊園。故事中的陶樂莊園位於亞特蘭大附近，現實中並沒有這個地方。此處意指陶樂莊園是很棒的莊園，這棟宅邸僅比陶樂莊園略遜一籌。

12 Reconstruction，指美國南北戰爭後的一段時期，也就是一八六五至一八七七年間。

13 指安琪拉・戴維斯，見頁一二三注六十三。

14 Silence means consent。沉默意味同意，言外之意是有異議應大聲說出來。

15 I AM a man，民權運動常使用的一種宣言，原意為「我是男人」，有拒絕受到歧視之意。

16 German chocolate cake，由一姓 German 的美國人發明的胡桃煉乳巧克力千層蛋糕。

17 chess pie，一種美國南方常見的甜點。

18 wise men，指傳說中耶穌誕生時前來朝拜的東方三博士。

19 Balthazar，傳說中的東方三博士之一。東方三博士的形象，傳統上年紀分別為老、中、青，分別蓄有白、棕、黑色的鬚髮，其中 Balthazar 為最年輕且黑膚黑髮的一個。

20 rehearsal dinner，美國習慣上會在婚禮前一天進行彩排，彩排當晚由新人家長宴請參與婚禮籌備的親友，這場晚宴稱為彩排晚宴。

21 groom's cake，美國的婚宴通常必有結婚蛋糕，新郎新娘合切蛋糕常為婚宴固定流程之一。新郎蛋糕則是結婚蛋糕之外的額外蛋糕，並非婚禮必備項目，在美國南方較為常見。結婚蛋糕的裝飾及口味往往較為女性化，新郎蛋糕則在口味及造型上呈現新郎的喜好，較具陽剛特色，常為新娘贈送給新郎的禮物。

22 a wife who lifted me up like a prayer。部分基督教徒在為他人禱告時，會說「我將某某人舉向上帝」。意味禱詞能將人舉高，使人接近上帝。

23 《聖經》〈路加福音〉中描述某人有兩個兒子，小兒子分得家產後到外地去放蕩揮霍，一貧如洗後歸鄉，父親宰殺肥牛慶祝兒子回來，引發大兒子不滿，抱怨自己一直謹守本分，卻並沒有獲得肥牛，父親告知這是由於小兒子對他而言是死而復生、失而復得的兒子。此為聖經中著名的浪子回頭故事。

24 Job，《聖經》〈約伯記〉中敘述約伯正直善良且敬畏上帝，但撒旦向上帝挑戰，指他若奪去約伯所擁有的一切，約伯必會背棄上帝，上帝接受挑戰，自此約伯受盡一切苦楚，仍未背棄上帝。

25 Esau，《聖經》〈創世紀〉中，以掃和雅各是以撒與利百加所生的雙胞胎兒子，以掃為兄，雅各為弟，但雅各用計騙走了以掃長子的名分及其身為長子所應獲得的祝福。

26 *Essence*，以黑人女性為主要發行對象的時尚雜誌。

27 Smithsonian，全稱為 Smithsonian American Art Museum，是一所位於美國華盛頓特區的藝術博物館。

28 Amelia Island，美國佛羅里達州大西洋岸的小島。
29 傳統上，美國人家生孩子後，做爸爸的會分送雪茄給親友，但此習俗現今已較少見。
30 此處原文為Trey，發音應為「特雷」。此字衍生自拉丁文tres，意為「三」，常用作第三子的名字，或家族中第三個同名者的小名。
31 馬丁・路德・金恩（Martin Luther King, 1929-1968），美國民權運動領袖，一九六四年諾貝爾和平獎得主。
32 黑白融合之後，專屬於黑人的各種商業活動便不再存在。
33 Sweet Auburn，亞特蘭大的一個區域，在種族隔離時期屬黑人區域，其中的奧本大道（Auburn Avenue）曾被譽為「全世界最富裕的黑人街道」。該區現被定為國家歷史名勝區，內有馬丁・路德・金恩之出生地等遺跡。亞特蘭大市中心連接道路（Downtown Connector）興建後，將此區一分為二，加上陳舊及犯罪率升高等因素，商圈逐漸沒落。
34 Stubborn Ebenezer，正確名稱應為Ebenezer Baptist Church（以便以謝浸信教堂），為國家古蹟，馬丁・路德・金恩曾在此傳教。
35 eternal flame，一九六八年馬丁・路德・金恩遇刺身亡，一九七〇年，其遺孀將其遺體葬於以便以謝浸信教堂旁，一九七六年，墳墓周遭建築起紀念公園，一九七七年墓碑前方增添「永恆之火」，象徵實踐金恩博士理想的努力永恆不滅。
36 妮基・喬瓦尼（Nikki Giovanni, 1934-），美國非裔詩人。
37 West Village，紐約曼哈頓區格林威治村的西部，富藝文氣息。
38 gin fizz，琴酒加檸檬汽水的調酒。
39 sorrel caipirinha，一種調酒。
40 「北佬」（Yankee），為南北戰爭時代南方人對北方人的輕蔑稱呼，聯邦旗則為南北戰爭時代南方所使用的旗幟，二者都代表著南北戰爭時代南方對北方的不滿。但由於南方主張蓄奴，北方主張解放黑奴，因此所有象徵南北戰爭時代南方精神的事物都被視為帶有種族歧視意涵。

41 綠色的球是紐約地鐵入口的標誌。

42 *The Wiz*，一九七八年根據童話故事《綠野仙蹤》改編而成的電影，所有角色全數由黑人演員擔綱，劇中的奧茲國度神似紐約。

43 Ford Pinto，福特汽車公司於一九七〇年代出品的一款小車，因設計瑕疵導致容易發生火燒車意外，加以福特公司經成本效益評估，認定修正瑕疵所需經費比賠償意外死傷之經費更高而決議不予修正，引發巨大爭議，終於一九八〇年停產。

44 A線地鐵為紐約地鐵的一條路線，一九四〇年代有一首爵士名曲為〈搭乘A線列車〉（*Take the A Train*），為爵士樂大師艾靈頓公爵（Duke Ellington）的招牌曲目。當時的A線地鐵自東布魯克林區經哈林區至北曼哈頓區，連接貝德福德—斯圖文森和哈林兩大黑人聚居區。艾靈頓公爵在告知合作夥伴Billy Strayhorn如何前往他家時，指示對方「搭乘A線列車」，Strayhorn後來便以此為主題創作了這首歌。歌詞中對A線列車的內部並無描述。

45 DeBarge，八〇年代一個由五姊弟所組成的節奏藍調團體。該家族為黑白混血家庭，父親為白人，母親為黑人。此處指該人物為黑白混血兒。

46 費絲・林戈德（Faith Ringgold, 1930-），美國當代藝術家，黑人女性，作品以故事性的拼布花被最為著名。

47 海地的官方語言為法語及克里奧爾語（Creole）。

48 Creole，通常是指殖民時代歐洲人與非歐洲人（如非洲人）混血的後裔。

49 garden level。紐約有一種「花園型公寓」，一樓高出地面，地下室的上半部則露在地面之上，有窗戶可看見窗外，此層稱為「花園層」，事實上就是地下室。

50 It's the shoes，耐吉球鞋的電視廣告中，史派克・李稱明星球員麥可・喬丹必定是穿的鞋子好，所以身手矯健。

51 Florsheim，美國皮鞋品牌。

52 路易斯・法拉汗（Louis Farrakhan, 1933-），全名為Louis Farrakhan Muhammad，原名Louis Eugene Wolcott，非裔美國人，伊斯蘭教士，伊斯蘭民族組織領導人，經常西裝筆挺。

53 the Nation，全稱為Nation of Islam，又作伊斯蘭國度、伊斯蘭國家派、回教國等，但不可與恐怖組織伊斯蘭國（IS）混淆。伊斯蘭民族組織創建於一九三〇年，主要成員為非裔美國人，該組織反白人，主張黑人至上，追求美國黑人獨立建國。

54 劉易士（Carl Louis, 1961-），美國知名田徑選手，曾獲九面奧運金牌。

55 Kani，一個嘻哈服飾品牌。

56 the Jackson 5，由傑克森家五兄弟所組成的音樂團體，知名歌手麥可・傑克森即出身此合唱團體。

57 *Do re mi ABC*，為傑克森五人組的一首歌，歌詞內容指學習戀愛就和學習ABC、一二三或多雷咪一樣簡單。該歌曲節奏輕快，演唱時歌手隨音樂搖擺起舞。

58 flat-top fade，Fade是一種兩側削短、中間留長的男士髮型。Flat-top指頂端是平的。削邊頭現今頗為常見，受到各色人種的喜愛，但理平頂削邊頭的則仍以黑人為多。

59 麥爾坎・X（Malcolm X, 1925-1965），原名Malcolm Little，美國黑人民權運動人士。他戴一種上框粗、下框細的眼鏡，又稱為「眉框眼鏡」（browline glasses）。

60 *Book of Ruth*，舊約聖經中的一個篇章，講述好媳婦路得的故事。

61 repast，喪禮過後親友以派對形式聚在一起吃喝聊天。中文將這一餐稱為「謝飯」或「圓滿飯」或「圓滿桌」、「圓滿餐」等。

62 vodka martini, extra dry，馬丁尼的成分為琴酒加香艾酒（vermouth，亦作苦艾酒，但易與另一種苦艾酒absinthe混淆，故作香艾酒），伏特加馬丁尼則是以伏特加取代琴酒。以不甜香艾酒（dry vermouth）調成的馬丁尼稱為「乾馬丁尼」，不甜香艾酒比例降至極低或甚至沒有時，便成為「超乾馬丁尼」。

63 soul-food dinner，靈魂料理（soul food）指美國南方黑人的傳統菜餚。

64 screwdriver，伏特加加柳橙汁調成的酒。

65 王子（Prince Rogers Nelson, 1958-2016），美國歌手，以Prince為藝名。

66 I wanna be the only one you cook for. 正確歌詞是I wanna be the only one you come for. 可解作「我希望妳只為我一人而來」，但真實含意為「我希望只有我能讓妳達到高潮」。

67 The Isley Brothers，美國音樂團體，一九五〇年代成軍，歷經成員更迭，至今仍活躍於流行樂壇。

68 詹姆士・鮑德溫（James Baldwin, 1924-1987），美國黑人作家。《山巔宏音》（*Go Tell It on the Mountain*），詹姆士・鮑德溫於一九五三年出版的半自傳體小說，描繪一個黑人少年成長於一九三〇年代紐約哈林區的故事，述及宗教議題及種族議題。

69 法蘭基・貝弗利（Frankie Beverly, 1946-），美國黑人歌手。

70 〈*Happy Feelings*〉是法蘭基・貝弗利的一首歌。

71 storefront preacher，storefront church是都會中的小型教堂，沒有一般大教堂的宏偉或傳統式建築，而是設立於商店一般的普通房舍之中。這種教堂大半設立於都會中黑人聚居的區域，信眾以黑人居多，但現今白人及其他族裔聚居的區域也可見此類教堂。

72 傳統上西方小孩的睡前禱詞是這樣：Now I lay me down to sleep, I pray the Lord my Soul to keep, If I should die before I 'wake, I pray the Lord my Soul to take.（現在我要睡了，求主保佑我的靈魂，若我在醒來前死去，求主帶走我的靈魂。）

73 Huey Newton chairs，休伊・牛頓（Huey Percy Newton, 1942-1989），非裔美國人，社運人士，一九六六年與Bobby Seale創立黑豹黨（Black Panther Party），為一推動黑人民權的組織，活躍於六〇至八〇年代，不排斥使用武力。Huey Newton有一張坐在藤椅上的照片廣為流傳。

74 The Peach State，喬治亞州產桃，故暱稱「蜜桃州」。

75 瑪莎・史都華（Martha Stewart, 1941-），美國女富商，以推介有品味的家居生活知名。

76 美國的理髮店多在星期一公休。

77 美國的理髮師需要執照。

78 傑克．魯比癌（Jack Ruby Cancer），傑克．魯比（Jack Ruby，1911-1967），原是夜總會老闆，一九六三年甘迺迪總統遇刺身亡，警方移送主嫌奧斯華（Lee Harvey Oswald）時，魯比於電視直播的眾目睽睽之下，開槍擊斃奧斯華。魯比於服刑中死於癌症，自發病至死亡僅相隔數週，因此此類病況凶猛進展快速的癌症被稱為「傑克．魯比癌」。

79 Saint Christopher，天主教的聖人，主要保佑旅人和遊子。

80 Oberlin College，位於俄亥俄州。

81 Duke University，位於北卡羅萊納州，是美國頂尖大學之一。

82 有些兄弟會的成員會將兄弟會的代表符號烙印在皮膚上，代表對其所屬團體的忠誠。

83 Hilton Head，位於北卡羅萊納州的一個度假小鎮。

84 美國傳統上抬棺人數為六人，刑事案件的陪審團人數則通常為十二人。

85 a cappella，一般作「阿卡貝拉」，又作「無伴奏合唱」，是一種沒有樂器伴奏的純人聲音樂。

86 《聖經》〈哥林多前書〉第十三章中載有「愛的真諦」：「愛是恆久忍耐，又有恩慈；愛是不嫉妒；愛是不自誇，不張狂，不做害羞的事，不求自己的益處，不輕易發怒，不計算人的惡，不喜歡不義，只喜歡真理；凡事包容，凡事相信，凡事盼望，凡事忍耐。愛是永不止息。」其中並沒有真的提到方便或容易。

第三部

慷慨

安德烈

我們不是要拋棄他，不是要告訴他我們不歡迎他。我是要去艾洛，跟他兩個人坐下來單獨聊一聊。我會告訴他，我和瑟蕾莎已經交往兩年，現在有了婚約，但這並不表示他就無家可歸了。如果他想要定居在亞特蘭大，我們會幫忙他弄個公寓，或者不管他需要點什麼來重新開始，我們都會資助他。我要向他強調，他重獲自由我們有多開心，正義終於得到伸張，我們覺得多麼大快人心。瑟蕾莎建議我請他「原諒」我們，但我沒辦法接受這個建議。我可以請他體諒，可以請他別發怒，但我不會請他原諒我。我和瑟蕾莎沒做錯事。情況確實很複雜，可是我們不需要負荊請罪。

就在我們即將昏昏入睡之際，瑟蕾莎喃喃地說：「也許我應該一起去，應該由我來告訴他。」

「這件事一定要讓我來做。」我說。

這算不上是什麼高明的計畫，但我就只有這個蹩腳計畫，和一個一直往從休息站買來的咖啡釋放塑化劑的保麗龍杯。

一下交流道，我就像考駕照一樣，開車開得小心翼翼。我絕對不想吸引警察注意，在路易斯安那的鄉間小路尤其如此。羅伊會碰上的事，我也有可能碰上。除了膚色醒目之外，我的車也容易讓人眼睛一亮。我在大部分的方面都很低調，對刺激的事物興趣缺缺，瑟蕾莎有時還會趁我不注意，把我最愛的舊T恤拿去丟掉。但我喜歡開好車，我的這輛賓士M-Class過去三年來已經害我被警察攔檢五、六次以上了，其中一次還被摔在引擎蓋上。顯然品牌加型號加種族等於毒販，就連在亞特蘭大也是這樣。不過這種事通常發生在我開車經過貧民窟或類似貧民窟社區的時候，但是像巴克海特[1]那樣的時髦地區也不是很安全。你知道人家怎麼說的嗎？如果你開車離開亞特蘭大五英里，就到了喬治亞州[2]。你知道人家還說什麼嗎？擁有博士學位的黑人叫什麼？就跟開高檔休旅車的黑人一樣[3]。

羅伊家的院子裡沒停那輛克萊斯勒，我差點認不出來。我滿頭霧水地在附近繞了兩圈，最後看到門廊上的休伊．牛頓大藤椅，才確定我沒找錯地方。我在靠近房子的地方停車，保險桿撞上門廊，一整排探照燈撲面射來，我像直視太陽一樣用手抵在眉心遮擋光線。

「你好！」我喊：「我是安德烈．塔克，我來找小羅伊。」隔壁鄰居放著柴迪科舞曲[4]，活潑而響亮。我走得很慢，好像擔心萬一動作太大，可能會有人對我開槍。

大羅伊身穿一條布滿條紋的屠夫圍裙，站在紗門背後。「進來吧，安德烈！」他說：「吃過了沒有？我正在做鮭魚可樂餅。」

我和他握了手，他帶著我走進擴建的客廳。我還記得上次來時也到過這裡，之前那張病床沒有了，綠色的安樂椅看來是新品。

「我來接羅伊的，您知道吧？」

大羅伊往屋子的正中心走去，我緊緊跟在他身後。他在廚房解開圍裙的綁帶，重新綁在自己的水桶腰上。「小羅伊出去了。」

「去哪裡了？」

「亞特蘭大。」

我在廚房的桌旁坐下：「什麼？」

「你餓不餓？」大羅伊說：「我可以幫你做幾個鮭魚可樂餅。」

「他去亞特蘭大了？什麼時候去的？」

「沒多久前。我幫你弄點什麼來吃吃，然後我們再來討論細節。」他遞給我一杯紫色的即溶沖泡果汁，喝起來有夏天的味道。

「伯父，謝謝，謝謝您熱情招待！但是您能不能告訴我一下大致的狀況？羅伊去亞特蘭大了？怎麼去的？搭飛機嗎？還是火車？還是開車？」

他用開罐器撬開一個罐頭的蓋子，像思考多選題該怎麼回答似地慢吞吞沉思，最後終於說：「開車去的。」

「開誰的車？」

「我的。」

我把手掌根部壓在眼睛上：「您一定是在跟我說笑。」

「不是。」

我從口袋裡掏出手機。我們離最近的基地臺可能有一百英里遠，但我總要試一試。

「這裡收訊不怎麼好。小孩子都希望聖誕節能拿到手機當禮物，可是根本浪費錢。」

我看了看螢幕，電力還很足，但是沒有訊號。我無法不覺得自己被設計了。牆上掛著一支轉盤式的綠色電話，我往那支電話歪歪頭：「我可以用那個嗎？」

大羅伊正忙著壓碎麗滋餅乾，他垮下了肩膀說：「電話昨天被斷線了。歐麗芙走了之後，我的經濟就有點拮据。」

他在小小的碗裡打了一顆蛋，小心翼翼地慢吞吞攪拌，好像生怕碗裡的東西會痛。我默默地看著他打蛋。

「眞的很遺憾聽到這樣的事。」我說。我覺得自己居然問起電話的事，眞的很難爲情。「原來您過得這麼不好，我很難過。」

他又嘆了一口氣：「大半時候都還好，混得過去啦！」

我坐在廚房的桌旁看著大羅伊做飯。歲月顯然對他下了重手，他應該約略和我爸同年齡吧，但是他的背脊佝僂，嘴角鏤刻著深深皺紋。這是一張愛得太深的臉。

我把他和我自己的父親相比，我爸打扮俊俏，皮膚像玻璃一樣光滑。卡羅斯的招牌金項鍊有點「週末夜狂熱」[5]的風格，至少我自己一向這麼認爲。但或許他把那條金項鍊當作母親贈送的護身符來珍藏吧！我還不大確定這條金項鍊對我的意義是什麼。

大羅伊把幾片魚餅扔進滾燙的油鍋裡，說：「你得要在這邊過夜了。冬天天黑得早，這時候上路太晚了，何況你看起來已經沒力氣再開七小時的車了。」

我把手臂交叉在桌上，把沉重的腦袋枕進去。「怎麼會這樣？」我這麼問，但並不期待有人回答。

最後，簡便晚餐完成了，是鮭魚可樂餅配切片紅蘿蔔。可樂餅還可以，或許可以算還不錯，但我沒什麼胃口。大羅伊全程用一根短叉子吃飯，就連紅蘿蔔也用短叉子叉。他不時對我笑笑，但我並不覺得自己受歡迎。晚飯過後，我幫忙洗碗，他則小心翼翼把用過的油倒進一個錫罐裡。我們輪流把盤子擦乾並且收起來，我不時地停下來檢查手機有沒有忽然收到訊號。

「羅伊什麼時候出發的？」我問。

「昨天晚上。」

「所以……」我在心裡計算時間。

「你早上出發的時候，他差不多就已經到達亞特蘭大了。」

所有的碗盤都洗乾淨、擦乾、收好，桌子也擦乾淨後，大羅伊問我喝不喝約翰走路。

「好的，伯父，」我說：「不如就喝一點吧！」

最後我們在小起居室拿著酒杯坐定了休息，我坐沙發，他坐皮革製的大型安樂椅。

「歐麗芙剛走的時候，我沒辦法躺在床上睡覺，所以有一整個月，我都在這張椅子上過夜，把椅背躺平，腳墊拉起來，放上枕頭、毛毯，就這樣過一整夜。」

我點點頭，想像著他在安樂椅過夜的情景。我想起喪禮時大受打擊卻又意志堅決的他。瑟蕾莎曾說：「我在他身邊，感覺自己像詐騙集團。」我沒告訴瑟蕾莎，大羅伊在我心中引發的是完全相反的情緒。我能認同他那比墳墓更深的情感，也理解他的絕望，理解那種渴望著一個女人卻永遠無法擁她入懷的感受。

「我花了一年才學會沒有歐麗芙在身邊要怎麼入睡，如果我那樣睡也算是入睡的話。」

我又點點頭，喝了一口酒。鑲著黑色牆板的牆上，各種不同年齡的羅伊從照片裡盯著我瞧。

「羅伊好不好呢？」我問：「他現在怎樣了？」

大羅伊聳聳肩：「為了一件他沒幹的事情被關五年，再好也就是這樣了。他失去了很多東西，不只是歐麗芙而已。你知道的，入獄之前他混得很不錯，該做的事都做到了，混得比我好得多，結果……」

我在沙發上撲通躺下：「羅伊知道我要來，為什麼自己就出發了？」

大羅伊鄭重地啜了一口酒，露出一個似笑非笑的笑容：「我要先謝謝你在我太太的告別式上所做的事。你拿起另一把鏟子的時候，我知道你是真心的。我也很謝謝你的真心，我對你的感謝也是真心的。」

「您不用謝我，」我說：「那是應該……」

他打斷了我：「可是孩子呀，我知道你在搞什麼，我知道你來這裡要跟小羅伊說什麼。你跟瑟蕾莎有一腿……」

「伯父，我……」

「不要否認。」

「我不是要否認，我只是要說，我不想跟您討論這個，這是我和羅伊之間的事。」

「這是瑟蕾莎和羅伊之間的事。他們兩個是夫妻。」

「他已經離開五年了，」我說：「而且我們以爲他還會再待上七年。」

「可是現在他出來了。」大羅伊說：「他們兩個是合法的夫妻。現在的年輕人不尊重婚姻制度了，可是我告訴你，當年我娶歐麗芙的時候，婚姻是很神聖的事，人人都想娶剛從娘家出來的新鮮老婆。其他人都勸我離歐麗芙遠一點，因爲她有小孩，但是我只聽從我自己的心。」

「伯父，」我說：「我沒辦法說我對婚姻制度的整體觀感是怎樣，但我清楚我和瑟蕾莎目前的狀況是怎樣。」

「可是你不知道羅伊和瑟蕾莎目前的狀況是怎樣。我就只關心這一件事，你的感情如何是你家的事，我只關心我家小孩。」大羅伊往前湊過來，我以爲他要揍我，但他伸手拿了遙控器，打開電視，螢幕上有個大廚正在示範某種神奇果汁機的使用方式。

有大概一分鐘的時間我都沒說話，然後電話忽然響起來，像火災警報一樣，響亮且持續不斷。

「您不是說電話被斷線了？」

「我騙你的。」他揚起眉毛。

「我完全沒料到您會騙我。」我深深覺得遭到背叛。這些老爸們興致一來，全都把我當猴子耍，我覺得煩死了。羅伊的老爸、瑟蕾莎的老爸、我自己的老爸，一個個都把我耍得團團轉。

「我以爲您重視誠信，一諾千金。」

「你知道嗎？」這一次他眞的在笑：「我跟你說那個謊的時候也覺得有點過意不去，可是你居然相信了，我反而就舒坦了。」他的笑容變成一種得意的奸笑：「你倒是說說看，我看起來像付不起電話費的人嗎？」

他咯咯笑起來，笑聲低沉緩慢，但是每一口氣的力道都愈來愈強。我轉過頭去看有沒有哪裡藏著隱藏式攝影機。這一天的發展就像一齣浪漫喜劇，但故事中的我沒有抱得美人歸。

「放鬆點吧！」大羅伊說：「有時候我們唯一能做的就是笑啊！」於是我笑了，起初只是出於禮貌，只是爲了遷就一個老人，但我胸膛裡有個不知什麼東西滑潤起來，我像瘋子一樣咯咯笑得不可抑扼，就好像你懷疑上帝不是跟你一起笑，而是在嘲笑你一樣地豁出去了，放肆大笑。

「但是我還有一件事要告訴你。」他就像關水龍頭一樣，忽然止住笑聲。「我很樂意讓你過夜，但請你不要用我的電話。你和瑟蕾莎已經獨處了多久，有五年了吧？你有五年的時間可以替你自己說話，就讓羅伊有一個晚上可以說話吧！我知道你想要努力爭取她，但你們的競爭起碼要公平吧！」

「我想要看看她好不好。」

「她沒事的，你知道小羅伊不會傷害她。更何況，她有這裡的電話號碼，要是她要找你，會打電話過來。」

「可是剛剛那個電話說不定就是她打來的。」

老羅伊像法官拿起法槌一樣地拿起遙控器。電視關掉後，屋子裡靜到我可以聽見窗外蟋蟀的叫聲。「聽好，我為羅伊做的事也是你爸會為你做的事。」

瑟蕾莎

我有時會看見他，對於呑呑吐吐的氣息、突然發冷的手臂和頸子、抖顫的汗毛，我已經習慣了。人和鬼魂是可以共存的。歌蘿莉說外婆過世之後，有一年多的時間，每星期天早晨都會回來。歌蘿莉會對著鏡子塗口紅，她那剛下葬的母親會在鏡子裡重返人間，就站在她的左後方。有時歌蘿莉會把我抱上她大腿，問我：「有沒有看見外婆？」我只看見我自己綁著緞帶、準備好要去上主日學的倒影。「沒關係，」歌蘿莉說：「她看得見妳就好。」對於這種說法，我爸斥爲無稽之談，他說他是經驗主義教派的，凡是不能用科學去計算、測量或判定的東西，就是不存在。歌蘿莉不在乎他相不相信，因爲她很樂於獨享她的鏡中母親。

我從未在水盆或烤焦的吐司中看見羅伊的臉，我丈夫的鬼魂總是以其他男子的形象顯現，這些男子幾乎清一色是年輕人，一年到頭都如復活節一樣剛剛理過髮[6]。這些人在外型上未必有與他相同的特徵，而是和世上的人類一樣多元，但他們身上總有雄心壯志如嗆辣古龍水一般附著不去，走起路來虎虎生風，還帶著一股悲傷，讓我齒頰留有灰燼滋味。我從那雄心、那氣概、那股悲傷中辨認出他們。

平安夜的前一天，安德烈在州際公路上朝西而後轉往南方飆車，去替我執行我的任務。我早該知道派個男人去做女人的事不是好點子，但他堅持：「這件事交給我吧！」我感到如釋重負。我不知道我是怎麼了，從前我很勇敢的。

我和我爸在婚禮上跳舞時，我爸說：「有時候要讓男人當男人。」

我正被愛情和香檳薰得暈陶陶，笑他：「這話什麼意思呀？讓他站著尿尿嗎？」

老爸說：「某個時候妳終究會承認妳的能力是有限的。」

「那你有沒有承認你的能力有限呢？」我語帶挑釁。

「當然有啊，小寶貝！婚姻就是會讓人體認到自己的侷限。」

他拉著我轉圈圈，轉得我頭昏腦脹。我嘲笑他的話：「我的婚姻不會。我的婚姻跟別人不一樣。」

平安夜前夕的前夕，我替安德烈打包行李，打包了換洗衣物以及裝在塑膠包裝裡的藥物，以防他忽然頭痛、感冒或失眠。隔天清早，他開車離去，小心翼翼提防著別傷到輪子或壓壞草坪，我站在車道送他。十二月的草坪一片褐黃，但生命在底下蠢蠢欲動。我的雙腿緊繃，像是恨不得追上他去，把他帶回我溫暖的廚房，但我卻揮著手，嘴巴說著再見。

然後我就上班去了。

布寶位於黃金地段，在維吉尼亞大道和高地大道的交叉口。這個社區像個糖果樂園[7]，裡頭充斥著整修過的莊園、精緻可愛的小木屋、小巧迷人的咖啡廳，以及價格昂貴的精品店。冰淇淋店供應超大球的冰淇淋，由牙齒戴著彩色矯正器、即將上大學的青少年親手舀給客人。此地唯一的不便是停車，但這是個瑕不掩瑜的小麻煩，讓你禁不住覺得其他一切都太美好。

亞特蘭大的西南區是我的家鄉，無論後來我因緣際會到了何處，都不會改變這個事實。但有時我能想像我和安德烈住在城市的東北區，甚至搬到迪凱特[8]去。我並不想連根拔起從頭開始，但換換地方透透氣挺不錯的。搬家的話，得要丟下老山核桃，但高地區[9]歷史悠久的木蘭花開得茂盛，是一種不同的活力，我們會適應的。

我來到店面時，我的助手已經來了。我打開電腦，塔瑪幫櫥窗裡的布寶們戴上小小的鹿角和紅鼻子。我看著她的專注穩重，看著她對微小細節的謹慎周到，想著她可能是個進化版的我，比我漂亮而且年輕十歲，如果要拍我的傳記電影，她可以飾演我。塔瑪幫布寶們做了精巧細緻的小棉被，我要她在每條棉被上簽名。棉被賣不太出去，因為價格和娃娃本身一樣貴，但我拒絕讓她降價。我告訴她：「妳要知道自己的價值。」塔瑪有個兒子，兒子在她拿到埃默里大學碩士學位的前一週誕生，有那麼一點點不光彩，但是她恰好喜歡。

聖誕節就快到了，店裡還沒賣出的娃娃就像打足壘球時一直沒被選為隊員的小孩。有些娃娃我刻意做得有缺陷，有時我刻意把眉毛做得過粗，或是讓娃娃身體修長而兩腿粗短。總有某處會有個小男孩或小女孩需要珍藏一個不那麼完美的東西。這些像真實小孩一樣身上帶著缺陷的娃娃排在架上，像迫不及待等著被領養的孤兒。漂亮的布寶僅剩一個了，臉頰豐滿，雙眸閃亮，左右對稱得令人愛憐，塔瑪給他裝上翅膀和光環，用釣線掛在天花板上。

布置完畢後，塔瑪說：「準備好要熱鬧熱鬧了沒？」

我看了看錶。我的錶是安德烈送的禮物，老式的錶，我每天早上給它上發條，美得像個寶寶，但是沉重且大聲，秒針每走一格就微微震動一下。我點點頭，打開玻璃門的鎖，開門營業。

店裡熱鬧起來，但買氣不佳，總會有個人抱著其中一個娃娃，卻百思不解這娃娃是哪裡不大對勁，最後又把它放回架上，轉開視線。但是這樣算不錯了，在二十五號之前，這些娃娃都會安安穩穩躺在某戶人家的聖誕樹下。

午餐過後，塔瑪開始坐立不安，把娃娃像枕頭一樣拍拍抖抖。

「怎麼了？」好一會兒後我終於開口問。

她用手指指波瀾壯闊的胸脯說：「我脹得快爆了，再不擠一擠，就要把扣子給撐飛了。」

「小孩呢？」

「我媽在看。我告訴妳，再怎麼古板正經的媽媽，只要抱到孫子，都會樂到忘記責怪妳怎麼會被人搞大肚子了。」她對於自己所擁有的事物心滿意足，笑得開懷。

「那妳回家餵奶去吧！」我說：「我一個人顧到打烊沒問題的。不過幫我個忙，去買一些布料，帶到我家去，我們一起慶祝慶祝聖誕節。」

我話都還沒說完，她已經手忙腳亂在扣大衣扣子了。

「不要買三百美元的球鞋給妳兒子。」我塞給她一份年終獎金。她笑了，輕盈的笑容裡閃著光亮與節慶情懷，她發誓絕不會給小孩買昂貴球鞋，「不過我不保證不會買皮衣給他！」於是我看著我的青春版分身開開心心走出門去。

幾小時過後，我大約準備打烊了，門上的鈴鐺卻叮噹響起，一個身穿棕色羊毛大衣、外型俊俏的男子走進店裡。他是個不折不扣的亞特蘭大人，經歷了一整天的上班忙碌，襯衫依舊纖塵不染。他面容疲憊，但精神歡快。

「我要給我女兒買個禮物。」他說：「今天是她七歲生日，我要給她挑個精緻的好禮物，但是要快。」

他手上沒有戒指，我猜可能是週末才輪值照顧小孩的那種離婚老爸。我陪他在整間店裡繞了繞，他的眼光蜻蜓點水地掠過店裡還沒賣出的那一整隊快樂小貧童。

「妳是本地人嗎？」他突然問：「是這裡的人？」

我指指胸膛：「亞特蘭大西南區出生、混大的。」

「我也是，道格拉斯高中的。」他說：「所以，這些娃娃，好像都有點奇形怪狀。妳記不記得我們都這樣說？我說不出來是哪裡不對，但這些全部都有點不大對勁。妳就只剩這些了嗎？」

「這些都是獨一無二的。」我想要捍衛自己的創作：「未來還會有同款的微調……」

他呵呵笑了一下：「這種說詞留給白人聽就好了。不過說眞的……」他抬起頭，像是要思索該用什麼詞好，這時他的眼光落在漂浮在我們頭頂的男娃娃身上。「上面裝扮成天使的這個呢？」他問：「這個是要賣的嗎？」

我還沒來得及回答，對街有個什麼動靜吸引了我的注意。就在隔著維吉尼亞大道的對街，有個羅伊的鬼魂站在那兒。我已經學會壓抑我的驚駭了，但這一個讓我猝不及防，因爲他眞的很像羅伊。不是像年輕時的羅伊，也不是像未來的羅伊，而是羅伊如果沒有離開艾洛，現在就該是這個模樣。這個從未離開過艾洛的羅伊鬼魂像哨兵一樣把手臂交叉在胸前，我目不轉睛地看著他，因爲我知道只要我一轉開目光，他就會消失了。

「妳這裡有沒有梯子？」那位男客人說：「如果這個是要賣的，我可以把他拉下來。」

「是要賣的。」我說。

他忽然像籃球選手一樣一躍而起，把那個天使拉下了凡間。「看來我還是拿到了。」他說：「妳們會包裝吧？」

這個娃娃長得像羅伊，我的很多娃娃都長得像羅伊。也有一些長得像我，或像安德烈，或像歌蘿莉，或像老爸。這個高個子男人看著我把娃娃裝進一個墊了柔軟襯墊的盒子。我頓住了，但那人的鑰匙在櫃檯上不耐煩地敲啊敲，我於是深吸一口氣，蓋上盒蓋。但一股恐慌從我的身體中心開始湧現，一階段一階段地向身體的其他部位擴展。我剪下一截顏色像清澈河水的緞帶，卻再也忍受不住了。我用指甲摳開膠帶，打開盒子，從紙襯墊裡挖出天使娃娃，把他堅硬的身體抱在胸前。

「妳還好嗎？」高個子男人問。

「不好。」我承認。

他看了看手錶，嘆了口氣說：「唉，算了，反正我已經遲到了。怎麼回事？我前妻說我神經很大條。」他模仿他前妻尖細的嗓音：「『你在體貼這方面根本無藥可救！』所以我先警告妳，我可能會說錯話，但絕對沒惡意。」

「我先生要出獄了。」

他歪歪頭：「這是好消息還是壞消息？」

「是好消息。」我說得很急：「是好消息。」

「妳聽起來好像態度很模稜兩可。」他說：「不過我懂，又有一個黑人弟兄重獲自由絕對是好事。」接著他引用起他最愛的饒舌歌：「『打開阿提卡的每間牢房，把他們送到非洲去[10]。』妳記得這歌吧？」

我點點頭，仍然抱著天使娃娃不放。

「譬如說像我這樣的人吧！」他說：「除了有幾個白痴表兄弟坐過牢以外，我對牢獄生活一無所知。可是我知道婚姻生活，我們離婚人士最懂婚姻了，婚姻幸福的夫妻才是對婚姻一無所知。妳老公坐牢多久了？」

「五年。」我說。

「靠！好吧，眞的是很久。我去了新加坡半年，是去賺錢的，拚經濟，我老婆一副房貸會自動付清的態度。我從新加坡回來，我們的婚姻就掰掰了。才不過半年而已！」他搖搖頭：「我只是要說，別抱太大希望。不管是坐牢還是幹嘛，時間才是頭號殺手。」說完他伸出手來：「娃娃可以給我了嗎？就只剩下這一個是好的了。」

我一面送他出門，一面懷疑他會不會也是個鬼魂，代表著可能發生卻並沒有發生的事。他是我今晚的最後一個客人。門外人潮雜沓，但不再有人走進店裡，就連停下腳步來看看別出心裁櫥窗的人都沒有。我留了個留言給塔瑪，提早打烊，在我的手錶抖抖顫顫指引著光陰流逝的時候，我關掉了燈。

降下鐵門時，我往對街望去，對街除了停車場管理員之外，什麼人也沒有。那位管理員壓低帽子，蓋住了眼睛。

羅伊

小時候我收集鑰匙。你一定不敢相信放著沒人要的鑰匙多到什麼程度，只要注意就會發現。我把鑰匙收藏在果醬瓶裡，放在衣櫥的最上層。後來大羅伊和歐麗芙也開始幫我撿鑰匙。我收集到的多半是錫製的皮箱鑰匙，或是那種在五金行用不到一美元就可以配一副的速成鑰匙。有回在跳蚤市場買到一把富蘭克林鑰匙[11]，長長的軸身尾端有兩、三個齒。但我對這些鑰匙並不偏心，只是對於擁有能夠開啓數十道門的工具很是歡喜。我想像自己是電影或漫畫中的角色，能在緊要關頭用我擁有的鑰匙一一嘗試，開啓一道重要的門。收集鑰匙的興趣大約從我八歲持續到十二歲，最後終於理解到這行爲很蠢。身繫囹圄的時候，我每天都想起這些鑰匙。

我經由七十五和八十五號州際公路進入亞特蘭大，城市的天際線如應許之地展現在我眼前。我知道這和看見了紐約的帝國大廈或是芝加哥的西爾斯大樓不一樣，亞特蘭大就我所知並沒有什麼知名建築，甚至可以說根本沒有摩天大樓。很高的大樓是有，摩天的則沒有。但無論如何，這城市對我而言，就像母親的臉一樣充滿吸引力。從二十號州際公路橋下經過時，我像勇敢的小孩搭雲霄飛車一樣，鬆開方向盤，手掌舉向天際。我不是像瑟蕾莎一樣在亞特蘭大出生長大，但是我屬於這個城市，回到家令我心情激動。

瑟蕾莎告訴過我，布寶開在維吉尼亞高地。想當初開店計畫還僅是夢想時，我建議她的地點正是這裡。這個地點再完美不過了，位在市區內，黑人可以輕易到達，郵遞區號則讓白人不會卻步。我花了十元把車停在她厚玻璃櫥窗對街的停車場。我必須承認，她真的混得不錯。她老爸的錢可能幫她把夢想拉近了些，但她付出了努力。櫥窗裡的娃娃什麼膚色都有，這也是我的點子——把娃娃班尼頓化[12]。這些娃娃看起來正歡慶著聖誕節。我呆望著櫥窗的擺設，望了大約有十五分鐘之久，也或者更久一點，或沒那麼久。心臟像彈珠臺的彈珠在胸腔裡彈跳時，很難計算時間。

我好像看見她爬上一個梯子，把一個有翅膀的娃娃掛上天花板。但那個女孩太年輕了，看起來像我初識瑟蕾莎而她連理都不理我時的樣子。我又望了一會兒，那個長得像瑟蕾莎的女孩收起梯子，走進後側消失了，瑟蕾莎本人則從一道玫瑰色布幕後走出來，就像是走上舞臺。

她剪了頭髮，並不只是修短一點或稍微變換髮型，這個新的瑟蕾莎幾乎完全沒有頭髮，和我一樣頂了個凱撒頭[13]。我摸了摸我的腦袋，揣想她的頭髮摸起來不知觸感如何。這髮型並沒有使她看來陽剛，即使隔著街道，我仍然看得見她巨大的銀耳環與鮮紅的唇膏，但她確實看來較堅定果決。我注視著她，期望能與她眼神交流，但她並沒有察覺到我的眼光。她在店裡走來走去，指指點點，笑容可掬地幫忙客人挑選禮物。我一直看著，看到發起冷來，於是回到車裡，在後座像死人一樣大睡一場。

醒來後，我再度看見她，但那個長得像她的女孩消失了。她一個人在店裡，最後有個看起來像《*Vibe*》雜誌[14]和《GQ》雜誌混血產物的高個子黑人弟兄走進去。我看著瑟蕾莎和那人聊天，但之後她的目光朝我的方向投射過來，她臉上的笑容立刻抹了油一般滴溜溜竄走了。我並不相信有心電感應這種事，但過去我確實能夠不用言語和她溝通，於是我在心中呼喚她，要她走出店門、越過馬路，到人行道來和我相會。有幾秒鐘的時間，她似乎接收到了我的訊息，但隨即卻又抽開了注意力。我等待著，希望能和她重建連線，但她重新開始專注於眼前的工作，忽然之間把娃娃緊抱在胸前。那位黑人弟兄微笑著，雖然我看不見，但我相信他必定露出了一口無瑕的白牙。我的舌頭未經我允許，就逕自往下排牙齒的那個缺口舔去。我的手則同樣未經我允許，就逕自伸進了褲子前側的口袋，去摸我的鑰匙串。

這串鑰匙是我出獄時，獄方裝在厚紙袋裡交還給我的數樣物品之一。有橡皮頭的那把鑰匙適用於我們那輛家庭房車。我不知道瑟蕾莎有沒有把那臺車賣掉，但不管那車如今身在何處，這把鑰匙都可以啓動它的引擎。粗大而沒有牙齒的那把從前能開啓我辦公室的門，但我可以打包票，在任何人能把「我認罪」三個字說完之前，就已經有鎖匠來把那把鎖換掉了。最後一把是一支複製複製再複製的鑰匙，可以打開林恩谷路上那間賞心悅目好房子的大門。我對這把鑰匙的好奇遠遠超過了應有的程度，有一、兩次我甚至張開嘴巴，用鋸齒的邊緣去摩擦舌頭。

那間房子在名義上從來不是我的房子。戴先生把房子過戶給瑟蕾莎時，唯一的附帶條件是老山核桃不能砍。這就好像電影明星死了之後，把大筆財產留給貴賓狗一樣。那棵樹被指名道姓地提及，但厚厚一大疊過戶文件裡，「羅伊．漢彌爾頓」這詞完全不見蹤影。瑟蕾莎承諾我，這個「家」是送給我們兩人的結婚禮物。「鑰匙在你口袋裡。」她說。

如今鑰匙仍然在我口袋裡，但還能用嗎？

瑟蕾莎沒有訴請離婚。她停止探監的一年之後，我問班克她有沒有可能不知會我就辦理離婚，他回答：「理論上是不行。」我知道她給我寫了分手信，但那是兩年前的事了，當時我還有很長的刑期要服。如果她想離婚，兩年間有充裕的機會可以著手進行，當然也有充裕的時間可以請鎖匠來換鎖。

鑰匙在我口袋裡，像雪橇鈴鐺一樣叮噹作響，我回到克萊斯勒車上，發動引擎，向西行去。我踩踏油門，心思只專注於一樣東西上——那把如一毛錢硬幣般輕盈、貼著「家」的標籤的陳舊黃銅鑰匙。

瑟蕾莎

我對這房子就像對自己的身體一樣熟悉。還沒打開，我就感覺到四壁之間有某種東西存在，好比縱使大姨媽三週前才來過，子宮裡某種極其細微的收縮仍會告訴妳該做準備了。走進玄關，我手臂的皮膚皺縮起來，毛球遍布，火花縱橫交錯地奔馳過我渾身的血脈。

「有人嗎？」我喊。我不知我將會遇上什麼，但確知這裡不只我一個人。「誰在裡面？」我或許看得見鬼，但並不相信靈。鬼是凝結成形的記憶，而靈則是脫離了肉體的魂魄，像實體人類一樣在地球上遊走。「有人嗎？」我再說一次。現在我不確定我相信什麼了。

「我在飯廳。」有個男人的嗓音隆隆響起，絕對是個活人的聲音，既熟悉又陌生。

羅伊就坐在餐桌的上首，雙手十指交握，放在下巴和胸膛間的空隙中。我手上抱滿了東西，是剛剛採購來準備和塔瑪共享的宵夜——萊姆雪酪、氣泡酒、辣椒巧克力，還有給寶寶吃的金魚餅乾。

「妳沒換鎖，沒防我進門。」羅伊從座位站起來，臉上閃耀著驚喜：「經過了這麼多事，妳還是沒把我拒於門外。」

他接過我手裡抱的袋子，彷彿那是天經地義的事，我於是空著手站在那兒。

「阿烈正要去接你。」我跟著羅伊走進廚房，一面走一面說：「他今天出發的。」

「我知道。」他說。裝滿食物的袋子隔在我倆之間，像個停戰協議。「我不是想跟阿烈談。」

我搓搓手臂，想止住皮膚上的微微刺痛。他把袋子放在流理臺上，轉身面對我，張開手臂，咧開嘴嘻嘻笑，露出了笑容底部黑洞洞的缺口。「妳對黑人同胞沒有一點愛？我歷經千辛萬苦才來到這裡。不准用基督教式的側身抱抱[15]，我要真的擁抱。」

我的腿像是不聽使喚了，朝他走去。他用手臂環繞我，於是我得知他的確是我丈夫，而不是某種心靈幻影。他的確是羅伊．奧山尼爾．漢彌爾頓。他的塊頭比當年住這裡時大，肌肉較結實，身體較精壯，但那股躍躍欲試的活力我仍認得出來。他不知自己力大如牛，把我緊緊抱在懷裡，緊到讓我有些暈眩。

「我回家了，瑟蕾莎，我回家了。」

他放開我，我貪婪地狠狠大吸好幾口氣。

羅伊的臉比我兩年前見到時寬闊，皺紋也多了。我禁不住伸手去摸自己的臉，我的臉因為上了妝而光滑，這時我想起剃得近乎精光的腦袋。我幾乎覺得自己應該道歉，因為過去他常用手指纏捲起我的一綹頭髮，有時他會說，羅伊三世最好遺傳他的眼睛、我的頭髮。

他對這場重逢是有所準備的，新襯衫上燙衣漿的氣味混合著髮蠟的甜香，我則是毫無防備，腳上穿著平底鞋，臉上身上都是一天下來的疲憊。

「我不是故意來堵妳的。」他說。

該有個詞彙來形容這種既驚訝、卻又知道該來的終歸要來的這種感覺吧，我想。有時我們會讀到六〇年代某些激進分子的故事，他們意外殺了警察，也或者是蓄意謀殺，我不知道，總之他們逃掉了，從此隱姓埋名，過著單純無趣的生活，體態發福，逛街購物，卻有一天回到家，聯邦探員等著他們。他們的臉印在報紙上，神情吃驚卻並不意外。

「我想妳。」羅伊說：「我有很多問題要問妳，但首先我要跟妳說我想妳。」

我和安德烈商定好有哪些話**非說不可**，一同替安德烈擬了一套說詞，這套說詞在我心中如劇本臺詞般倒背如流。歌蘿莉說揭露這種眞相是女人的工作，這話說得對，但站在我久別歸鄉的丈夫龐然的陰影之中，我卻一句該說的話也說不出口。

他帶著我走進客廳，就好像這裡仍然是他的家。他四處張望，說：「這裡以前不是藍綠色的吧？以前是黃色的對吧？」

「是金橘色。」我說。

「這些非洲的東西都是新的。不過我挺喜歡的。」

牆上掛滿了面具，所有的平面則幾乎都擺放了某種雕刻，全是我爸媽旅遊帶回來的紀念品。他拿起一個小小的象牙雕像，雕的是一個搖鈴的女人。「這是眞的象牙吧？可憐的大象！」

「是骨董。」我有點想要辯解：「是大象還沒有瀕臨絕種之前雕的。」

「那隻被拔了象牙的大象還是一樣可憐。」他說：「不過我懂妳的意思。」

我們在皮革沙發坐下來對望，彼此都不說話，任由靜默堆積，等著對方打破沉寂。最後，他滑過來，滑得好近，近到我們的臀部相碰。「告訴我，瑟蕾莎，妳有什麼想說的話，告訴我吧！」

我搖搖頭，表示沒有。他把我沒提防的手指抓起來，湊到他唇邊，吻了兩下，然後抓著我的手摩搓他新剃了鬚的臉。「妳愛我嗎？其他一切都不重要。」

我動著嘴，卻沒有說出話來，像隻金魚。

「妳愛我。」他說：「妳沒有訴請離婚，妳沒有換鎖。我原先有懷疑，妳也知道我懷疑。但是當我站在門廊，決定試試我的鑰匙，結果很輕易就插了進去，一轉就開，像潤滑劑一樣潤滑。所以我就知道了，瑟蕾莎，這樣我就知道了。

「我沒有在妳家裡四處逛，我就一直等在這裡，因爲我知道妳不用那幾個房間。不管發生了什麼事，我要聽妳親口說。」

我沒說話，於是他替我說了：「是安德烈，對不對？」

「不是是不是的問題。」我說。

這時他突然把頭枕在我腿上，把我的手拉過來，像毛毯一樣包住自己，我吃了一驚。

羅伊

她和我記憶中的她不一樣，不僅僅是男人般的短髮或臀部的寬度，雖說我也的確注意到了這兩項變化。她變了，變悲傷了。就連她身上的氣味也變了。薰衣草的氣味仍在，但薰衣草的背後，有某種泥土或木頭的氣味。薰衣草來自她梳妝檯上一只水晶瓶裡盛裝的精油，木片的氣味則散發自她皮膚下。

我想起達芬娜。達芬娜張開雙臂歡迎我，擺了一桌可以供歸鄉戰士飽餐一頓的盛宴款待我。瑟蕾莎並不知道我要來，但我期待她會感知到我要來，會準備一桌好料給我。我趴在她腿上睡著了，她沒有搖醒我，一直任我睡到自己醒來。冬天天黑得早，晚上八點，窗外漆黑得像午夜。

「你感覺好嗎？」她問，問完後她顯得困窘：「我知道這個問題太簡單了，但我不知道要說什麼好。」

「妳可以說妳很高興看到我，或者說很高興我出獄了。」

「我很高興。」她說：「我眞的好開心你出獄了。我們一直都在幫你祈禱，也一直請班克叔叔繼續努力。」

她聽起來像是在懇求我相信她，因此我舉起了手：「請不要這樣。」現在倒像是我在跪著懇求她了。「我不要我們這樣講話。我們能不能坐到廚房去？能不能到廚房去，像夫妻一樣說話？」她臉上的溫柔消失了，眼光在屋子裡掃射，似乎起了疑心，甚至可能有些害怕。「我不會碰妳。」我說，但這話說起來像烘焙用巧克力一樣苦澀。「我保證不碰妳。」

她像上刑場一樣走向廚房。「你吃過沒？」

廚房和我記憶中毫無二致，牆壁是海洋的顏色，圓桌是暗色玻璃放在一座基座上，四張皮椅等距離擺放。我仍然記得我曾以爲我們的孩子會坐在這些椅子上。我仍然記得這裡曾經是我的家。我仍然記得她曾經是我的妻子。我仍然記得我曾經有一整個人生任我揮灑，而那是一件美好的事。

「我沒有東西可以煮。」她說：「這裡都沒有，我通常不在這裡吃，而是在……」她囁嚅了。

「隔壁嗎？」我問，「我們先把這個部分解決掉。是安德烈嗎？妳說是，我們才好繼續討論下去。」

我坐在我曾以爲屬於我的座位上，她則坐在流理臺上。「羅伊，」她像念劇本一樣說話：「我是和安德烈在一起，沒錯。」

「我知道。」我說：「我知道，但我不在乎。我遠在天涯，妳很脆弱，五年很長。如果有誰知道五年有多長，那就是我了。」

我走到流理臺前她坐的位置，站在她叉開的兩腿之間，伸手去摸她的臉。她閉上眼睛，但並沒有躲開。「我不在乎我不在的時候妳做了什麼，我只在乎我們的未來是如何。」我彎下身去輕輕吻她。

「你說謊。」我碰觸到她乾燥的嘴唇時，她說：「你說謊，你在乎，這種事情很重要，每個人都會在乎。」

「我不在乎。」我說：「我原諒妳，我什麼都原諒妳。」

「你說謊。」她又說一次。

「求求妳！」我說：「讓我原諒妳！」

我再一次彎向她，她再一次沒有躲開。我把手放在她毫無防備的腦袋上，她沒有制止我。我以我想得到的各種方式親吻她，以親吻女兒的方式親吻她的額頭，以親吻死去母親的方式親吻她抖顫的眼皮，以即將痛下殺手的方式狠狠親吻她的臉頰，以意猶未盡的方式親吻她的鎖骨，以清楚對方喜好的方式用牙齒拉扯她的耳垂。我爲所欲爲，而她像個洋娃娃一樣坐在那兒任我擺布。「只要妳同意，」我說：「我就可以原諒妳。」我重新開始以嘴唇在她身上繞行。來到頸項時，她微微轉動頭顱，好讓我的鼻子能碰觸到她脈搏在皮膚近處撲撲跳動的地方。但興奮感消褪得快，有如自製毒品，便宜貨效果來得凶猛，但轉瞬間又重新飢渴。我的唇梭巡到另一側，但願她能把頭歪往另一方向，好讓我吻遍她全身。「只要求我。」我的聲音不過就是胸腔裡的一陣共鳴：「妳求我，我就會原諒妳。」我抱住她，她渾身癱軟，但並沒有抗拒。「求我，喬治亞。」

我說：「妳求我，我就會說好。」

†

門鈴響了七聲，一聲接著一聲，毫無間隙。我在頭一聲就跳起來，瑟蕾莎也一躍而起，像做了壞事被逮一樣立即坐直身子，滑下流理臺，以接近百米衝刺的速度奔向前門，敞開大門來迎接那按響門鈴的不知什麼人。結果原來是店裡那個看起來像昨日重現的女孩。她手裡抱了個寶寶，寶寶對於戳爛門鈴有著高度的興趣。他是個胖小子，眼睛明亮，神情歡愉。

「塔瑪，」瑟蕾莎說：「妳來了！」

「妳不是叫我從量販店買布帶過來？」女店員踏進玄關，小男孩伸手去抓她的圓圈耳環，左側的耳環有支鑰匙掛在上面晃蕩，就像珍娜．傑克森過去戴的耳環一樣[16]。「傑拉尼，要不要跟瑟蕾莎阿姨說聲嗨呀？」她把懷裡的寶寶換了一邊抱：「希望妳不介意我把他帶來。」

「不介意的。」瑟蕾莎急急地說：「妳知道我一直都巴不得見見這個小傢伙！」

「他要找阿烈叔叔！」塔瑪和懷裡不斷扭動的寶寶吃力搏鬥。「小姐，妳還好嗎？妳好像很緊繃，好像被人挾持一樣。」她開心地呵呵笑了一番，直到發現我站在走廊上。「喔，」她說：「你好？」

瑟蕾莎頓了一下，然後抓住我的手臂，把我拉進客廳：「塔瑪，這位是羅伊。羅伊，這位是塔瑪。還有傑拉尼，就是這個寶寶。」

「羅伊？」塔瑪皺起了俏麗的臉龐，理清思緒後又說：「喔，羅伊！」

「我就是！」我露出了行銷人員的笑容，但我注意到她的眉毛蠕動，想起我缺了顆牙，於是裝作咳嗽般摀起臉。

「幸會！」她伸出手，指甲是藍綠色的，和眼皮上的珠光眼影是同一色調。塔瑪比瑟蕾莎更像瑟蕾莎，我睡在髒兮兮的監獄床墊上時，心中記得的就是這個模樣。

「妳坐一下，」瑟蕾莎說：「我弄點喝的給妳。」接著她進了廚房，留下我和這女孩及她的寶寶獨處。

女孩在地上攤開一條由深淺不一的各種橙色組成的被子，把傑拉尼放在被子上。小寶寶趴下來，四腳著地，搖晃起來。「他沒人教就自己會爬了。」

「他像妳先生嗎？」我試圖和她攀談。

她舉起手：「我是高教育程度的單親媽媽。不過沒錯，傑拉尼跟他爸是一個模子印出來的。他倆在一起的時候，人家都會開玩笑，說他們是複製人。」

她坐在兒子身旁的地板上，打開一個紙包，裡頭是與她皮膚同一色調的棕色布料，接著又打開一個紙包，裡頭的布料比先前那包的顏色深了許多，又還有第三個紙包，裡頭是白裡透紅的粉白色，蠟筆公司從前都把這種顏色稱爲「肉色」。

「四海一家。」她說：「這應該夠我們撐到過年了。店裡庫藏有點少，瑟蕾莎想要補貨的話，得要化身成高效能強力縫衣機才行。我留下來，想要勸她讓我幫忙，但是她說，如果不是她親手縫的，沒在屁股上簽上她的親筆簽名，就不能算是布寶。」

我也坐到地板上，拿起我的鑰匙串晃呀晃，吸引寶寶的注意。小傢伙笑起來，伸手要抓。

「我可以抱他嗎？」

「你自便吧！」她說。

我把傑拉尼抓到我腿上，他掙扎著抗拒，但一會兒便放鬆了。我對寶寶沒什麼經驗，感覺有點窘也有點蠢。這一幕讓我想起歐麗芙梳妝鏡上貼著的一張照片，照片裡大羅伊抱著我，我大約就是像傑拉尼這麼大，我父親看起來戒慎恐懼，好像手裡抱著的是個定時炸彈。我讓傑拉尼在我腿上彈跳，想著大羅伊把我改名成小羅伊時，我是不是也正是這年紀。

瑟蕾莎拿著兩個香檳杯從廚房回來，起著泡的香檳酒裡浮著小小球的冰淇淋。我啜了一口，想起歐麗芙。我生日的時候，歐麗芙會拿出大酒缸，幫我調一碗上頭漂浮著柳橙雪酪的薑汁汽水果酒。因爲懷念著這樁往事，我又舉杯仰頭。瑟蕾莎拿著她自己的酒回來時，我的酒已經快喝光了。

我們三個坐在那兒——如果寶寶也算在內的話就是四個——瑟蕾莎和塔瑪討論著布料，我忙著和傑拉尼玩，搔弄他的下巴，他發出小小的嬰兒笑聲，聽起來有點像液壓馬達的聲音。想到我的懷裡有一個完完整整的人類，感覺非常不可思議。

我想，我和瑟蕾莎的那個兒子當初若是沒打掉，現在應該有四、五歲大了。要是裡頭的房間裡躺著一個念幼兒園的孩子，瑟蕾莎此刻絕不會說她現在和安德烈在一起了。我會說：「小孩需要父親。」這是客觀事實，不會再有什麼別的需要討論了。

但是依目前的狀況看來，我們有很多事需要討論，多到說也說不完。

瑟蕾莎

最後，塔瑪把寶寶裝進一個看起來像太空裝的膨膨大衣裡，拉好拉鍊。我和羅伊都很捨不得她離開，就好像我們是她的父母，她是我們事業有成的女兒，百忙之中只能探視我們幾分鐘，因此我們對相聚的每一秒鐘都很珍惜。我們站在門口揮手，塔瑪回頭看著後方，小心翼翼倒出車道。她的車逐漸遠去，車燈成了這整個街區閃爍繽紛的聖誕燈海中不起眼的兩點光亮。我家是暗的，我連一個月前買的聖誕花圈都懶得掛上，但老山核桃倒是充滿節慶氣氛，樹幹上以枴杖糖的花紋樣式纏繞著燈飾。這是安德烈的傑作，他用這樣的布置來安慰自己一切都不會有問題。

塔瑪離開好一會兒了，我仍呆呆望著靜謐的街道，擔心著安德烈。他此刻在路易斯安那，要去做那件高尚的事。我從店裡打電話給他，他還在南下的路上，我對他說：我們有資格相愛的。才過了幾個小時而已，事情的變化怎麼這麼大？我心不在焉地伸手到口袋裡去拿電話，但羅伊一把把我的手掃到一邊：「先不要打電話給他，給我一個機會讓我說說我想說的話。」

但是他並沒有說什麼話，卻是引導著我的手越過他鼻梁上的斷裂處，去摸髮際線上的疤痕。

那疤痕不大，兩側卻各被點狀突起的疤痕中斷兩次。他用我的兩掌捧住他的臉，那張臉在我掌中既熟悉，又眞實。「妳記得我嗎？」他說：「妳認得我嗎？」

我點點頭，他摸索我的五官，我任雙手垂在我的兩側。他閉上眼睛，像是無法信任眼睛。他的拇指摩娑過我的嘴唇，我輕輕抿起嘴，夾住他的手指，羅伊發出了一聲如釋重負的喟嘆。他沒有開燈，牽著我在黑暗中從屋子的一頭走到另一頭，彷彿想測試自己能否靠著觸覺摸索方向。女人有時是沒有選擇的，沒有眞正有意義的選擇。有時我們有不能不還的情債、不能不安慰的人、不能不保障的通行權利。每個女人都曾經爲不是愛的理由上過床。我的丈夫羅伊從一場比他的父祖輩年代更久遠的戰事中戰罷歸鄉，我能拒絕他嗎？答案是我不能。我跟在羅伊身後，站在狹窄的甬道中，明白了安德烈打從一開始就知道會發生這種事，所以他才在高速公路飛車奔馳，爲的就是要防止我做這件我們都害怕我將不得不做的事。

那麼我該如何歸類我丈夫出獄返家的這一夜，我和他之間發生的事呢？我們在廚房裡，我的背抵著花崗岩流理臺，融化的雪酪滲透了我的衣裳。

羅伊的手蛇一般在我的襯衫底下蠕蠕游移。「妳愛我，妳知道妳愛我。」

縱使他沒有用一個吻截斷我的氣息，我也不會回答的。那吻嘗起來像脹滿了憤怒的慾望。說好就是好，說不要就是不要，但是沉默意味著什麼呢？羅伊的身材比五年前他仍睡在這屋裡時壯碩，如今他是個發號施令的陌生人，對著我的頸子噴著熱燙的鼻息。

他挾著我往主臥室的方向移動，主臥室位於角落，最早是我父母睡的，我和羅伊做夫妻的時節也睡那一間。我說：「不要在這裡。」他沒有理會我，跳雙人舞一般抓著我前進。有些事如潮水般勢不可擋。

他剝橘子皮一般輕輕鬆鬆剝去我的衣物，然後彎身去扭開一盞明亮檯燈。我對自己的胴體感到羞赧，我比前次他看見我裸身時老了五歲。歲月對女人有時是苛刻無情的。我縮起膝蓋抱在胸前。

「別害羞，喬治亞。」羅伊說：「妳很完美。」他抓住我的小腿，輕輕把我的腿拉直。「不要躲我，手放開，讓我看看妳。」

在我心靈的私密圖書室中，有一本字典登載著不是字的字，篇章中有一個神祕的符號，傳達著看似可以行使意志而實際上卻不能行使意志時是什麼情景。同一個頁面上，解說著人生中或許有一次兩次，妳赤身裸體，被壓在一個男人的重量之下，卻有一個至爲尋常的字眼可以拯救妳。

「你有沒有做保護措施？」我問他。

「什麼？」他說。

「保護措施。」

「不要說這個，喬治亞，」他說：「請妳不要說這個。」

他從我身上滾開，我們並肩躺著。我翻身面向窗外，看著古老而沉靜的老山核桃。就連羅伊把手重重放在我的臀部時，我也不轉回去。「做我的老婆。」他說。

我沒有回答，於是他像翻一塊木頭般把我翻回去，臉戳進我脖頸凹處，手塞進我兩腿之間。

「別這樣嘛，瑟蕾莎！」他說：「我們有好多年沒做了。」

「要有保護措施。」這幾個字把我的嘴塞得滿滿的，我感覺得到這些字眼在我舌尖的重量。

他抓著我的手去摸他肋骨下方一塊軟韌糾結的皮膚。「我被人捅了一刀。」他說：「我沒惹那傢伙，連看也沒看他一眼，他削尖了一支牙刷，媽的要置我於死地。」

我用拇指摩挲這個傷疤。

「妳看看我吃了多少苦頭！」他說：「妳不知道我經歷了多少事，我知道妳要是知道的話，就不會這樣對我了。」

他親吻我的肩膀，又往上朝我的頸子吻去：「拜託！」

「我們要有保護措施。」我說。

「爲什麼？」羅伊說：「因爲我坐過牢嗎？我是冤枉的，妳知道我是冤枉的。那位女士被強暴的時候，我跟妳在一起，所以妳知道不是我幹的。不要把我當罪犯看，瑟蕾莎，世界上唯一確定知道我沒幹的人就是妳，請妳不要表現得好像我身上有病似地。」

「我沒辦法。」我說。

「那妳能不能至少聽我說？」他從記憶盒子裡挖出一段又一段的往事，每一個事件都是我不該強迫他在我倆之間設下橡皮屏障的理由。

「我不小心殺了一個人。」他說：「我經歷了很多事，瑟蕾莎。即使你進監獄的時候什麼壞事都沒幹過，出來的時候就不是了。求求妳！」

「不要求我，」我說：「請你不要求我。」

他往我更湊近了一些，把我按在床上動彈不得。

「不要，」我說：「不要這樣。」

「求求妳！」他說。

想想看，我們躺在當初的洞房新床上，我被牢牢扣住，完全被他掌控於股掌之間。但縱使我們之間是純情眞愛，沒有被時間與外遇污染，又還能有什麼其他的模式呢？或許所謂愛上一個人，就是自願被另一個人掌控於股掌之間吧！我閉上雙眼，感覺到他的重量壓在我身上。我像兒時那樣禱告：若我在醒來前死去。「保護措施。」我輕聲呢喃，雖然我知道那個東西不存在。

「我很痛苦，瑟蕾莎，妳看不出來嗎？」

我揣想著他這些年來受的苦，揣想著此刻他頭枕在枕頭上時受著的苦，於是我重新躺下。

「我瞭解。」我對羅伊說：「我瞭解。」

他轉向我：「是因爲妳覺得我可能在裡面幹了什麼事，所以感染了什麼是嗎？還是因爲妳不想再懷孕了？因爲妳不想跟我生小孩？」

這個問題沒有可接受的答案。沒有男人樂意這樣，做卻又如同沒做，肌膚相親卻又不相親。

「告訴我，」他說：「是哪一個？」

我抿緊嘴唇，把眞相封死在自己心中，搖搖頭。

他翻過身來，胸膛壓上我的胸膛。「妳知道嗎？」他語帶威脅：「我想要，就可以要。」

我沒有掙扎，沒有哀求，做好心理準備，勇敢迎接打從我踏進家門卻發現我家已不是我家時，似乎就註定要降臨的命運。

「我可以要。」他又說一次，但他從床上坐了起來，把被單如裹屍布一般纏捲在自己身上，害我渾身赤裸地迎接冰冷空氣。「我可以的，但我不會這麼做。」

羅伊

達芬娜沒有這樣對我。我登門拜訪，她敞開家門迎接我，敞開她自己迎接我。我的合法妻子瑟蕾莎卻像諾克斯堡[17]一般拒我於門外。華特警告過我，我也準備好要接受她有別的男人，甚至可能不只一個男人。我並不傻，天眞的人捱不過牢獄生活，我當然知道**女人也是人**，也有七情六慾。但是當一個女人沒有訴請離婚，經常匯錢到你的零用金帳戶，也沒有換鎖來防你，你會有所期待，以爲你還有機會。當你湊上前去吻她，她並不回絕，當你牽著她的手走進臥房，你知道這一切並不是幻想。我與世隔絕五年了，但五年並沒有久到讓我忘了人情事理。

你有沒有做保護措施？

她知道我沒有。我是做好心理準備來的，但物資上並沒有做好準備。她是我老婆，我忽然掏出個套子，她會作何感想呢？她不會覺得我體貼入微，而會覺得我懷疑她四處偷腥。我們爲什麼不能像在紐約的那一次，那時我們幾乎是陌生人？身陷囹圄的日子裡，我回憶起那第一夜不知回憶了多少次。我回顧那一夜的細節，過程如默片在我心中播映，我很確定那場景中沒有保險套的存在。布魯克林的那一夜，我感覺自己像美國隊長。我完全不在乎為了維護她的榮譽而丟失一顆牙齒，人生中能有多少次成為英雄的機會呢？然而如今，她想裝作當年那件事從未發生過。

我把被單扔在地上，渾身光溜溜在屋裡亂走，尋找有什麼地方可以枕我毛茸茸的腦袋。主臥室很顯然是不能挑了，我只好落腳在縫紉室，撲通倒在蒲團上。蒲團對我這種體格的男人來說太短，但也只能將就了。房間裡擺滿了各種製程中的娃娃，縫衣機旁邊有顆紙箱顏色的布腦袋，還有幾對手臂，頂端有手掌揮舞。若說這景象不讓人心裡發毛，那是騙人的，但是我怒氣沖沖走進來時已經滿肚子火，所以毛不毛也沒差了。

已經完成的娃娃坐在架子上，看起來友善且耐性十足。我想起瑟蕾莎的助手，叫塔瑪娜還是什麼的？我想起她那個健壯的胖娃娃。瑟蕾莎離開客廳去拿他倆的外套時，女孩用她藍綠色的指甲碰了碰我的手臂。「你得要放手才行。」她說：「你自己不先把心打碎，就會被他們打碎。」我的憤怒煙一般冒起來，又濃又嗆，令人窒息。我只有一句話想說，只是這句話不適合對溫和有禮的人說。「我告訴你這個，」她說：「是因為我知道一些你不知道的事。雖然沒有人故意要傷害你，但是你會受傷。」我還沒來得及搞清楚這小女孩葫蘆裡賣什麼藥，瑟蕾莎就拿著外套回來，像吻自家兒子一樣地親吻那個小男孩。

這時大約是凌晨三點吧，雖然我沒喝醉，腦子裡卻充斥著醉醺醺的思緒。我伸手到架子上，拉下其中一個娃娃，對著娃娃臉蛋就是一拳。軟軟的腦袋凹下去，又彈回來，依舊笑容可掬。我在蒲團上伸展身軀，腳伸在蒲團外，但睡不舒坦，於是爬起來，躡手躡腳沿走廊走去，停在瑟蕾莎安歆的房門外，但我不敢去試轉門把。我不想知道她是不是鎖上了門提防我。

我回到工作室，拿起電話，撥了達芬娜的電話號碼。她接起電話時，聲音顯得很害怕。這種時刻接到電話，任誰都會害怕。

「嗨，達芬娜，我是羅伊。」我說。

「要幹嘛？」

「我想跟妳說聲嗨。」我說。

「你剛剛已經說了。」她說：「滿意了嗎？」

「不要掛斷，請妳不要掛斷。我要跟妳說，我很感激妳花時間陪我，很感激妳對我這麼好。」

「羅伊，」她的聲音有一點軟化了：「你還好嗎？你聽起來不大對勁，你在哪裡？」

「亞特蘭大。」說完這幾個字，我再說出的就不是話了。世界上沒有幾個女人會願意握著話筒聽一個成年男子爲另一個女人哭泣，但達芬娜·海德利克在電話的另一頭等著，一直等到我能夠重新開始說話爲止。「達芬娜？」

「我還在。」

她沒有說「我原諒你」，但我對她所說的那三個字同樣感激涕零。

「我不知道應該怎麼辦。」

「去睡覺。人家不是說嗎？一宿雖然有哭泣。」

「早晨便必歡呼[18]。」我接下去說。這是所有浸信會喪禮都會說的話。我想起我媽，於是問起達芬娜有沒有參加她的喪禮。

「妳有看見瑟蕾莎和安德烈嗎？他們當時在一起嗎？」

達芬娜說：「你爲什麼這麼在乎這個？」

「我就是在乎。」

「我跟你說一件事。那天喪禮過後，我幫我厄爾舅舅的週末夜狂歡者酒吧顧幾個小時的店，他們兩個跑進來，大白天喝酒喝到醉，女的喝得尤其多。他們兩個看起來不像情侶，但是就像山雨欲來風滿樓一樣，感覺得出快成一對了。男的去上廁所時，女的俯身在吧檯上跟我說：『我是一個大爛人。』」

「我老婆這樣說？」

「對，她就是這樣說，一字不差。後來那老兄回來，女的又恢復鎮定，五分鐘之後，他們就走了。」

「還有呢？」

「沒有了。後來你爸跑來，從頭到腳都是黑黑的泥巴。他們說他親手埋葬你媽。」

我把聽筒緊緊湊在耳邊，好像這樣就能讓我感覺不那麼寂寞似地。我才出獄不到一週，就已經感覺自己又重新遭到監禁了，就好像有女人用晾衣繩把我綁在椅子上一樣。我們有時會聽說有些人故意在監視器前偷啤酒，好重回監獄，因爲監獄裡會碰上什麼事，他們比較能預期。我不會去做這樣的事，但我可以理解爲什麼會有人這麼做。我把一條小毛毯拉到腰上，想起華特，我的貧民窟大師父親，不曉得他對這一切會有什麼看法。

達芬娜說：「你還在嗎？」

「還在。」我說。

「休息一下。這種事一開始都很痛苦，無論誰都一樣。好好照顧你自己。」她的聲音像搖籃曲，令人舒緩。

「達芬娜，有件事我想要告訴妳。我回想了過去。」

「什麼事？」

「我記得有個男孩子叫草蜢。」

「他還好嗎？」她的聲音低到我幾乎不確定我聽見了，但我知道她說什麼。

「他混得還不錯。所以我才不記得他，因爲他沒有什麼事好讓人記得。」

我掛上電話時，縫衣機上的橘色大鐘指針剛好形成直角，顯示著三點半。我猜想安德烈此刻應該是在我爸家，很可能睡在我的床上。我在黑暗中微微笑起來，揣想著大羅伊告訴安德烈我已經前往亞特蘭大時他臉上的表情。他八成和一般人一樣，身穿牛仔褲和T恤，但在我心中，他的形象永遠是穿著他穿去我媽葬禮上的那套細窄的灰西裝。噢，媽媽！我在心中喊。她若看得見我此刻身在自己家，卻睡在沙發上，周遭圍繞著瑟蕾莎一個要賣一百五十美元的歡樂嬰兒娃娃，會作何感想呢？

「這是亞特蘭大獨有的事。」我大聲說，然後才終於能夠入睡。

安德烈

我和羅伊的老爸睡在客廳，我睡沙發，他睡他的安樂椅，好像他不信任我會不會半夜溜走似地。其實他根本不用擔心，因爲我把舒爽潔淨的被單和柔軟的毛毯蓋上身時，已經十分疲倦，準備要讓這瘋狂的一天告一段落了。屋子裡萬籟俱寂，唯有角落裡的瓦斯暖爐發著藍光和熱氣，嘶嘶作響。雖然如此安靜，我們夜裡還是醒了好幾次，交談了幾句話。

「你想要小孩嗎？」我才剛剛睡著，他就問我。

「想。」我說。我急著想重新回到夢鄉。

「羅伊也想。他需要這樣一個新的開始。」

我在毛毯之下感覺有點幽閉恐懼，想著不知大羅伊知不知道自己曾經差點成爲祖父。我想起當時開車載瑟蕾莎回家的情景，當時的她悽慘又疲憊。「但是我不知道瑟蕾莎想不想，她可能不想要。」

大羅伊說：「她只是以爲她不想要。寶寶是會帶來愛的。」

「你跟伯母決定有了羅伊就不要再生了嗎？」

「我是想再接再厲的，」大羅伊打著呵欠說：「我想要生一窩子，可是歐麗芙不信任我，她怕我有了自己的小孩，就會把小羅伊給忘了。其實我根本不會那樣，我把小羅伊視如己出。可是我還沒來得及提起這事呢，她就跑去醫生那邊把事情處理掉了。」

之後他就睡著了，或者至少是不講話了。我躺在那兒計算時間，手指摩搓著我爸的金錶，努力別去想羅伊正在回家的路上，就這麼計算時間計算到天亮。

大羅伊從他的安樂椅爬起來時，外頭仍是黑的。他告訴我浴室怎麼走，他在裡頭準備好了毛巾和牙刷。我吃了早餐才上路，早餐是咖啡和奶油小餐包。天氣沁涼，但不冷。我們坐在前廊，腿懸在外頭晃盪。

「你想要她，但是並不需要她。」大羅伊一邊說，一邊玩弄帽T的繩子：「你懂我的意思吧？小羅伊需要他的女人，他從前的生活現在還剩下的就只有她了，那生活是他努力掙來的。」

咖啡裡添加了菊苣，散發著一股菸草似的甜香。我習慣喝黑咖啡，但大羅伊在咖啡裡加了奶和糖。我一口喝乾，把杯子放在身旁的水泥地上，站起身來伸出手說：「再會，先生！」

他用既誠摯又有禮的態度和我握了手。

「退出吧，安德烈！我知道你是好人，我還記得你幫歐麗芙抬棺的樣子。你就做做好事，離開個一年左右。如果一年之後她還要你，你也還要她，那我就不反對了。」

「漢彌爾頓先生，我也是需要她的。」

他搖搖頭：「你不懂什麼叫需要。」

他揮揮手，像是打發我走，我沒有多想，轉頭就往我的車走去，但隨即又轉回來。「伯父，你那一套完全是屁話。」

大羅伊滿臉迷霧地看著我，好像有隻流浪貓忽然說出了拳王阿里[19]的名言。

「我承認我比一些人幸運，但比我幸運的大有人在，比羅伊不幸的也並不在少數。伯父你捫心自問，你應該瞭解我的意思。我看了你那天下午在大太陽下費力鏟土，你應該完全瞭解我的感受。」

「歐麗芙和我結婚三十多年，我們一起經歷了很多事。」

「但即使是這樣，你也沒有權利像上帝一樣指使我。難道我一定要坐過牢，才有權利追求幸福嗎？」

大羅伊撓撓生著小卷小卷灰毛的頸子，抹抹蓄積在眼中的淚水，說：「安德烈，你要瞭解，那孩子是我兒子呀！」

羅伊

晨光來得溫柔。我睡得很沉，一直睡到被煎培根的聲音吵醒。我醒來時總是渾身痠痛，在監獄臥鋪睡五年把人的身體都睡壞了。白晝的天光之下，一屋子的娃娃仍然讓人毛骨悚然，但是沒有像夜晚那樣嘲笑我的感覺了。

「早安。」我朝著廚房的方向喊。

她頓了一拍，才回答：「早安，你餓了嗎？」

「等我洗完澡就會餓了。」

「我在黃色的浴室放了毛巾。」她說。

我低下頭，想起自己和新生嬰兒一樣一絲不掛。「屋裡有沒有別人？」

「只有我們。」她說。

我一面走在走廊上，一面注意到自己的身體──肋骨下方皺縮的疤痕、監獄裡鍛鍊出的肌肉、清晨強健卻仍然不得志的陰莖。瑟蕾莎在廚房裡忙碌，鍋碗鏗鏘，但我感覺自己好像受人監視。進到廁所，安全了，我發現她把我的旅行包放在檯子上，好讓我有衣服可以穿。我的心中燃起希望，這希望如飢餓的胃一般低沉嚎叫。

趁著等待冷水變熱的時間，我打開水槽下方的櫃子，找到一些男性的沐浴精，我猜想必定是屬於阿烈的。沐浴精有著森林般青綠的氣味。我繼續在櫃子裡翻找，想看看還有多少安德烈的東西，但其他什麼也沒有了，沒有刮鬍刀，沒有牙刷，沒有爽足粉。希望再度發出一聲嚎叫，這回叫得像隻小羅威納犬。安德烈沒有住在這裡，雖說他家就在隔壁，但至少他是住在另一棟房子裡。

我沖著熱水，並不想用安德烈的肥皀，但除此之外的只剩下散發著花香和蜜桃香的那塊，我沒得選。我慢條斯理把全身清了一遍，坐在浴缸邊緣刷洗腳底和趾間，又再多擠了些沐浴精來洗頭，用熱得幾乎會燙人的水沖洗乾淨，然後穿上我用自己的錢買的自己的衣服。

我走進廚房，瑟蕾莎已經擺好碗盤，擺在我們過去從沒使用過的座位前。

我看著她往鬆餅機裡倒麵糊，又對她說一次：「早安。」

「睡得好嗎？」瑟蕾莎素淨著臉，但身穿一件毛衣質料的洋裝，看來像要出門。

「老實說，睡得不錯。」那隻滿懷希望的羅威納犬又嚎叫了一聲。「謝謝關心！」

她端上鬆餅、煎得酥脆的培根，以及一杯果汁，還幫我泡了不加奶但加了三匙糖的咖啡。我們關係還正常時，偶爾會到時髦餐廳去吃早午餐，夏天尤其會去。瑟蕾莎會穿著緊身背心裙，髮辮裡插著花朵。我會雙眼注視著老婆，對女侍說，我喜歡的咖啡和我喜歡的女人一樣，「又黑又甜」。說這話時我總會禁不住嘴角上揚。瑟蕾莎便會接著說：「我喜歡的含羞草[20]和我喜歡的男人一樣，要**透明**。」

「好。」

開動之前，我攤開手掌說：「我覺得我們應該要謝飯禱告。」

我低下頭，閉上眼，說：「天父啊，求祢賜福給這一餐飯，賜福給準備這一餐飯的雙手，求祢保佑這一段婚姻，奉主耶穌的名禱告，阿們。」

瑟蕾莎沒有說「阿們」，而是說：「祝你胃口大開！」

我們一起吃早餐，但東西吃在我嘴裡毫無滋味。這使我想起判決前聽審的那天早晨。縣立看守所供應的早餐是蛋粉[21]、冷的波隆那香腸和軟的烤吐司。那天是我被裁定羈押之後，頭一次把盤裡的餐點吃光光，那是由於我完全食之無味，那是從來沒有過的事。

「妳今天有何計畫？」我終於問。

「我要去上班。」她說：「今天是聖誕夜。」

「叫妳那個雙胞胎妹妹顧店就好。」

「塔瑪已經答應要幫我開店了，我不能讓她一個人顧一整天。」

「瑟蕾莎，」我說：「我們兩個要談一談，趁著……」

「趁什麼？」

「趁安德烈回來之前。我知道他正在趕回來。」

「羅伊，」瑟蕾莎說：「我不喜歡事情這樣發展。」

「妳聽我說，」我希望我的話聽起來有理性：「我只是想要跟妳談一談。我沒有要跟妳爭個你死我活。只是希望我們可以和好。要是談得順利，彼此都說出眞心話，我可以在安德烈回……」我頓住了，因爲我不想說「回家」。於是我說：「我可以在安德烈回來之前離開。」

瑟蕾莎把我吃得乾乾淨淨的盤子疊上她的盤子，她的盤子裡還有半盤的早餐。「有什麼可談的？」她的聲音聽起來很疲憊：「所有該知道的你都已經知道了。」

「沒有，」我說：「我知道妳正在做什麼，但我不知道接下來妳打算要怎樣。」

她咬著嘴唇，像是在思考，在腦子裡搬演所有可能的劇碼。她終於準備要開口說話時，我已經沒耐性聽了。「我先收收我的東西吧！」我說：「讓我收收東西就好。」

她吃了一驚，說：「你的衣服我都捐給公益團體了，有一個專門幫人準備面試服裝的慈善團體。其他東西我都裝箱了。我沒有丟掉你的私人物品。」瑟蕾莎看起來像洩了氣的皮球，我懷念她從前蓬亂不聽話的頭髮，我希望她回到我初識她時那樣俏麗又有些離經叛道的模樣。我對她笑笑，要她明白我仍記得她青春年少時的面貌，卻隨即想起了我南瓜燈式的笑容。

我摔斷的那顆牙齒曾經是我身體的一部分，應該要永永遠遠和我在一起才對。歸根究柢，牙齒是一種骨頭，而每個人對於自己的骨頭都有所有權。

「你有哪樣東西是特別需要的嗎？我列了一份小小的清單，存在電腦裡。」

我想要帶走的就只有那顆牙齒。多年以來，我把那顆牙齒收藏在一個戒指盒一樣的絲絨盒子裡。我不能告訴她，因爲她會以爲我感物傷懷，以爲我把我們第一次約會的記憶當薄荷糖一樣在嘴裡反覆翻滾。她不會理解我只是不願扔下身體的一部分逕自離開。

她已經下了決定，我從她洗我的杯盤時肩膀方方正正的堅決姿勢中看得出來，她已經決定好未來要如何了，決定就是決定，沒得改了。就像某個組合屋法庭裡的陪審團斷定我是個強暴犯，斷定就是斷定，沒得改了。就好比另外一個破爛法庭裡的法官決定我該坐牢，決定就是決定了，沒得改了。然後華盛頓有個有同情心的法官同意我是被檢察官誣陷的，於是放我自由，也是決定就決定了，沒得改了。過去五年來，人們總是在告訴我我的人生將會如何，但是我又能如何呢？我能告訴法官我不要坐牢嗎？我能告訴檢察官我決定留在牢裡嗎？我能對瑟蕾莎說什麼呢？我能命令她再愛我一次嗎？昨晚我們在床上，她滿嘴「保護措施，保護措施」的時候，有一刻的時間，不到一刻，一個微米刻、奈米刻的時間，我考慮要讓她知道這事不由她決定。五年前，我向陪審團發誓我從未侵犯過女人，就連大學時代，我也從未強逼約會對象就範過，而總是等著約會對象自己點頭。我的哥兒們，其中一些啦，說當女生辜負了你，你就要把她們弄到床上，狠狠地再幹最後一次。我從來沒興趣用那根屌來報復人，但昨晚，有那麼一瞬間，我考慮這麼做。我想這就是監獄給我的影響，監獄把我變成一個甚至會考慮這麼做的人。

車庫在樓下，要穿過洗衣間才到，洗衣間裡有臺不鏽鋼洗衣機和乾衣機嗡嗡作響，既摩登又有效率。我走進車庫，啓動開關，升起大大的鑲板門。金屬互相摩擦的聲音吵得我禁不住用力吞口水。我們剛結婚時，瑟蕾莎曾說，聽見車庫門的刺耳吱嘎聲她就會微笑，因爲這聲音意味我下班回家了。那個年代我們相知相惜，心與靈，當然還有肉體，各方面都緊緊相依。但如今，她像完全不認識我。或者更糟，像是從來沒認識過我。你怎麼說呢，華特？沒有人警告過我這樣的事。

白晝的天光把這個空間照亮了一些。不管我遇上什麼鳥事，今天都是聖誕前夕。對街一個優雅的女人搬了十幾盆聖誕紅到前廊上，斜對角有鑲著電燈泡的大燭臺一明一滅閃閃爍爍。在明亮的天光中，我幾乎看不見電燈泡的存在，但睇起眼就看見了。我的正前方是瑟蕾莎當寵物般疼愛的那棵樹。我不是不懂欣賞植物，小時候我偏愛一棵胡桃樹，但是是有原因的。那棵樹會掉下優質的堅果，一麻袋可以賣一美元。歐麗芙很鍾愛後院的一叢紫薇，因爲她喜歡蝴蝶和花朵。這是不一樣的喜歡。

我把注意力轉回寬敞的室內，發現車庫保養得很好，我猜是出自阿烈之手，他這人一向井井有條。車庫有一種展示間的調調，乾淨到所有的東西都像是從來沒用過。我住在這裡時，鏟子上可以聞到泥土味，割草機上有瓦斯味，大剪刀上有斷裂小樹枝的氣味。如今每樣東西都掛在鉤子上，擦拭得金光閃閃，像要出售。每樣東西都貼了標籤，好像如果不標示出來，你就不知道斧頭是幹什麼用的。

南側的牆邊有一堆厚紙箱，上頭用清晰的字體大大寫著：「羅伊．漢，雜物」。我會情願上面只寫著我的名字：「羅伊」。或「羅伊的東西」，甚至「羅伊的垃圾」都會比目前的字眼有人情味一點。我出獄的時候，他們給我一個大紙袋，上面寫著「漢彌爾頓，羅伊，個人物品」，裡頭裝著我入獄時身上帶的所有東西，但有一把沉重的折疊刀消失了，那把刀原來屬於大羅伊的伯父，名字也叫羅伊，是我們家族裡的頭一個羅伊。如今我面對著六、七個並不太大的箱子，全部塞進克萊斯勒車裡應該毫無困難。聰明的人，例如大羅伊或華特，會把箱子全堆進車裡，上路回家去。但我不是這樣的人，我把箱子拖出戶外，堆上老山核桃樹下的半圓形椅子上。

然後我回到車庫，尋找有什麼東西可以用來割開封箱的膠帶。但除非我想用一把雙面斧頭來開箱，否則沒有什麼別的可用。於是我用我的鑰匙來開箱，也就是那把因爲開啓了前門而給了我一肚子錯誤希望的鑰匙。

第一個箱子裡裝的是我五斗櫃第一個抽屜裡所有的東西。東西的擺放毫無秩序，好像瑟蕾莎和安德烈打開箱子，拉開抽屜，直接把所有東西倒進去。有一瓶小小的冷泉（Cool Water）男性香水和幾張彎成波浪狀的照片裝在一起，有些是我孩提時代的照片，也有我和瑟蕾莎戀愛之初的照片。她爲何不起碼留下照片呢？箱底是一小包殘存的大麻顆粒。另一個箱子裡，我看見我的大學文憑安安穩穩裝在皮革盒子裡，這點我很感激，但是同時又有一只煮蛋計時器和半包醫生開的抗生素，這是怎麼回事？我看不懂這麼放的邏輯。有個玻璃紙鎮包在一件有金色花樣的紫色毛衣裡，以防打破。我把毛衣套在身上，毛衣聞起來有慈善二手商店的氣味，但身上能有個東西把冷風隔離在外，我很高興。

箱子裡的東西我都已經不大在意了，但我欲罷不能地扯開一只又一只箱子，把裡頭的東西倒在草地上，一一檢查，尋找一塊小小的骨頭。我往屋子看去，發現窗子裡有小小的動靜，我猜瑟蕾莎正從窗子往外窺視。我感覺得到對街的女人正從我的背後注視著我。過去我曾經知道她的名字，我對她揮揮手，希望她不要大驚小怪跑去報警，因爲我絕對不想再和執法人員近距離接觸了。她也對我揮揮手，把一疊信放進信箱裡，豎起紅色小旗[22]。大羅伊的克萊斯勒停在路旁[23]，我坐在這裡開箱開得垃圾紛飛，這種貧民窟景象在林恩谷路想必很罕見。「聖誕快樂！」我對她喊，並且又揮了一次手。這似乎讓她放了心，但並沒有放心到走進屋裡去。

最後一個箱子裡的高潮是一只玻璃罐，裡頭裝滿建國兩百週年的兩毛五紀念幣。這罐子打從我六歲就跟著我了，此外還有幾根零星的鑰匙，但我那顆原版牙齒仍然不見蹤影。我用手指在紙箱蓋底下摸了一陣，想說或許牙齒會卡在縫隙裡，結果沒找到牙齒，卻摸到一枚淡粉色的信封，上頭有我媽用天藍色墨水寫的少女般的字跡。我坐在冰冷的木頭長凳上，展開信封裡的信紙。

親愛的羅伊：

我知道你一定不會喜歡我要說的這段話，所以我用寫的，以免你用聽的會當場回嘴，吵來吵去就會把焦點模糊掉了。用寫的你才聽得進去。我要說的話是這樣：

首先，我想要跟你說，我很以你爲傲，說不定還驕傲得太過頭了。教會裡有很多人受不了我成天談起你，因爲很多人家的小孩都混得不好，男生都在坐牢或者快要坐牢，女生都生了小孩。也不是說**人人**都這樣啦，但是**很多人**都這樣，多到產生了一股對我和我家人的羨慕和嫉妒。所以我每天晚上都祈求上帝保護你。

我很高興你找到了想要結婚的對象。你知道我一直都很想要抱孫子（但我希望我看起來還很年輕，還不像「阿嬤」）。你用不著擔心要照顧我和你爸，我們打從一開始就存了一筆資金，以便年老時可以支應生活開銷，所以不要以爲我要跟你說的話和金錢顧慮有任何關係。

我想要問你的是，你確定這個女人眞的是適合你的女人嗎？她是**適合你眞實本性**的妻子嗎？你沒有把她帶回艾洛見見我和你爸，那要怎麼知道呢？我知道你和她的家人相處過，對他們一家人印象很好，但是我們也需要見見她呀！所以帶她回來一趟吧！我保證我會把一切打點得很漂亮，也保證我會乖乖的，不會失控。

羅伊，對於一個我從沒見過的人，我不可能有意見，但是我精神上覺得很不安。你爸說這是因爲我不想讓你長大，他說當年我和他結婚的時候，很多人也都精神不安。可是如果我不告訴你我又開始做怪夢了，就不是疼你的好媽媽。我知道你不信吉兆凶兆那一套，所以我也不跟你詳述，但是兒子，我很擔心你。

你爸說得可能沒錯，我可能把你抓得太緊了。也許等我見了瑟蕾莎，精神就會重新安定了。根據你的敘述，她應該眞的人很好。我希望她爸媽不會覺得我跟你爸是鄉下土包子。

請讀這封信三次之後，再告訴我你的感想。我隨信附上一張祈禱卡，**每天晚上**根據這張卡片祈禱，對你會有好處。跟上帝說話的時候要跪著說，躺在床上用想的不算，禱告跟在心裡用想的不一樣，這麼重要的事情要用**禱告**，不要用想的。

愛你的媽媽
歐麗芙

我摺起信紙，塞進褲子口袋。寒風刺骨，但我的身體冒汗。我媽警告過我，她想要救我。可是是要救我脫離什麼事呢？起初她一直努力要救我遠離兩種東西——監獄和隨便上床的女生。我安然度過高中生活，沒被起訴也沒搞大誰的肚子，我媽就覺得自己達成了任務。她把帶著三只嶄新皮箱的我送上開往亞特蘭大的客運車，揮著拳頭歡呼：「我們成功了！」我想從那之後一直到我告訴她我要結婚了，這之間她都沒有再擔心過我。

我在長凳上坐下來，把信再讀了一次。我不相信歐麗芙做的夢眞能「預知未來」，更何況毀掉我人生的不是瑟蕾莎，而是路易斯安那州政府，但是藏在我媽字裡行間的慈愛仍然給了我撫慰。然而我的記憶又快速跳接到當年我的反應。我回信回得嗯嗯啊啊，吞吞吐吐，但她的話其實擊中了我的要害。*不要以我們爲恥*，我媽沒這麼說，但她的意思是這樣。我把信讀了一遍一遍又一遍，每一個字都像鞭子一樣抽打在我身上。我終於再也不能承受，重新把信塞回口袋，看著眼前被我灑了滿地的一片狼藉。像一顆下排牙齒那麼小的東西很容易就會在這個亂石堆裡不見蹤影，也很容易就會藏身在草葉之間。也許我終究必須要缺著一顆牙航向未知的未來，千年後的盜墓者會發現我永恆是具不完整的軀體，會從我的下顎讀出我人生的故事。

我發誓我原本的計畫是就此離開，去給大羅伊的汽車加點油，開上高速公路，除了我媽的信以外什麼也不帶。

但我忽然想到我剛剛好像看見車庫裡有支網球拍。這網球拍很貴，而且更重要的是，這是我的網球拍。我小時候常跟大羅伊在鎮上的活動中心打網球，也許我可以把這支球拍送給大羅伊。我沿著淺駝色的車道往上走，心裡想著達芬娜，以及瑟蕾莎在歐麗芙的喪禮過後對達芬娜說的話。「喬治亞，」我對著空氣喊：「不是只有妳才是大爛人。」

我往車庫的牆上看了看，果不其然，球拍掛在一個釘子上晃蕩。我把拍子拿下來，發現它年代久遠，已經彎掉，不能用了。當初我買這支網球拍時，它是全希爾頓黑德島最好的一支球拍，如今淪落到只剩腐朽的金屬和貓腸線。把手已經發黏，但我模擬了一下反手拍，敲在瑟蕾莎車子的保險桿上。敲第一下是不小心，但第二下、第三下、第四下就是故意了。車子的警報器尖聲抗議起來，但我沒有停手，最後瑟蕾莎背著包包、手拿鑰匙走進車庫。

「親愛的，你在做什麼?」她用遙控器關掉警報器。「你還好嗎?」她的聲音裡帶著憐憫，聽得我超不爽。

「我不好。我怎麼可能會好？」

她搖搖頭，再一次流露出那種溫和的悲哀。我從沒打過女人，從沒想過要打女人，但那一刻，我恨不得一掌打掉她美麗小臉蛋上的擔憂。

「羅伊，」她說：「你要我怎麼做？」

她清清楚楚知道我要她怎麼做，這一點都不複雜，我要她當我實實在在的老婆，讓我在自己家裡有個一席之地。我要她跟古早古早的女人一樣，苦守寒窯等著我回來。她一直說話，但我對於她拚命解釋自己如何努力的囉唆和淚溼的兩頰已經失去了耐性。

「妳去試試當個路易斯安那州的貴賓。去試試看！守身個五年是有多難？給一個疲累的男人溫暖的歡迎是有多難？我在監牢裡摘黃豆。我莫爾豪斯畢業的，結果跟我曾曾祖父一樣下田耕作。不要跟我說妳有多努力！」

我又狠狠敲了一下她的車，她吸著鼻子抽泣。網球拍不是富豪汽車的對手，連窗子都打不破，不過警報器再度響起來，瑟蕾莎隨即關掉。

「羅伊，住手！」她嘆息的口氣像個筋疲力竭的母親：「網球拍放下來！」

「我不是妳的小孩。」我說：「我是成年男人。妳爲什麼不能像跟男人說話一樣地跟我說話？」我無法停止揣想她眼中的我自己——身穿沃爾瑪超市買的衣服外加高中毛衣，像揮動武器一樣地揮舞著一支破爛網球拍，時髦又性感。我把網球拍扔在地上。

「可不可以拜託冷靜一點？」

我的眼光掃過那一排整整齊齊標示著標籤的工具，想尋找有沒有什麼沉重的扳手或榔頭可以用來打爛她車上所有的窗子。但是就在和我相隔一條手臂距離的地方，有一把雙面斧頭，我很欣賞這把斧頭的外型。不是蓋的，我的手一握上這把斧頭粗大的木頭手把，整個屋子就傾斜成了不同的角度。瑟蕾莎倒抽一口冷氣，臉上露出毫無遮掩的恐懼。這表情也惹得我不爽，但比憐憫好多了。我把斧頭舉到富豪汽車和車庫牆壁之間這個狹小空間中所舉得起的最高程度，狠狠一擊。窗子破了，安全玻璃四散紛飛。瑟蕾莎儘管害怕，仍還有理智去關掉警報器，以免發出太多噪音。

我仍然握著斧頭，朝她走去，她向後退縮。

我笑了：「妳現在覺得我很可怕了？妳到底認不認識我？」我走出車庫，斧頭扛在肩上，感覺自己像保羅．班揚[24]，渾身是雄赳赳的男子氣概。我走進陽光燦漫的冰冷戶外，打算要帶著這把斧頭、我媽的信以及我老婆驚恐的眼神回艾洛去。

創世紀裡不是說叫人不要回頭之類的嗎[25]？我愚蠢地回頭一瞥，瞥見瑟蕾莎鬆了一口氣的神情，顯然很慶幸我沒帶走什麼無可取代的東西，沒有摧毀什麼無可修復的物件。

「妳在乎我的死活嗎，喬治亞？」我問她：「告訴我妳不在乎，我就永遠從妳的生活消失。」

她站在車道上，雙手環抱身軀，像是很冷。「安德烈就要回來了。」

「我沒問妳安德烈的事。」

「他馬上就到了。」

我的頭痛起來，但是我不罷休：「只要回答在乎或不在乎就好了。」

「我們能不能等安德烈回來再談一談？我們可以……」

「不要再提安德烈了。妳到底是愛我還是不愛我？」

「安德烈……」

她提這個名字太多次了。接下來的事情，她必須要負點責任。我問她一個很簡單的問題，她卻拒絕給我一個簡單的答案。

我掉頭走開，猛然左轉，踩著重重的步伐跨過庭院，乾燥的草在我的鞋底喀喀碎裂。踏了六個長長的步伐，我就來到那棵大樹的腳下。我摸了摸粗糙的樹皮，深思了一霎，暫且相信老山核桃是無辜的。但事實上，山核桃樹不過是一塊沒用的木頭，個子很高，但也不過就如此。撬開核桃殼要費很大工夫，除了需要一把榔頭以外，恐怕還得要國會提案通過才行。但即使撬開了，也要用螺絲起子才能把果肉挖出來，挖出來的果肉比冰冷的石灰岩好吃不到哪裡去。除了瑟蕾莎以外，沒有人會爲一棵山核桃樹哀悼。可能還有安德烈啦！

我小時候，只拿得動短柄斧頭的時候，大羅伊教我怎麼砍樹。膝蓋彎起來，手用力壓低，然後直直往前一揮。瑟蕾莎哭得像我們沒生出來的那個寶寶，我每揮一下，她就汪汪喵喵地哀嚎一聲。雖說我的肩膀發燙，手臂緊繃而且顫抖，但是我完全沒有放慢動作。我每劈一斧頭，受傷的樹幹就噴發出新鮮的木屑，潑灑在我臉上，熱燙燙咬著我的臉。

「說話啊，喬治亞！我問妳到底愛不愛我。」我一面狠劈著灰色的厚重樹皮，一面嚷，每一下的揮擊都讓我感受到歡快與力量。

安德烈

我知道我一回家就會面臨心理上的風暴，但我把卡車停進林恩谷路的盡頭時，撞見的是肢體上的狀況而不是情緒上的狀況，庭院裡灑滿了厚紙板和各式垃圾，瑟蕾莎站在車道上，一身上班的裝束，臉埋在拳頭裡啜泣，羅伊．漢彌爾頓正用我的雙面斧頭劈砍著老山核桃。我真但願我看見的只是幻覺，畢竟我開了很長時間的車，累得快昏頭了。但金屬劈砍在青綠木頭上的尖銳敲擊聲告訴我，這景象是眞的。

瑟蕾莎和羅伊同時喊我的名字，形成了古怪的和弦。我一時不知該先回應誰好，於是問了個他們兩人都能回答的問題：「到底怎麼回事？」

瑟蕾莎指著老山核桃，羅伊則力道強勁地又揮了一下，斧頭嵌進了樹幹中，像劍插入石中。

我站在車道上，站在他倆的中間，他倆像兩顆各自獨立的行星，有著各自的軌道和各自的地心引力。太陽在頭頂發著光，帶來亮度卻沒有帶來熱度。

「看看是誰來啦？」羅伊說：「世界上第三爛的人。」他抓起襯衫的下襬，抹了抹不斷冒汗的額頭。「本時段的風雲人物。」他笑得很燦爛，牙齒參差不齊，精神很狂亂。斧頭從樹幹突出來，卡在那裡不能動彈。

我不知道如果我在街上碰到羅伊，能不能認得出他來。羅伊還是原來的羅伊，但監獄把他變成了大隻佬，他的額頭刻上了深深的溝痕，肩膀稍稍朝他過度發達的胸肌下陷。我和他雖然年紀相仿，但他看起來似乎比我老得多，但並不是大羅伊那樣的德高望重，而比較像是逐漸磨損的強力機械。

「怎麼了，羅伊？」

「這個嘛……」他仰頭看看太陽，連用手遮擋一下眼睛都懶得遮。「我因爲一樁我沒犯的案件被關，回家後又發現我老婆搞上我兄弟。」

瑟蕾莎走向我，就好像這不過是一個尋常的日子，而我剛剛下班回家。我習慣性地伸手攬住她的腰，親吻她的臉頰。碰觸到她讓我感到安心。無論我不在的時候發生了什麼事，起碼此時此刻，擁她在懷的人是我。

「妳還好嗎，瑟蕾莎？」

「她很好。」羅伊說：「你知道我不會傷害她的。我還是以前的羅伊。她或許不當我老婆了，但我仍然是她老公。你們看不出來嗎？」他舉起雙手，好像要向我們證明他身上沒有武器。「烈仔，到這邊來，我們談一談，坐下來用男人對男人的方式好好談一談。」

「羅伊，」我說：「誰都看得出來我們之間有點衝突。怎樣可以化解呢？」我鬆開瑟蕾莎的腰，兩手忽然變得一無是處。「沒事的。」我對瑟蕾莎說，但實際上我是在安慰我自己。我和羅伊一樣做出「別開槍射我」的手勢，往老山核桃走去。劈開的木頭散發出一種奇異的甜香，幾乎像甘蔗。飛濺的木屑散落在草地上，像畸形的五彩碎紙。

「我們來聊聊。」羅伊說：「我很抱歉我這樣砍你的樹，我剛剛氣昏了。你也知道，男人是有情緒的。我有很多很多情緒。」他把長凳上的木屑掃開。

「這張長椅是小時候我爸做的。」我說。

「烈仔，」他說：「你就沒有更高明的招數了嗎？」他忽然跳起來，以男人對男人的方式熊抱我，他一碰我我就畏縮起來，這讓我感覺有點窘。

「好吧！」他放開我，撲通在長椅坐下。「最近在忙什麼？」

「東忙忙西忙忙。」我說。

「那我們要談一談嗎？」

「可以談一談。」我說。

羅伊拍拍他身旁的座位，自己則把背靠上樹幹，腿在前方伸得老長。「我爸有沒有跟你說我們怎樣擺了你一道？」

「有提到。」我說。

「所以到底情況是怎樣？我要弄清楚，然後我保證就不會再打擾你了。到底爲什麼你會覺得『去他的羅伊，我很遺憾他要蹲苦牢，那他的女人我就自行取用好了。』？」

「你曲解了這個狀況，」我說：「你也知道不是那樣的。」瑟蕾莎一個人站在車道，聽不見我們說話，這樣感覺好像不太道德，因此我招手要她過來。

「不要叫她過來。」羅伊說：「這是我們兩個之間的事。」

「這是我們三個之間的事。」我說。

對街的鄰居正在整理聖誕紅，把幾盆聖誕紅排成一排。羅伊對她揮揮手，她也揮揮手。「也許我們可以把全社區的鄰居都請過來，就變成我們大家之間的事。」

瑟蕾莎在長椅坐下，就坐在我和羅伊之間，像雨水一樣清新。我用手摟住她的肩。

「不要碰她。」羅伊說：「你用不著像狗一樣，往她身上尿尿來宣示領地。保持一點禮貌。」

「我不是領地。」瑟蕾莎說。

羅伊站起來，開始激動地踱步：「我可以發誓，我已經盡量寬厚了。我被人冤枉了，我明明在做自己的事，忽然之間沒頭沒腦就被抓起來。這種事也有可能會發生在你身上的，阿烈。你啥也沒幹，忽然就有不相干的路人甲講了什麼對你不利的話，說講就講了，你也沒轍。你以爲警察會在乎你名下有房子或賓士車嗎？發生在我身上的事也可能會發生在其他任何人身上。」

「你以爲我不知道嗎？」我說：「我當黑人也當一輩子了。」

瑟蕾莎說：「羅伊，我們沒有一天不談起你，不想到你。你以爲我們不關心你，可是我們是關心的。我們以爲你都不會回來了。」

瑟蕾莎說話時，我閉上嘴不說話。她說的是我們事先講好的說詞，但如今聽起來卻不怎麼眞誠。我們這麼說的意思，是說我和她的相愛是天時地利的巧合嗎？是因爲羅伊遠在天邊鞭長莫及，所以我們相愛嗎？這話完全不對。我們相愛是因爲我們一直愛著彼此，除此之外的任何說法我都不會接受。

「瑟蕾莎，」羅伊說：「妳別再說了。」

「羅伊，你聽我說，」我說：「你必須要接受我和她已經在一起了，就這樣了。細節不重要，就這樣了。」

「就這樣了？」他說。

「就這樣了。」我複誦。

「聽我說，」瑟蕾莎懇求：「你們兩個都聽我說。」

「妳進屋去。」羅伊說：「讓我跟阿烈兩個談一談。」

我把手放在瑟蕾莎的腰上，把她往門的方向推，但她堅決不走。「我不要。」她說：「這也關係到我的生活。」

我和羅伊都轉向她，我心中對她的敬佩也閃現在羅伊粗糙的臉龐上。「妳想聽就聽吧！」羅伊說：「我叫妳進屋去是爲了妳好。妳大可以不用聽到我和安德烈談什麼。我可是在表現紳士風範。」

「她有權選擇聽或不聽。」我說：「我們之間沒有祕密的。」

「喔，你錯了，你們之間有祕密。」羅伊冷笑：「你問她昨晚發生了什麼事。」

我用眼神問她，但她面無表情，她的臉對太陽關上了百葉窗。

「我鄭重警告妳，妳不會喜歡待在這裡的。」羅伊對瑟蕾莎說：「男人談起話來可不是客客氣氣的。老實說監獄的問題就在這裡，同一個地方裝了太多男人了。明明知道外面有一堆女人在插花呀布置呀，把東西弄得漂漂亮亮，把世界弄得很文明很有教養，可是我們就是困在那裡，像禽獸困在塞滿禽獸的籠子裡。所以瑟蕾莎，我再給妳一次機會，把妳漂漂亮亮的小身體移到屋子裡去，去縫個娃娃呀什麼的都好。」

「我不要。」瑟蕾莎說：「總要有個有理性的人待在這裡才行。」

「進去吧，寶貝。」我說：「妳昨天已經有一整天的機會跟他談了。」我盡力把「談」這個字說得不帶情緒，不要聽起來像是我懷疑他倆昨晚除了說話還有做什麼別的。

「十分鐘就夠了。」羅伊說：「我們不會搞太久。」

瑟蕾莎站起來走開，我看著她的背影，背脊光滑平坦而肌肉強健。羅伊望向對街，對街的鄰居現在大剌剌看著我們，就連蒔花弄草的動作也省了。

瑟蕾莎的身影終於看不見了之後，羅伊說：「就我說的，這世上女人多的是，亞特蘭大尤其多。你是黑人，有工作，異性戀，沒坐牢，喜歡黑人女生，有這麼多好條件，愛幹嘛就幹嘛，可是你偏偏要搶我的老婆，這對我很不尊重，對我的境遇很不尊重，對我們整個國家的黑人的境遇很不尊重。瑟蕾莎是**我的女人**，你又不是不知道！見鬼，我和她就是你介紹認識的啊！」他這會兒站在我面前，聲音沒有提高，而是壓低了。「怎樣？你們只是圖個方便是吧？搞上一個隔壁的馬子，就連開車都可以省了，是嗎？」

我站了起來，因爲有些話男人沒有辦法坐著聽。而我站起來時，他等著我，胸膛抵上我的胸膛。「羅伊，你少惹我！」

「告訴我，」他說：「告訴我你爲什麼要這麼做。」

「爲什麼要怎麼做？」

「爲什麼要搶我老婆？你不該惹她的。她很寂寞就算了，你又不寂寞。就算她投懷送抱，你也可以掉頭走掉。」

「這有這麼難理解嗎？你是有什麼問題？」

「你說的是什麼屁話？」羅伊說：「你還沒跟她談什麼狗屁戀愛之前，就已經知道她是我老婆了。你眼看機會來了，就一把抓住，反正只要幹得爽，其他就管它去死了。」

我推了他一下，因爲眼前沒有別的選擇了。「不要這樣講她。」

「不然你要怎樣？你覺得我講話太粗？我們在牢裡可不講究什麼委婉不委婉的，想什麼就說什麼。」

「所以你的意思是什麼？你期望我說什麼？如果我跟你說她是個混蛋，你會跟我打起來。如果我跟你說我想要娶她，你也不會高興到哪裡去。你何不乾脆就揍我一拳，省掉這些無謂的囉哩囉唆？重點是她**不**屬於你，她**從來沒**屬於過你。沒錯，她是你老婆，但她不是你的**財產**。你要聽不懂，就揍個我一頓，把這事了結了吧！」

羅伊頓了好一會兒。「你要說的就這樣嗎？就是她不屬於我？」他從缺牙的縫隙吐出一口氣：「她也同樣不屬於你，老兄。」

「說得有理。」我轉頭走開，疑問像帶刺的藤蔓從我的腿纏繞而上。是疑心造成的，疑心害我沒有防備，害我沒有當心背後。羅伊的笑聲讓我不安，讓我忘了我對瑟蕾莎就像對我自己的眼睛一樣信任。

我一步都還沒有跨出去，他就從背後一拳揍上來。「別想就這樣走掉！」

這是我爸說我必定會遭受的暴力攻擊。撐一下，他說，撐一下，然後繼續過你的生活。我把臉迎上去，拳頭還沒握好，羅伊已經不偏不倚一拳揍在我的鼻子上。我先感受到撞擊，感覺到一股熱流流過嘴唇，之後才是疼痛。我挨了重重的幾拳，一個低鉤拳擊上我的腰，我一個俯身，頭抵上他的胸膛，他隨即把我摔倒在地。過去五年來，羅伊在監獄中度過，我則忙著撰寫程式語言。一直到此時此刻之前，我都為自己清清白白、不涉暴力的紀錄感到自豪，但是倒在老山核桃樹下的草地上，抵擋著羅伊花崗岩一樣沉重的拳頭時，我眞但願自己是另外一種人。

「每個人都這麼淡定，好像只是碰上小小的路障而已。」他喘著氣：「這是我的人生，媽的，這是我的人生，她是我老婆。」

你有沒有曾經與憤怒正面相對過？碰上一個怒氣攻心的人，誰也沒有逃脫的希望。羅伊面目猙獰，像著了魔，頸子上筋肉暴突如電纜，嘴唇咧出無情的裂口。連綿不絕墜落如雨的拳腳來自於一股非傷害我不可的需求，這需求比他對氧氣甚或對自由的需求更強烈，比我的求生慾望更強烈。我的防衛不過是做做樣子，聊備一格，他的拳腳與需求卻是由殘虐的程式語言所操控。

這種揍人的方式，他是在監獄學會的嗎？我不記得當年在校園爭吵時，他有這樣手上出拳腳步移動的拳擊招式。他這種打法是什麼都豁出去的打法，我若一直倒在草地上，他會一腳踩扁我的頭。我爬起來，但腿不聽使喚軟了下去，我像一棟正遭到拆除的房子，先是跪倒，接著整個人匍匐在草地上，鼻子裡充斥著乾燥的草與溼潤的血的氣味。

「說對不起。」羅伊提起了腳，作勢要踢。

這是個機會，舉白旗投降的機會。把這幾個字連同嘴裡的血一同吐出來，不會太難，我當然辦得到，但是不行。「對不起什麼？」

「你心知肚明。」

他在陽光下瞇起了眼，我望著他細窄的眼，看見的不是我認識的他。如果我深信除了置我於死地外他還有別的意圖，如果我深信道歉可以讓我免除一死，我會道歉嗎？我不知道，但如果我必須死在自家庭院，我要嘴上帶著尊嚴而死。「我不道歉。」

但我心中是有遺憾的。不是遺憾我和瑟蕾莎在一起，我從不後悔與她相愛，但我對很多事感到遺憾，我很遺憾伊薇被紅斑性狼瘡折磨了這麼多年，我很遺憾大象因爲象牙而被殺，我很遺憾卡羅斯用一個家庭換了另一個家庭，我很遺憾全世界的人都會死，卻沒人知道死後會如何，我很遺憾瑟蕾莎此刻可能正從屋內望向窗外。我最同情的人是羅伊，前一次我看見他時，是他媽媽守靈夜的那天早上，他說：「我從來都沒有機會的，對不對？我只是誤以爲自己有機會而已。」

挨打很痛，但我已經知道要如何不去把它當回事了。我不去注意身上的痛，而去想我和瑟蕾莎，想著我們以爲我們能挺過這個風暴，或許也只是誤以爲而已。我們以爲這事可以用談的，可以用理性來解決。但是羅伊的遭遇需要有人付出代價，就像那個婦人的遭遇由羅伊付出了代價，總是有人要付出代價的。子彈不長眼，大家是這麼說的。我想報復也不長眼，就連愛情可能也不長眼，愛情像龍捲風一樣摧枯拉朽，捲到誰就是誰了。

瑟蕾莎

有時候我對自己感到不解。羅伊和安德烈互相繞著圈圈，就像運動場更衣室，充滿暴戾與競爭。他們叫我走開，我走了。爲什麼？我怕親眼目睹嗎？平時我不是個順服的女人，但那個聖誕前夕，我乖乖聽從指揮了。

他倆想必是我一關上門就揪成一團。等我走到窗前，像愚蠢的南方淑女一樣透過窗簾往外窺視時，羅伊和安德烈已經手腳交纏、難分難解地在乾燥草地上翻滾扭打。我想必看了只有幾秒之久，但無論是多久，都太久了。羅伊占了上風，把安德烈壓制在地，跨坐在他身上，用連綿如雨的拳頭和盛怒來懲罰他。我拉開窗子，窗紗從細細的窗簾桿飄起，面紗一樣遮住我的眼。我在風中叫嚷他倆的名字，但他倆不知是聽不見呢，還是故意不理會。痛苦和羞恥的喘息聲與吃力和得意的唉哼聲交雜重疊，這種種聲響飄上我窗前，我禁不住衝出屋外，想要拯救他們兩人。

我跌跌撞撞、渾身哆嗦地來到草坪。「十一月十七日！」我大聲嚷，但願他仍記得這個暗語。

他的確頓了一下，但停頓的時間僅夠他嫌惡地甩甩頭：「太遲了，喬治亞，我們之間已經沒有神奇密語了。」

我別無選擇了。我從口袋裡掏出電話，像槍一樣指著他，使盡渾身力氣尖聲嚷叫：「我要報警了！」

羅伊僵住了，這個威脅驚得他猝然停了手：「妳真要報警？真的？」

「你逼我的。」我極力止住顫抖：「放開他！」

「隨便妳！」羅伊說：「要報警就報警吧！去妳媽的，去他的安德烈，去他的警察！」安德烈奮力要掙脫，但羅伊像是要加強語氣似地，握起拳頭又是一記。安德烈閉上眼，沒有哼出聲。

「拜託，羅伊！」我說：「拜託，拜託不要逼我報警！」

「要報就報啊！」羅伊說：「妳看我像會怕嗎？報警啊！把我關回去啊，反正外面也沒有什麼可留戀了，就把我關回去吧！」

「不行！」安德烈費力吐出話來。他的瞳孔張得很大，黑洞洞的，淡色的眼珠子被擠得剩下了一小圈。「瑟蕾莎，妳不能讓他關回去，經過了這麼多事，不可以。」

「就報啊！」羅伊說。

「瑟蕾莎！」安德烈的聲音堅決卻遙遠，像越洋電話：「電話放下來，快放下！」

我跪下來，像繳械一樣，小心翼翼把電話放在草坪上。羅伊放開了安德烈，安德烈爬起來，只爬了一半，跪在草地上，像降半旗。我衝上前去，但他推開我。「瑟蕾莎，我沒事。」但他不是沒事，他的衣服沾滿了木屑，像爬滿小蟲。

「我看看你的眼睛。」

「妳到一邊去，瑟蕾莎。」他輕柔地說。他的牙齒上有粉紅血絲。

羅伊在幾碼之外的地方，隨著步伐節奏收縮手部肌肉。「我沒踢他。他倒在地上的時候，我沒踢他。我可以踢他的，但我沒踢。」

「但你看看你做了什麼！」我說。

「那妳又做了什麼？」羅伊在一段短短的距離中來回踱步，像是要踏遍一個窄小牢房的地板。「事情不應該是這樣的。」他說：「我只是想回家而已，我只是想要跟我老婆談一談，搞清楚現在的狀況是怎樣。阿烈根本不應該攪和進來。」

我沒有報警，但警察還是來了，藍色的警示燈閃呀閃，但沒有鳴警笛。兩個警察分別是一個黑人女性和一個白人男性，一副很不甘願在聖誕夜被迫值勤的模樣。我不知道他們看見我們這群人時作何感想，兩個男人遍體鱗傷，我卻一身完好，打扮得像在歡慶聖誕。我覺得自己像是一對新生雙胞胎的母親，分身乏術地一下顧這個，一下又顧另一個，極力要保證兩個孩子都疼到了，都沒冷落。

「女士，」那位女警說：「一切都還好嗎？」

打從在松林旅社被警察拉下床之後，我就沒有這樣靠近過警察。我摸了摸下巴底下的傷疤，身體的記憶陡然刺痛起來。雖然十二月寒風刺骨，我卻隱然覺得那個八月夜晚的熱氣幽幽襲上我身。當時他們用槍的準心瞄準我和羅伊，命令我們不准動也不准說話，但羅伊伸手抓我，我們十指交纏了絕望的一瞬，被一個警察用黑靴子踢開。

「他受了很多苦。」我對那位女警說：「請不要傷害他。」

「這兩個人是誰？」白人警察問我。他的口音濃稠黏膩，十足的馬里耶塔人[26]，看到大雞[27]時左轉就對了。我試圖和女警攀談，但她目不轉睛只注意兩個男的。

我用講電話的口氣說：「一位是我先生，一位是我鄰居，我們發生了一點意外，現在沒事了。」

女警看著安德烈：「你是她先生？」

安德烈沒答腔，羅伊說：「我才是她先生，是我才對。」

女警向安德烈點點頭求證：「所以你是她鄰居？」

安德烈沒有回答是或不是，他背出自家的地址，指指他家的大門。

警察滿意了，說了聲聖誕快樂，聲音像不祥之兆般迴響。離去時警車沒有再閃藍燈，只有廢氣噴得半天高，染得附近臭烘烘。警察走後，羅伊在半月形的長椅上重重坐下。他往身旁的空位比了比，但我無法走上前去，安德烈就在幾呎之外，眼圈烏黑，撕裂的嘴唇露出紅紅的肉。

「喬治亞。」羅伊說，說完就乾嘔起來，把頭埋在兩膝之間。我走上前去，撫摸他抽動的背脊。「我很痛，」他說：「我全身都在痛。」

「需要上醫院嗎？」

「我想要睡在自己的床上。」他站起來，像是要去什麼地方，結果卻只是轉過身，朝向老山核桃。「我受不了了。」然後很快，想必是非常快，但我不知如何卻清楚看見了每一個動作。羅伊把嘴唇縮進牙齒間，擁抱兄弟似地擁抱那棵樹，然後把頭往後仰，臉朝天際，額頭往古老的樹皮撞去。撞擊的聲音沉悶，像雞蛋打碎在廚房地板那樣溼溼的碎裂聲。他又撞了一次，比前次更用力了些。我清醒過來，挪動腳步，想也沒想就擋在我丈夫和樹之間。羅伊又一次仰起頭，翹起，預備，但是這一次他的腦袋若再往前撞，就會先撞到我。

他抖了抖筋肉糾結的肩膀，然後把老山核桃檢查了一番，又看看散落滿地的木頭碎屑，看看安德烈，看看我，最後看看他自己。「這是怎麼發生的？」羅伊摸摸自己的額頭，小小的傷口在眉毛上方滲出血來。

他在草地上坐下來，動作流暢，但帶著一股使命感。「妳要我怎麼做？」他問。他轉向安德烈，仍舊以那樣好奇的語氣問：「我說眞的，你覺得我應該怎麼做？」

安德烈小心翼翼在圓形長椅上坐下來，繃緊身子抵擋傷口的痛。「我們會幫忙你重新開始。你要的話，可以住我家。」

「我住你家，然後你跟我老婆住我家？這是哪門子邏輯？」他轉頭看我：「瑟蕾莎，妳知道這種做法行不通。妳又不是不認識我，我怎麼可能接受這種安排？妳是怎麼想的？」

我是怎麼想的？老實說，在羅伊出現在我家客廳之前，我已經忘了他眞的存在。過去兩年來，他對我而言只是一個概念，是個有名無實的丈夫。他不在的時間比我和他在一起的時間更長。我已經說服自己相信婚姻的責任是有限的。我送安德烈上路前往路易斯安那時，暗暗期盼著羅伊會選擇不回到亞特蘭大來，期盼他會要求我們把他的東西寄給他，從此我對他而言就只是一段回憶，就如同他對我而言也只是一段回憶一樣。

「羅伊，」我一面思索，一面說出這番思索：「坦白告訴我，如果是你，你會等我五年嗎？」他再一次抖抖肩。「瑟蕾莎，」他的口氣像是在對小小孩說話：「這種倒楣事根本就不會發生在妳身上。」

安德烈動了動，像是打算要過來，和我們一起坐在乾燥草地上，但我對他搖搖頭。他的嘴中透出氣來，變成一團團疲憊的白霧。

「一切都由妳決定感覺如何？」羅伊說：「過去五年來，事情樣樣都由妳決定。我們交往的時候，做決定的人是我。妳的手上需要戒指，妳記得嗎？我曾經是個讓妳自豪的未婚夫，拿出的戒指閃得跟探照燈一樣，妳記得嗎？如果說我沒有爲此洋洋得意，那是騙人的。可是現在我沒有東西可以給妳了，只有我自己，但是起碼已經比去年好了，去年我連我自己都不能給妳。所以我在這裡，妳要可以拿去。」他往左側看：「該你了，安德烈，你有什麼話要說？」

安德烈對羅伊說話，但眼光看著我：「我用不著對瑟蕾莎訴說我的感情，她已經知道了。」

「但是你要告訴我，」羅伊說：「告訴我你是怎麼睡上我的枕頭的。」

「羅伊，老兄，」阿烈說：「我很遺憾你碰上了那些事，眞的很遺憾，你知道的。所以你不要誤以爲我不尊重你，我只是不想跟你談這件事。」他舔了舔嘴唇上的傷口，「我們剛才本來可以好好談的，可是你想要打架，現在我沒有話想跟你說了。」

「那妳呢，喬治亞？妳有沒有什麼話要說？妳爲什麼會選擇阿烈而拋棄我？」

實情是，躺在棺材裡的歐麗芙讓我頓悟了，大羅伊讓我見識到了眞正的心靈交流是什麼個模樣，有著什麼樣的聲音，散發著什麼樣的氣味——是新鮮土壤和悲傷的氣味。我永遠也無法告訴羅伊，以他父母的標準來看，我和他的感情不是天長地久的眞愛，我們的婚姻是沒來得及黏合的嫁接。

他像是聽見了我腦中的無聲呢喃，他說：「阿烈是剛好出現在對的時間和對的地點嗎？我要知道，你們是激情犯案，還是隨機犯案？」

我如何能告訴他，慾望的運作與我年輕時所以爲的並不同，年輕時，火辣刺激的吸引力會衝得我暈頭轉向，而我和安德烈是一種朝朝夕夕的日常，我們相伴相親，猶如早已經相伴相親了一生一世，因爲我們確實相伴相親了一生一世。

我沒有答腔，羅伊鍥而不捨：「我們是怎麼會搞成這樣的？我的鑰匙打得開門，妳卻不讓我進門。」

他爬起身，一屁股坐在長凳上，眼神空洞悽慘。我轉頭看安德烈，他沒有迎向我的眼神，卻專注看著羅伊，羅伊頹喪落寞地發著抖。

「他這樣不是妳害的。」安德烈說：「不要讓他把錯歸咎在妳頭上。」

他說得沒錯。羅伊的周遭全是碎屑，不僅是受傷的心碎了一地，他的人生也碎了一地。但是倘使他還有癒合的希望，誰能否認唯一能修補他的人是我？女人的工作從來就不容易，從來就不清爽潔淨。

「要找我的話，妳知道哪裡可以找到我。」安德烈轉頭往他的自家走去。

安德烈走開了，我和羅伊也往我們家走去，我牽著羅伊，就像幫助一個挨了子彈或失去視力的人一樣牽引著他。走上前門的臺階時，我聽見安德烈冷靜的話語：「他的頭撞得很厲害，說不定有腦震盪，別讓他馬上去睡覺。」

「謝謝！」我說。

「謝什麼？」安德烈說。

羅伊在浴室讓我替他清洗傷口，但他拒絕去急診室。「我知道妳會照顧我。」但除了塗抹消毒藥膏外，也沒有什麼別的可做。夜色低沉時，我們的眼皮都像有千斤重，但我們互相問著問題，好保持清醒。

「你剛才翻那些箱子，是在找什麼？」我問他。

羅伊笑了笑，把小指的指尖戳進嘴裡缺牙的空隙：「我的牙齒。那又不是垃圾，妳爲什麼把它丟了？」

「我沒丟。」我說：「我收起來了。」

「因爲妳愛我。」他口齒不清地說。

「不要睡著。」我搖晃他：「腦震盪的人會在睡夢中死掉的。」

「那豈不是衰爆了？」他說：「我出獄回家，發現老婆跟人跑了，我把老婆搶回來，卻跟一棵樹打起架來，然後睡一覺就掛了。」雖然天色黯淡，但他想必察覺了我神情有異。「我有沒有說太快？我沒有把妳搶回來嗎？」

只要他的眼皮一耷拉下來，我就把他搖回人世。「拜託別睡著，」我輕聲說。我解開一道生鏽的門閂，把自己向他敞開。「我不能這樣失去你。」

安德烈

我就是這樣變寂寞的。

瑟蕾莎用她的鑰匙打開我家大門，走進客廳時，已經換了衣服，而我仍然穿著那個慘烈下午打架時穿的牛仔褲。因爲打了那場架，褲子上污漬處處。她還沒有走近，我已經看出她雙眼紅腫。就像在海灘可以感覺到海水中的鹽分一般，我感覺得到她身上的鹽分。當時還不到凌晨一點，是夜晚，但同時也是第二天了。

「嗨！」她說。她抬起我的腿，坐到沙發上，又重新把我的小腿擱上她大腿，然後說：「聖誕快樂！」

「大概快樂吧！」我說。我爸給我的威士忌只剩最後一點了，盛在方形的杯子裡。我把杯子遞給她。她嚥下酒時，我在泡沫中聞到卡羅斯的氣味。

我往沙發的靠背縮了縮，騰出空位給她。「躺下來。」我說：「感覺不到妳在旁邊，我就不想談。」

她搖搖頭，站起來：「我需要走一走。」她像受困的遊魂一般漫無目標地在屋子裡晃蕩。

我吃力地坐起來。我在肋骨上貼了膠布，但是每呼吸一口氣都發疼。「我猜羅伊還活著對吧？」

「阿烈。」她說。她找到了客廳裡離我最遠的地方，坐在白色地毯上，盤起腿，沒穿鞋的腳看起來赤裸裸，很冷的樣子。「他一團糟。」

「那跟我們沒關係。」

「有很多事情你不知道。很多我們這種人根本想也想不到的事。」

「所以妳才躲在角落嗎？瑟蕾莎，妳是在做什麼？」我向她招手：「過來呀，小丫頭，過來跟我聊聊。」

她回到沙發上，我們一同躺下來，她的身子貼著我的身子，額頭抵著我的額頭。

「我嫁給他不是沒有原因的。」她說：「愛一個人就不可能回頭。也許愛的樣貌變了，但愛還是愛。」

「妳眞的相信這種話？」

「阿烈，我們擁有好多，」她說：「而他什麼都沒有，連媽媽都沒了。他講話的時候，我的臉一直都好燙，就像在歐麗芙的喪禮上一樣。她的手印刺痛我的臉頰，提醒我不要忘記。我的臉頰到現在都還是燙的。」她伸手抓我的手：「你摸摸看。」

我把她推開，她的觸摸忽然讓我惱怒起來，她口氣裡的酒味，甚至頸子上的薰衣草味，都讓我惱怒起來。我不要她在我懷裡講靈異的巴掌、死掉的老媽，或是要怎麼做才有道義。

「要走就走吧！」我說：「妳想甩掉我就甩吧，不要牽拖什麼靈異故事！這是妳自己的決定，瑟蕾莎，是妳的決定。」

「你知道我的意思，阿烈。我們很幸運，生下來就很幸運，羅伊現在要從零開始，比零還要少。你也看到他今天在樹下想要自殺，他想要敲爛自己的腦殼。」

「我看他想殺死的人是我。」

「阿烈，」她說：「我們兩個只是傷心而已，沒有別的，就只是傷心而已。」

「那是說妳自己。」我說。

「寶貝！」她說：「你看不出來嗎？我傷害你的時候，也同時傷害著我自己。」

「那就不要傷害啊！妳大可以不用這樣的。」

她搖著頭說：「你沒看到他，你如果看到了，一定也會同意我說的每一句話。」

「我需要妳，瑟蕾莎，」我輕聲說：「一輩子都需要妳。」

她挪動身子，於是我們的身子又相碰了。她閉上眼睛，我感覺得到她的睫毛掃過我，撓得我發癢。

「我非這麼做不可。」她說。

瑟蕾莎並不欠我什麼。幾個月前，這是我們之間關係最美好的地方，互不相欠，互不侵犯。

她說愛會改變樣貌，但至少對我來說，這是胡說。我抱著她，身體又痛又痙攣，但我一直抱著她，直到我的肌肉再也撐不住，因爲我知道，只要我放手，她就不見了。

羅伊

我在十一點一刻醒來，清新的空氣如樹木般芳香。瑟蕾莎除了髮型不同外，又重新是我的喬治亞女孩了。我站起身，她擁抱我，手指張開捧著我的肩，她的皮膚溫暖，像熱可可。

「聖誕快樂，寶貝！」我像奧提斯．瑞丁[28]一樣地說。

「聖誕快樂！」她笑嘻嘻地鸚鵡學舌。

「發生了這麼多事，我差點忘記現在是在過節了。」我說。我後悔沒用歐麗芙留給我的錢給瑟蕾莎買份美好的禮物，裝在小小包裝裡的大大禮物。現在才想到太遲了。

「別傻了。」她說：「你平平安安的，沒有四分五裂，這就夠了。」

她知道我其實是四分五裂了。想起平安夜的事我就覺得有點窘，我不是說發瘋撒野的那一段，而是她拚命防止我睡著以保住我的性命，而我死命掏心掏肺的那一段。講到梨子那件事時，她唱一首聖歌來安慰我，就是她在歐麗芙喪禮上唱的那一首。我已經忘了她的聲音具有力量，能藉由粗糙的摩擦來把你磨成光滑晶亮。我不禁想起達芬娜，想起她修復男人的能力。瑟蕾莎若知道我是靠著傷透一個溫柔女人的心，才給自己配備了回家的勇氣，會怎麼想呢？傷害人是要付出代價的，但我想這個道理瑟蕾莎已經懂了。

「妳知道我希望聖誕節得到什麼禮物嗎？」我說：「我的兩顆門牙。老實說，只要下排的那一顆就好了。」

她魚一樣扭著身子走開，身穿一件讓她看起來像處女的襯裙，走向梳妝臺。我頭一次看她穿白衣是我們的大喜之日，最後一次則是門被踢開的那一夜。

梳妝臺的桌面上放著一個珠寶盒，造型就是這個梳妝臺的縮小版。她打開那個珠寶盒，拿出一個小小盒子，遞給我，我接過來，搖了搖，我那一塊佚失的碎骨在裡頭發出重重的喀喀聲獎賞我。

「妳還記得那天晚上嗎？妳害我想要當超人。」

「你挺而面對挑戰。」她說：「不只是這樣，你根本就是飛躍起來。」

「我希望我這樣說妳不會誤解，我知道妳是很獨立的女人，妳有自己的錢，還有妳爸給妳的錢，可是我很喜歡拯救妳。我在街上追那個小孩，像個英雄，就算他踢掉我的牙齒，我還是個英雄。」

「你有可能會被他殺掉的。」她說：「一直到你追到他，我才想到，你可能會被殺掉的。」

「有可能，可是沒有啊！沒發生的事情不需要憂慮。」我捧起她的手：「我連已經發生的事情都不憂慮。今天是新的一天，是全新的開始。」

我們穿著睡衣做早午餐。我自告奮勇做鮭魚可樂餅，她負責做玉米粥。她攪動鍋裡的東西，右手上一顆紅寶石閃出幽暗又火熱的光芒。

電話響起來，瑟蕾莎接起來說：「聖誕快樂！」好像這是個公司名稱。我從旁邊聽得出來，電話另一頭是她爸媽，戴文波夫婦，古怪的天才爸爸和當學校老師的媽媽，安安穩穩住在鬼屋裡。我懷念他們，懷念那種安全感和舒適感。我伸出手，希望她能把電話交給我，但她搖搖頭，用嘴型無聲地說：噓。

「我們要去他們那邊吃晚飯嗎？」她掛上電話後，我問她。

「我們最近關係有點緊繃。」她說：「何況我還沒準備好要把最新情況公諸於世。」

「聖誕節是我最愛的節日。」我懷念起往事：「打從我長了牙齒，大羅伊就會在聖誕節切一顆蘋果，跟我分著吃。他小時候，每年聖誕節，樹下等著他的禮物就是一顆蘋果。他不知道別的小孩都會得到玩具車呀、學校制服之類的，他對自己得到的禮物很興奮——一顆專屬於他一個人的水果。」

「你從來沒告訴過我。」瑟蕾莎說。

「我想是因爲不希望妳同情我們吧！因爲那是我最快樂的回憶之一。我們結婚之後，聖誕節早上我還會一個人溜下來這裡吃蘋果。」

她看起來一副恍然大悟的樣子：「你可以告訴我的。我不是你以爲的那樣。」

「喬治亞，」我說：「我現在知道了。妳不要不高興，那都是好久以前的事了。我有我不對的地方，妳也有妳不對的地方，現在都過去了，我們互相不要有芥蒂。」

她像是在仔細思考這件事，一面思考，一面打開烤箱，拿出一盤和歐麗芙一樣烤法的吐司，下側鬆軟，上側除了抹上奶油的五個點之外都很酥脆。她把麵包拿到我面前給我檢查，臉上的表情在說：我很努力，我非常努力。

我在冰箱裡一陣翻找，終於找到一顆紅蘋果。我從刀架拿出來的刀小而尖利，切下一片厚厚的蘋果，遞給瑟蕾莎，又切一片給我自己。「聖誕快樂！」

她把她的那一片水果舉高：「乾杯！祝胃口大開！」

那一刻我們之間的氣氛終於美滿，真正的和解看來是開始有達成的可能了。

蘋果甜中帶著微酸的滋味使我想起大羅伊。我想著他一個人孤孤單單地過節，威克里夫應該是和女兒及孫兒們在一起，而大羅伊好像不怎麼和其他人打交道。

「瑟蕾莎，」我說：「我知道我說過我們不要沉浸在過去的事，可是我還有一件事要跟妳談。」

瑟蕾莎一面嚼著蘋果，一面點頭，眼中卻似乎噙著恐懼。

「我沒有要跟妳吵架，」我說：「我發誓真的沒有。我不是要談安德烈的事，也不是要談生小孩的事。我是要談我媽的事。」

她點點頭，被蘋果弄得黏黏的手蓋在我手上。

我深吸一口氣。「瑟蕾莎，大羅伊跟我說，妳把華特的事情告訴了歐麗芙，他說這個消息把她害死了，眞正要了她的命。他說歐麗芙本來病況有好轉，可是妳跟她說了華特的事之後，她就放棄了，因爲她看不出來繼續撐下去有什麼意義了。」

「不是那樣的。」我把手抽開時她說：「不對，不對，不是那樣的。」

「那是怎樣的？」我承諾我不會生氣，但我可能眞的有些生氣，嘴裡的蘋果味道像土。

「她臨終時我的確去看過她。她那時候不太安詳，羅伊，安寧療護護士一直勸她，但是她都不肯吃止痛藥，因爲她覺得吃止痛藥會死得快，她要爲了你撐下去。我去看她的時候，她的肺裡面已經全是癌細胞，我甚至聽得到她胸腔裡堵塞的聲音，就好像往牛奶杯裡吹泡泡的那種咕嚕咕嚕聲。她很努力地戰鬥，可是她打不贏，她的手指頭已經是青紫色了，嘴唇也是，我請你父親迴避一下，然後我把一切都告訴了她。」

「爲什麼要告訴她？妳怎麼可以這樣？結果她連第二天都撐不到。」歐麗芙在大羅伊去7-11幫她買蘋果泥時過世的。大羅伊說，我沒見到她最後一面，我回來的時候她就已經走了。「我媽不該遭受這種待遇的。」

「不對。」她搖著頭：「你可以怪我很多事，但這件事你不能怪我。我告訴她的時候，她搖搖頭，仰望天花板，說：『上帝眞的很奇妙，竟然派了奧山尼爾來救援。』你爸以爲她是放棄了，可是不是。她知道你不是一個人孤孤單單在裡面之後，終於放心了。」

瑟蕾莎把手臂交叉在胸前，像是要把自己的身體抓牢以免四散。「我知道你叫我不要講，可是如果你當時在場……」

現在換我擺出同樣的姿勢，手臂交叉，手掌抓著我的身側：「我不在場不是我的錯，如果他們讓我在場，我一定就會在場。」

我們坐在桌旁，誰也無法安慰對方。她回憶著自己怎樣旁觀我媽的痛苦，我則爲我媽痛苦時我不能隨侍在側而感到痛苦。

她先平靜下來，抓起桌上的蘋果，切了一片給她自己，也切了一片給我。「吃吧！」她說。一如往常，白天過完是黑夜，黑夜則預示著另一個白天就要降臨。過去這些不幸的年間，我就是靠這想法安慰自己。瑟蕾莎洗澡時，我打電話給大羅伊。他喊出我們共同的名字時，我聽得出他嗓音裡的憂鬱。

「爸，你還好嗎？」

「還好，羅伊，只是有點消化不良。弗蘭克林姊妹拿了一盤菜來給我，我吃太多了，可能也吃太快了。她沒你媽那麼會做菜，可是做得也不差。」

「喜歡她的菜沒關係的，老爸，放心大膽地喜歡她吧！」

他笑了，但聽起來有點不自然：「你想要我續弦，就不用回家照顧我了，是嗎？」

「我只是希望你開心。」

「你出獄了，兒子，這就夠我開心一輩子了。」

之後，在瑟蕾莎沖澡的蒸氣飄進臥室時，我打電話給達芬娜。

「聖誕快樂！」我對她說。背景裡有音樂聲和笑聲。「我打來的不是時候嗎？」

她遲疑了一下，說：「等我一下，我把電話拿到外面去。」等待的時候，我想像她的髮間有一撮金屬絲閃閃發亮，手撐在腰上。她回來時，我努力把語氣裝得稀鬆平常。

「我只是想祝妳聖誕快樂。」我用兩隻手捧著電話，好像擔心有人會把電話搶走。

「羅伊．漢彌爾頓，我有個問題要問你。準備好接受問題了嗎？我的問題是：**有點什麼**還是**什麼也沒有**。這也許只是喝著蛋酒[29]閒聊的話題，但是我要知道答案。我們之間到底是怎樣？是**有點什麼**，還是**什麼也沒有**？」

女人就是這樣，突然就來個沒有正確答案的隨堂考。「有點什麼吧？」我的話尾有個疑問像豬尾巴一樣卷卷翹起。

「你不確定？羅伊．漢彌爾頓，我告訴你，對我來說，我們之間是有點什麼的。對我來說是有的。」

「達芬娜，不要逼我說謊。我有老婆，我發現我還是有老婆的。」

她打斷我：「我沒問你這個，我只是問你，我們之間是**有點什麼**還是**什麼也沒有**？」

我把電話線纏在手上玩弄，回想著我們在一起的時光。我們只在一起了兩個晚上嗎？但是那兩個晚上是我下半生的起點，我去她家的時候是用爬的，出來的時候卻是健健康康地走出來。

「有點什麼。」我往前俯身：「絕對有點什麼，只是說不出來是什麼。」

瑟蕾莎從浴室出來時，我掛上電話。瑟蕾莎看起來像個聖誕禮物，她身穿一件蕾絲小睡衣，我看出是從前我送給她的。她曾抱怨這衣服看起來會讓人發癢，意思是看起來很廉價。當初這東西我可是花大錢買的，但如今她穿在身上，我明白了她的意思。她轉了個圈：「喜歡嗎？」

「喜歡。」我說：「眞的很喜歡。」

她躺靠在枕頭上，像個休假中的女神，胸前撒著細細的金粉。「過來。」她說，語氣像電視裡的人，不像眞人。

我朝她走去，但並沒有關掉燈光。

「還有一件事。」我說：「在我們做這個之前，我還有一件事情要說清楚，好嗎？」

「不用啊，你不是說我們從頭開始嗎？」

從頭開始的「從頭」兩字讓我刺痛了一下。在艾洛，「從頭開始」的意思，是事情要做足了準備再開始，不要太急躁，但我知道瑟蕾莎的意思。她對從頭開始的想像，是走進一個清潔溜溜的房間，關上門。「我不要從頭開始，我要實實在在地開始。」

「那你說吧！」

「好。」我於是開始說了：「我在艾洛的那幾天狀況不大好，有很多事情需要適應。有一個我高中時認識的女生邀我去她家吃飯，然後事情就這樣一件一件順理成章地發生了。」說來或許奇怪，但我的這番懺悔感覺就像最愛的牛仔褲一樣熟悉。這樣的互動模式是往日生活的遺緒，當我們以唯有情人才有的方式爭吵時，便是這樣的模式。而這一回，瑟蕾莎沒有嫉妒的權利。然而人會有什麼感覺，哪裡是需要什麼權利的呢？我想起當初她扔掉我的那一塊結婚蛋糕，獨自飲盡剩下的香檳，禁不住微微笑了。我對我們之間爭吵的懷念恐怕不下於對我們之間愛戀纏綿的懷念，因爲和瑟蕾莎在一起，爭吵與愛戀纏綿總是常相左右的。我們的激情就像不穩定的原子，威力強大又具危險性，我永遠不會忘記我們吵架過後的擁吻和解，她會啃咬我的前胸，咬出紫色的圓形痕跡，讓我痛上一天半。和這樣的女人在一起，你會知道你和她之間是**有點什麼**的。

瑟蕾莎說：「我怎麼可能生你的氣呢？我不會假裝自己是聖人。」

我觀察著她的臉，那張臉上透出的唯一情緒是疲憊，幾乎就和聳了聳肩差不多。我儘管好一段時間不在，但對她還有一點點認識。一個人的核心中有些東西是不會變的。瑟蕾莎是個感情強烈的人，昨天在樹下，她極力抑制情緒，保持冷靜，但我知道她心裡波濤洶湧。「喬治亞，妳知道我要說什麼嗎？」

「我知道。」她說：「你受了很多苦，我知道你和那個女生的事只是小插曲，不代表什麼。你要說的就是這個，對嗎？」

「瑟蕾莎。」我摟住她。我穿著長褲和襪子，她卻幾近赤裸，身上散發著亮粉和香皀的氣味。「妳不在乎，對不對？」

「我不是不在乎，只是盡量用成熟的態度來面對。」

「剛剛妳洗澡的時候我打電話給她。」我放慢說話的速度，讓每一個字都擲地有聲。我並不喜歡這樣一點一點地透漏細節，我發誓我眞的不想傷害瑟蕾莎，但我也眞的很需要知道我還有沒有能力傷害她。我需要知道我還有沒有這種影響力，這種支配力。「我和她在一起的時候，她讓我明白了怎樣重新做我自己，也許可以說是，她介紹我認識了新的自己，帶我認識了我從今以後要當的那個人。我和她之間不是只有性愛而已。我不能騙妳說我和她之間沒什麼。她把我當男人看，或者起碼是當個人類看。」

瑟蕾莎的表情和雞蛋一樣空白。「喔，她叫什麼名字？」

「達芬娜・海德利克。她問我我們之間到底是什麼狀況，我是說她和我之間，不是我和妳之間。」

「那你怎麼說？」瑟蕾莎聽起來就僅是好奇而已。

「我跟她說我有老婆了。」

瑟蕾莎點點頭，關掉燈，把我拉上床：「沒錯，你有老婆了。」

我在黑暗中躺著，心裡感覺不踏實，好像忘掉了自己叫什麼名字。

達芬娜說，她唯一的問題就是我們之間到底是**有點什麼**還是**什麼也沒有**，可是這和從頭開始一樣，只是個想像。我和瑟蕾莎之間，這一輩子都將**有點什麼**，說我們之間**什麼都沒有**是粉飾太平，我們永遠都不可能會接受這種太平。床邊的鐘閃現午夜已過，聖誕節結束了，我感覺到我的妻子小口小口地親吻我的肩頭。我聞得出她的氣息裡帶著憂鬱，但是她持續愛撫我，用悲傷的語調喃喃呼喚我的名字。我轉身面對她，她的腦袋捧在我的手裡，像電燈泡一樣脆弱。「妳不用這麼做的，喬治亞。」

她用一個吻制止我說話，我不確定我想要這個吻。在床頭鐘的黯淡光線中，我看得見她緊繃的眉頭和顫動的睫毛。「我們可以不用做，」我說：「直接睡覺就好。」

我用手指撫弄她睡衣的蕾絲邊緣，她貼近我大腿的皮膚火熱。我的手不由自主地摸索她的全身，手指所到之處，她的肌肉便僵硬起來，就好像我一個細胞一個細胞地把她變成了石頭。

「這就是我愛你的方式。」她倚在成堆枕頭上。縱使在黑暗中，我也看得出她的胸脯快速起伏，氣息抖抖顫顫如握在手中的鳥。「拜託，拜託讓我把這件事情做對。」

我坐牢時，歐麗芙每個週末都來看我，一直到她沒辦法再來爲止。我一向很高興見到她，但同時又覺得讓她見到我是很羞恥的事。有個星期天，她和平常不一樣，但我說不出是哪裡不一樣。當時她想必已經知道自己罹癌了，只不過沒告訴我。我所注意到的是她的呼吸，她感覺到自己的呼吸，我被她感染，也注意到了。當時她就和瑟蕾莎現在一樣，吸氣的速度快，且顯得驚恐。

「小羅伊，」歐麗芙說：「我心裡完全沒有一點懷疑，但我需要聽你親口說你沒做那件事。」

我彷彿是被她在臉上吐了口水一樣陡然退縮，歐麗芙則像搶救一只快要滾落桌面的玻璃杯一樣撲身上前伸手抓我。「我知道你沒做，」她柔聲說：「我知道你沒做，拜託讓我聽你親口說你沒做。」

「我整個晚上都跟瑟蕾莎在一起，不信妳問她。」

「我不要問她，」我媽說：「我要聽你說。」

只要回想起那天，我就會依稀聽見她話語周遭空氣的共鳴，會想像起腫瘤在她的體內增生繁殖，吞噬著她的身體。歐麗芙就快死了，我卻懷著怨恨對她說話。縱使當時我不知道，也不能減輕我的罪孽。

「媽，」我的語氣像是在對個發展遲緩或聽不懂英文的人說話：「我不是強暴犯。」

「小羅伊。」她開口說話，但我打斷她。

「我不想再談了。」

她離開時對我說：「我相信你。」

我看著她走開，用力記住她身上所有我不喜歡的缺點。她的愛像斗篷般籠罩她全身，但我視而不見，她的堅強力量和勤勉美德我全不當回事兒。我坐在那兒，想著所有我不愛她的地方，氣得連再見都不說。

寂靜的房間裡，我的妻子舉起她美麗的手臂，圈住我的頸項，用一種我不知她竟然有的力量把我拉向她。「我希望你好好的。」她的語氣勇敢而堅決。

「我沒強暴她。」我說：「我碰也沒碰過那位女士一下。她以爲是我幹的，跟她說我沒有闖進她的房間壓制她，她根本不信。她在證人席上的時候，我連看都不敢看她，因爲在她眼中，我是野蠻人，比禽獸還不如。我看著她看著我，我就變成了她眼中的那個人。沒有什麼比她說的話更侮辱一個男人的了。」

「噓！」瑟蕾莎說：「一切都過去了。」

「沒有什麼事情會過去的。」我把她的手從我的肩上挪開。我躺在她身邊，想起我們趴在柏油路面，被禁止碰觸彼此的情景。「瑟蕾莎，」我說。發自我自己胸腔的嗓音如此之低，我自己都吃了一驚。「我不是強暴犯。妳聽得懂我要跟妳說什麼嗎？」

「我聽得懂。」她說，但她似乎有些困惑：「我從沒認爲是你幹的。我知道我嫁給了怎樣的人。」

「喬治亞。」我說：「我也知道我娶了怎樣的人。妳是我的一部分。我碰妳的時候，妳的肌肉會和我的骨骼溝通。妳以爲我感覺不出來妳有多傷心嗎？」

「我是害怕。」她說。她的手指傳遞著悽慘的甘願。「重新開始好難。」

女人豐富浩瀚的慷慨是一條神祕的隧道，誰也不知這隧道通往何方。隧道的牆上寫著無解的問題，身爲男人一定要明白，靠理性是走不出去的。什麼樣的無情藉由透漏她不愛我，來讓我看出她愛我？瑟蕾莎把她自己奉獻給我，猶如奉獻一場在我敵人面前擺設的筵席，猶如奉獻一顆完美的紅梨子。什麼樣的殘酷藉由呈現關心的極限，來揭露她對我的關心？

「妳聽我說，」我感覺自己像是在吐出臨死前最後一口氣：「喬治亞，妳聽我說，聽我說我要跟妳說的話。」我把每個字說得堅決，她聽得身子緊繃起來。我有點抱歉，於是語氣轉爲溫柔，像在對隻蝴蝶說話：「瑟蕾莎，我永遠都不會強逼女人就範。」我把她那兩隻驚恐的小手從我身上挪開，握在我自己的手裡。「妳聽見了嗎？我不會強迫妳，就算妳容許我強迫妳，就算妳

希望我強迫妳，我也都不會強迫妳。」

我親吻她手指根部曾經配戴我的婚戒的地方。「喬治亞，」我開始說話，卻說不完這整句話。

「我努力了……」她開口。

「噓……睡覺吧，喬治亞，睡覺就好。」

但在這個寂靜夜晚的無邊黑暗中，我們誰也沒闔上眼。

譯注

1 Buckhead，亞特蘭大的商業區和高級住宅區，是個時髦新潮的地區。

2 事實上亞特蘭大就是喬治亞州首府，但亞特蘭大為大都會，喬治亞州的其他部分則多為農村。

3 擁有博士學位的黑人仍然會被稱為「黑鬼」（nigger）。無論黑人的社經地位如何，在歧視黑人的白人眼中，他們都仍是「黑鬼」。

4 Zydeco，發源於美國路易斯安那州南部的一種黑人舞曲。

5 *Saturday Night Fever*，出品於一九七七年的歌舞片，為影星約翰·屈伏塔的成名片。

6 西洋傳統上相信在耶穌受難日（即復活節前的星期五）理髮可預防頭痛或牙痛，因此許多人都會在復活節前理髮。但亦有許多人並不為預防頭痛或牙痛，而純粹為了節日而理髮。

7 Candy Land，一種五彩繽紛的桌遊，很受小朋友歡迎。

8 Decatur，亞特蘭大東郊的一個城鎮，屬於大亞特蘭大都會區的一部分。

9 維吉尼亞高地區（Virginia Highlands），亞特蘭大的新興區域，有時髦的酒吧及餐廳。前述維吉尼亞大道（Virginia Avenue）和高地大道（Highland Avenue）的交叉口即位於此區。

10 Open every cell in Attica, send 'em to Africa. 饒舌歌手納斯（Nas）的歌曲〈若我統治世界〉（*If I Ruled the World*）中的歌詞。阿提卡（Attica）是位於紐約州阿提卡市的一個戒備森嚴的監獄。此句歌詞的意思是要把監獄中的囚犯都放出來，呼應說話者前一句所說「又有一個黑人弟兄重獲自由絕對是好事」。

11 Ben Franklin key，傳說富蘭克林將鑰匙掛在風箏上而發現了電，故一種上端呈環狀的老式鑰匙款式稱為富蘭克林鑰匙。

12 服飾品牌班尼頓（Benetton）以色彩繽紛族群多元為品牌特色。

13 Caesar，或Caesar haircut，兩側及後側削短、前側留整齊瀏海的髮型，是黑人男性常見的髮型。有些瀏海略長，但黑人常見的凱撒頭瀏海極短，整體看去近似平頭，但邊緣極其平整。

14 以報導嘻哈、節奏藍調等黑人音樂為主的雜誌。

15 Christian side hug，部分基督教團體宣導的擁抱方式，僅能肩碰肩，即照相時擺姿勢似的摟肩，如此可避免生殖器或胸部互相碰觸。

16 女歌手珍娜·傑克森（Janet Jackson）過去常戴一種環形耳環，上頭掛了支鑰匙。

17 Fort Knox，位於肯塔基州的美軍基地。

18 《聖經》〈詩篇〉三十章第五節：「一宿雖然有哭泣，早晨便必歡呼（Weeping endures for a night, but joy comes in the morning.）。」

19 拳王阿里（Muhammad Ali, 1942-2016），美國拳擊手。

20 mimosa，香檳加柳橙汁的調酒，特別適合搭配早午餐飲用。

21 powdered eggs，像奶粉一樣將蛋脫水烘乾製成的粉。

22 紅色小旗是為了通知郵差信箱內有信要投遞。

23 克萊斯勒在美國算是平民車款。

24 Paul Bunyan，美國神話傳說中的巨人樵夫，力大無窮，伐木快如割草。

25《聖經》〈創世紀〉第十九章中，耶和華欲毀滅羅得居住的城市，天使去警告羅得帶著妻小離開，不可回頭，羅得的妻子沒有聽話，回頭去看，於是變成了鹽柱。

26 Marietta，喬治亞州的一個城市。

27 Big Chicken，位於馬里耶塔的一家肯德基炸雞餐廳，有巨大的雞型招牌。

28 奧提斯．瑞丁（Otis Redding, 1941-1967），出身喬治亞州的美國靈魂樂歌手。〈*Merry Christmas, Baby*〉為其唱紅的一首知名歌曲。

29 eggnog，用蛋、牛奶和酒調成的飲料，在歐美是聖誕節的傳統飲品。

尾聲

親愛的瑟蕾莎：

這邊的人都覺得我在監獄裡受到了主的感召，但是監獄是個鬧鬼的鏡屋，我不可能在監獄中領悟眞理。我試圖解釋的時候，他們卻轉而問我是不是穆斯林，因爲我不隸屬於任何教會，但他們知道我自認爲是上帝的信徒。我沒辦法詳細說明給他們聽，因爲就連對自己，我也很難詳細說明。誰會相信我的頓悟是發生在我倆臥房神聖的黑暗之中呢？

我只要想到我之前對安德烈做的事，就感到很羞愧。我發誓我過去從沒有這樣傷害過其他任何一個人類，就算是在坐牢期間，也沒這樣粗暴對待過任何人。只要想到我差點把他給殺了，我的眼窩背後就會劇烈疼痛起來。阿烈沒有大力還手，當時我以爲他覺得我不值得他出手。我當時可能希望妳看到他受苦，因爲妳好像不在乎我苦不苦，卻在乎他苦不苦。我知道這些話聽起來很沒道理，但我只是要把我當時的情緒描述給妳聽。我當時失去了理智，甚至會吃樹的醋。我覺得自己被遺棄了，就只有這個詞能形容我當時的心情。妳說妳要報警的時候，我很高興。妳手上的那支電話就像一支手槍，我希望妳會開槍，因爲然後妳就會愧疚一輩子，而我就不用再活下去。我當時是這樣思考的，我當時的心就是這樣跳的，我準備要去死了，而且要拉著阿烈陪我一起死。我想要用上帝給我的手徒手殺了他。

我用同一雙手在妳班克叔叔草擬的文件上簽名。達芬娜是公證人，所以妳也會看見她的名字。我知道這樣做是對的，但我眞的很討厭看到自己的簽名出現在那條虛線上。我們盡力了，我想我們唯一能說能做的就是這個了。

附帶一問：那棵樹怎樣了？有沒有撐過去？

羅伊　謹上

親愛的羅伊：

看見你的字跡就好像和一個你知道再也不會見面的朋友驚鴻相遇。你不在的時候，你的信讓我感覺你就在我身邊，但如今這些信卻使我想起我們後來變得多麼疏遠。我但願有朝一日，我們可以重新認識彼此。

拿到離婚證書後，你可能會以爲我和安德烈馬上就會搭下一班公車去法院公證，但是我們不覺得有必要結婚。我媽媽、他媽媽，甚至素不相識的人，都希望看我披上白紗，但我和阿烈喜歡我們目前的關係、目前的狀態。

歸根結柢，我不想當任何人的老婆，就連阿烈的老婆我也不想當。至於他呢，他說他不想娶一個不想當老婆的人當老婆。所以我們只是一起生活，做思想和情感上的伴侶。

謝謝你問起老山核桃！我們上星期請了個專家來，他說我們用皮尺和計算機就能算出一棵樹的年齡。根據這位專家的計算，老山核桃大約有一百二十八歲了。他們說，只要沒有別人再拿斧頭攻擊他，他應該還能再繼續多活一百二十八年。

告訴你一個消息：我懷孕了。我希望你會爲我和安德烈開心。我知道這對你來說很不好受，不要以爲我不記得當年發生的事。這可能是個不情之請，但你可以爲我們禱告嗎？在這個女寶寶出生之前，你可以每天都爲我們禱告嗎？

永遠愛你的
喬治亞

親愛的瑟蕾莎：

妳別笑，趕著去法院公證的人結果是我。我和達芬娜不打算努力生孩子，但我決定再試一次結婚這檔事。妳說妳天生不是做老婆的料，我不同意。當外在條件一切順利時，妳是我的好老婆。當外在條件不大順利時，妳也持續當我的好老婆當了很久。我一直沒給妳足夠的尊敬，妳自己也沒給妳自己足夠的尊敬，妳是很值得尊敬的。

至於我呢，我很有興趣當爸爸，但達芬娜已經有兒子了，他們的親子狀況十分不愉快，她不想再從頭經歷一次。說眞的，雖然我幻想過幾千次我的「羅伊三世」，但我不想要爲了一個可能不再適合我的夢幻，而毀掉我和達芬娜之間的感情。我希望我可以像大羅伊一樣，把她的兒子視如己出，不過那孩子已經成年了。我和達芬娜兩個人也夠組成一個家庭了，如果需要有孩子才能維繫彼此的感情，這感情也稱不上是什麼感情了，對吧？這是她說的，她說的可能很有道理。

我當然會爲妳的家庭祈禱，但妳說得好像我是神職人員一樣！我沒打算當別人的牧師，我只當自己的牧師。我在小溪邊找到了一塊屬於我自己的小小聖地。妳還記得那個地方嗎？我清晨會到那裡去，一面思考或祈禱，一面聽風吹奏橋的音樂。人人都知道那是我每天早晨固定的習慣。偶爾我會邀請一、兩個人陪我一起去，大羅伊和我一起去過，達芬娜也去過幾次，但大半時候我都是一個人，只有我的腦袋和回憶陪伴我。

而說起腦袋，我和大羅伊創業了。我們開了一間理髮廳，名叫「髮務機關」。妳知道我一向很有創業頭腦的，妳可以想像一間掛了理髮廳三色柱的傳統理髮廳，裡面有一大堆N世代的新式設備和服務。理髮廳收益不錯，（還）沒有到布寶的程度，不過我很滿意了。

我祈禱妳祥和平靜。這種東西不會從天上掉下來，而是要努力追求（這是我親生老爸說的智慧小語。我現在大部分的星期日都會去看他，他在監獄裡越來越衰老，看了很難過）。

不過我的生活大體上不錯，只不過和我原先期待中的好並不相同。有時候我會忽然焦躁不安，會跟達芬娜提議我們搬到休士頓或紐奧良或甚至波特蘭去從頭開始。達芬娜會敷衍我一下，但等我恢復理智，她會對我笑笑，因爲我們彼此都知道，我哪裡也不會去。她對我笑笑的時候，我也會忍不住回她一個笑。這裡是我的家，我就是待在這裡。

羅伊　謹上

謝詞

在這部作品的創作期間，有許多時刻我都擔憂，那些將故事中人物既拉近又疏遠的棘手衝突我將會無法解決。在這些連我自己都對自己不具信心的黑暗時刻，仍有一些人和一些機構對我懷抱信心，我對這些人和機構獻上無盡的感激。

許多親友或閱讀我的初稿，或無意間提供了關鍵性對話，或挑戰我進行更廣泛的思考，或幫助我修正方向，我格外感謝這些惠我良多的親友：芭芭拉與麥克・瓊斯（Barbara and Mack Jones）、蕊妮・希姆斯（Renee Simms）、卡蜜兒・鄧基（Camille Dungy）、蘇海兒・哈瑪（Suheir Hammad）、夏伊・阿爾哈特（Shaye Arehart）、瑪欣・克萊兒（Maxine Clair）、丹尼斯・努克斯（Denis Nurkse）、瑪欣・甘迺迪（Maxine Kennedy）、尼爾・J・阿普（Neil J. Arp）、威廉・瑞德（William Reeder）、安・B・華納（Anne B. Warner）、米契爾・道格拉斯（Mitchell Douglas）、賈發利・S・艾倫（Jafari S. Allen）、威利・佩爾多莫（Willie Perdomo）、朗・卡爾森（Ron Carlson）、晶妮・佛勒（Ginney Fowler）、理察・鮑爾斯（Richard Powers）、珀爾・克

萊奇（Pearl Cleage）、麗莎・柯爾曼（Lisa Coleman）、蔻絲碧・卡布蕾拉（Cozbi Cabrera）、茱恩・M・阿德瑞奇（June M. Aldridge）、愛麗希雅・帕克（Alesia Parker）、愛瑪姿・雅冰納德（Elmaz Abinader）、瑟琳娜・林（Serena Lin）、莎拉・舒爾曼（Sarah Schulman）、賈斯汀・海恩斯（Justin Haynes）、碧歐蒂・布萊格（Beauty Bragg）、翠哲・西爾斯・瑞蒙（Treasure Shields Redmond）、愛麗森・克拉克（Allison Clark）及希薇亞・詹金（Sylvia Jenkins）。

正當藝術方面的資金挹注大幅減少之際，我非常感激以下機構的慷慨支持：國家人文藝術基金會（National Endowment for the Arts）、烏克羅斯基金會（Ucross Foundation）、麥道爾藝術村（MacDowell Colony）、羅格斯大學紐瓦克分校（Rutgers University-Newark）、哈佛大學拉德克利夫研究所（Radcliffe Institute for Advanced Study at Harvard University）。

我才華洋溢的經紀人珍・迪斯戴爾（Jane Dystel）打從一開始便與我同行，就算但丁也沒有福氣獲得如此能幹且魅力十足的良師益友[1]。蘿倫・瑟蘭（Lauren Cerand）是我的公關宣傳兼密友。布莉姬・戴維斯（Bridgett Davis）以無比的耐心與親切聆聽我與這個故事纏鬥多年。潔咪・哈特利（Jamey Hatley）對我保持著信心。德蘭・貝里（Terraine Bailey）、隆納・蘇利文（Ronald Sullivan）和詹姆士・提爾尼（James Tierney）對文字和法律都非常嫻熟，感謝你們幫助我掌握細節的正確性。我的編輯查克・亞當斯（Chuck Adams）是個機智聰明的合作夥伴，也是個和藹可親的好人。Algonquin Books是藝術的真正好友。姬蕊・韋德（Jeree Wade）知道如何獲取答案。湯姆・佛瑞爾（Tom Furrier）是全世界最厲害的打字機醫生，且溫文儒雅。我的摯友艾美・布魯姆（Amy Bloom）善良地在黑暗中射出光芒。克蘿蒂雅・藍欽（Claudia Rankine）和妮姬・喬瓦尼（Nikki Giovanni）容許我使用她們的詩句，我則賣力學習她們優秀的榜樣。蕎涅塔・B・柯爾（Johnnetta B. Cole）博士勸我繼續努力，我不敢違抗。安德拉・米勒（Andra Miller）催促我完成創作，伊麗莎白・莎拉特（Elizabeth Scharlatt）則柔情地說：「時機未到就不能成書。」這兩人說的都是對的，我對兩人都萬分感激。

最最親切可人的琳蒂・海斯（Lindy Hess）是我親愛的朋友、良師和支持者，她沒能看見這本書的付梓出版，我深深悲痛。

譯注

1 義大利文藝復興詩人但丁的巨著《神曲》中記述自己誤闖黑暗森林，古羅馬詩人維吉爾（Virgil）的靈魂前來帶領他遊歷地獄與煉獄。此處之良師益友原文即為Virgil。

推薦跋

非裔世代的變與不變

蔡佳瑾　東吳大學英文系副教授兼系主任

《婚姻生活》（*An American Marriage*）爲美國非裔女性作家塔雅莉．瓊斯（Tayari Jones）的第四部小說，榮獲英國的女性小說獎（Women's Prize for Fiction），也深獲歐普拉與美國前總統歐巴馬的青睞。小說原文的標題「一段美國婚姻」可能讓讀者先入爲主地假設，這是一部描述典型美國婚姻的作品；然而，深入閱讀後，讀者必然發現雖然這是部描寫不同世代對婚姻的看法與態度的小說，其中的敘述卻深及美國種族歧視所造成的歷史創傷，以及非裔家庭中父親缺席所帶來的影響。小說以書信體與內心獨白的形式交替呈現羅伊、瑟蕾莎、安德烈三個主角的個人觀點，讓讀者得以避免認同單一角色，而是同理這三個角色的內心情感與其迥異的立場，因而能在閱讀過程中達成某種程度的客觀性。作者鋪陳情節的手法單純且直接，沒有採用迂迴的敘述，也沒有運用魔幻寫實的技巧去揭露隱藏的歷史傷痕，僅有平鋪直述的書信與內心獨白，卻能感動人心。

誠如小說標題所示，婚姻關係是這部作品的重要主題，瓊斯在這部小說裡意圖探討當今婚姻的意涵與夫妻的關係；小說主要敘事核心環繞在男主角羅伊遭誣告強暴而深陷囹圄之後的婚姻狀況，透過書信的往返與獨白，讀者得以窺見羅伊從原本抱持希望到後來陷入無助與無望的心境，也看到他與妻子瑟蕾莎的感情因爲距離而淡化，瑟蕾莎逐漸投入青梅竹馬安德烈的懷抱。瓊斯在訪談中提過，她寫這部小說的靈感來自荷馬史詩《奧德賽》（*The Odyssey*）；這部史詩描述希臘英雄奧德賽在特洛伊打了十年仗，又顚沛流離了十年才回到家鄉。這長達二十年音訊全無、不知生死的期間，他的妻子潘妮洛普面對眾多求婚者仍忠貞等候丈夫歸來。瓊斯坦言羅伊就是奧德賽，他從被誣告到被判刑進而開始牢獄生活的過程猶如奧德賽艱困的旅程；然而，羅伊卻沒有一位忠貞等候他歸鄉的妻子！羅伊不是克敵制勝的英雄，瑟蕾莎也不是潘妮洛普，她在結婚前即抗拒婚禮的誓約，也對婚姻制度抱持懷疑的態度。物換星移，婚姻所代表的意涵產生了轉變，兩個世代的婚姻觀出現極大的差異，正如瑟蕾莎所言，上一代的婚姻「是用較不精緻但材質耐久的布疋做的」。兩代間強烈的對照出現在羅伊的母親葬禮，他的繼父大羅伊親自鏟土覆蓋墓穴，等於是親手埋葬愛妻之意；目睹這樣的場景，瑟蕾莎感嘆：「我覺得我的婚姻根本是表面文章，我覺得我根本不懂把一生完全奉獻給一個人是怎麼回事。」對上一代而言，結婚誓言中的一生一世、生死不渝是人生中的必然，對下一代何謂一生一世的關係卻成爲需要深思的議題。誠如大羅伊對安德烈說的：「現在的年輕人不尊重婚姻制度了，可是我告訴你，當年我娶歐麗芙的時候，婚姻是很神聖的事。」羅伊出獄發現他的婚姻岌岌可危，回到瑟蕾莎的住處，他意識到，雖然門沒有換鎖，但家卻已經不屬於他；暴怒之下，他掄起斧頭砍起院子裡巨大的老山胡桃樹，作者極可能以此暗示羅伊摧毀婚姻的衝動，因爲在奧德賽的故事中，潘妮洛普爲了測試丈夫，故意要他搬動他們夫妻臥室的床，而奧德賽指出婚床是由樹根仍深扎土地中的大樹椿所製，所以無法搬動，亦即老樹象徵根深蒂固的婚姻。

無可避免的，非裔族群的歷史創傷是這部小說另一重要議題；瓊斯突破包括諾貝爾文學獎得主童妮．摩里森（Toni Morrison）在內許多非裔作家處理歷史創傷的方式，此部小說中的歷史創傷並非以鬼魅的方式現身在活人面前要求被正視與醫治，而是以令人無可奈何的現實存在於生活中。瓊斯在主要人物的獨白中放入許多與黑人相關的文學、歷史、地理與文化的典故，以此彰顯出種族主義的歷史傷痕遍存於現實生活環境。如果婚姻的破碎不外乎肇因於觀念差異、性格不合、經濟問題，抑或是第三者的介入，那麼這部小說中造成婚姻破裂的第三者會令讀者瞠目結舌——深植於美國社會中的種族歧視！肇因於膚色偏見的不實指控與冤獄致使羅伊與瑟蕾莎的婚姻關係戛然而止，這似乎是一個無可防範的荒謬意外，但對於非裔族群而言，是荒謬但卻不是眞正的意外，因爲類似的事件在美國社會中層出不窮；種族主義使得一個受過高等教育，有良好職業，中產階級出身的黑人可以立刻被認定是犯罪嫌疑人，被起訴，接著被定罪，單單只是因爲他的黑皮膚。瓊斯曾提到，對於小說的標題冠以美國兩字原本感到忐忑，因爲在認同上，這個國家不完全屬於黑人，除非加上「非裔」兩字；關於兩個黑人的婚姻故事可以稱爲「美國」婚姻嗎？答案很反諷：正因爲書中造成婚姻關係破裂的是美國社會對黑皮膚的歧視，所以稱之爲「美國婚姻」也不爲過。

羅伊的冤獄不僅彰顯出美國司法制度的瑕疵，也顯明種族主義在美國社會並未隨著時代的更迭而消失，即便包含婚姻觀在內的許多價值觀均有所改變，即便許多的黑人功成名就，甚至登上時尚雜誌，黑人仍被視為「黑鬼」！環境不斷提醒黑人種族主義所導致的歷史傷痕，甚至以極為諷刺的方式提示黑人不堪的過去，例如羅伊出事前所住的松林旅社，每間房裡都還掛著提醒蓄奴制度的邦聯旗，歐麗芙埋骨之處即便不再稱為「有色人種墓園」但仍然清一色埋葬著黑人，又例如瑟蕾莎在曼哈頓打工的餐廳剛巧不巧地名為「逃亡黑奴」。歷史的傷痕無所不在，而城鄉區域的劃分與語言腔調也不斷提醒著書中角色黑皮膚所代表的身分差異。即使時代似乎在演進中，非裔人士得以登上高位，種族偏見所形成的那條界線卻不曾挪移，以至於羅伊的生父華特說：「黑人的命運就是這樣，要嘛是給六個人抬，要嘛就是給十二人審判。」，意思是不是死就是牢獄之災。在羅伊與許許多多黑人一樣因為膚色而身陷囹圄之後，他在非裔族群中成了殉道者或犧牲者的代表，因此安德烈才會認為，熱衷黑人民權運動的戴文波對羅伊，比對自己的女兒瑟蕾莎還要忠誠：「全體黑人都對羅伊忠誠，因為羅伊是剛從十字架下來的人」，意思是羅伊的冤獄等同為全體黑人上了十字架，如同耶穌為全人類的罪而被釘上十字架一樣；羅伊所受的羞辱，是全體黑人的羞辱。因此，瑟蕾莎沒有忠貞等候丈夫反而移情別戀，對於上一代而言這不僅是婚姻上的不忠誠，也是對整個黑人社群的一種背叛。

小說中另一個敘事重點是深入黑人文化中的基督教信仰的根基以及信仰的傳承，此傳承不僅襯托出世代價值觀的差異，也連結黑人對家的概念以及個人的身分感。小說中聖經的典故可謂是俯拾即是，譯者不僅精準翻譯出來，也加以注釋說明。作者一來以這些典故顯示基督教信仰是非裔族群重要的心靈倚靠，二來也顯示信仰雖然是世代傳承的精神產業，在年輕的一代卻顯得薄弱。這些經文的典故對於情節描述，甚至人物的心態的刻畫，都具有畫龍點睛之妙；舉例而言，第二部的標題「為我擺設筵席」出自聖經〈詩篇〉二十三章第五節，全句是詩人大衛對神說：「在我敵人面前，祢為我擺設筵席」，預示羅伊的冤獄得以平反；當羅伊出獄，他說：「如果有誰值得開趴來迎接，那就是我了。我是那個沒得到肥牛的兒子，或是約伯，或是以掃，或是聖經裡所有信仰虔誠卻遭到背棄的人。」沒得到肥牛的兒子典故出自耶穌所說浪子回頭比喻裡那位不滿父親為回頭的浪子設宴歡迎的哥哥，約伯則是受魔鬼攻擊而失去兒女家產的義人；至於以掃，他為了一碗紅豆湯（立時的滿足）輕率地把自己珍貴的長子名分賣給了弟弟。上述的人物並非每位都是羅伊所說「信仰虔誠卻遭背棄的人」，但卻都自認蒙受損失或是受到虧待，亦即羅伊以自己對聖經粗淺的印象將內心極深的憤恨不平投射在這些聖經人物身上，主張自己的虧損應該要有所補償，所謂的筵席變成了代償的比喻。同樣的例子也出現在瑟蕾莎身上：「同負一軛」的完整經文是「信與不信不能同負一軛」，原是指信念或信仰不同的人無法同心同行，卻被瑟蕾莎用來描述家世背景以及外表的相配與否。同樣聖經經文被挪用來配合自己需求的還有安德烈，面對瑟蕾莎被父母質疑她與安德烈的愛情究竟是真愛或是圖個方便在一起，他引用非常有名的〈哥林多前書〉十三章（被稱為「愛篇」）來安撫瑟蕾莎：「愛本來就應該要方便，本來就應該要輕而易舉，〈哥林多前書〉裡不是這樣說嗎？」極其反諷的是，原本的經文內容指出愛的本質是「恆久忍耐，不求自己的益處」與安德烈所謂的「方便」牴觸。綜合以上誤用或曲解聖經經文的例子可得知，似乎上一代所重視的信仰（包括對愛與承諾的重視）傳承到下一代變成粗淺的文字印象與儀文；然而，即便如此，聖經對羅伊而言卻是家庭與身分所奠基的磐石：「在艾洛，你若想知道自己的身分……只要看看家中的聖經就知道了。在最前面的空白頁，在『起初，神創造天地』之前，你所需要知道的一切都在那裡了。」在扉頁，羅伊的母親用草體慎重地寫上他們全家三人的名字，而且夫妻的名字之間以加號相連。對羅伊而言，聖經扉頁所寫的名字與相連的符號代表牢固的家庭關係，也是身分感的來源，背面創世紀開頭「起初，神創造天地」這句經文顯示，這個身分感的根基並非虛無縹緲，而是連結於宇宙生成的源頭，也就是生命的本源。在小說結尾，羅伊已另外成了家，在給瑟蕾莎的信中提到他擁有一塊小小的聖地，他會在清晨時去那裡祈禱，並且信中文字結束於「這裡是我的家，我就是待在這裡」；易言之，出獄後覺得自己空有鑰匙卻無家可歸的羅伊，最終找到了讓他有歸屬感的家，而且這個家附近有塊唯有他自己與至親的人才可以去的禱告聖地，暗示某種程度而言他承襲了母親禱告的習慣。

在《婚姻生活》這部小說中，瓊斯不僅引導讀者思考婚姻關係的本質，還探索了時代更迭、世代傳承過程當中的變與不變。年輕世代縱然有更高的教育、更好的經濟條件，卻在變動的社會價值觀中找尋不到主體性與關係的穩定性，然而對非裔族群而言，更諷刺的是，在變動之中種族主義這個歷史沉痾卻從來不變。瓊斯在小說末尾似乎暗示，對於非裔族群而言，在時代更迭與不能掌握的變動中，心的歸處唯有傳承自上一代的精神上的「家」。

國際各界好評

● 「塔雅莉・瓊斯所著的《婚姻生活》描繪一起冤案對一對年輕非裔美國夫妻所造成的影響，令人動容。」

——歐巴馬

● 「塔雅莉能用她的文字刻骨銘心地感動我們，這是她眾多才華當中的一個。」

——歐普拉

● 「《婚姻生活》基本上講述的是坐牢這件事傷害到的並不只是遭到監禁的那個人。如果你在尋找發人深省的讀物，應該將這本書納入你的閱讀清單中。」

——比爾・蓋茲

● 「這本書尖銳深入地刻劃出一段被種族不公所粉碎的婚姻，是一個講述愛、失落與忠誠的故事，將人類精神的恢復力襯托於大的政治背景中，映照出今日美國的樣貌。」

——凱特・威廉（Kate Williams），女性小說獎評委會主席

● 「這本書能夠問世我感到非常興奮。塔雅莉・瓊斯的小說切合時宜，蘊含深沉思慮，且優美動

人。閱讀這本書，我會氣得發抖、笑得開懷、激動得說不出話，也會歡呼。這是一本難能可貴的好書。」

——賈桂琳・伍德生，美國國家圖書獎得主

●「塔雅莉・瓊斯有幸擁有能看透平凡生活中心驚人眞相的眼光、解放這些眞相的特長，以及將這些眞相清晰且擲地有聲地展現於讀者面前的文字能力。她在頭一本作品中已經展現了這些能力，但在《婚姻生活》中，她的眼光、特長與訴說眞相的文筆達到了一個藝術與力量的新境界。」

——麥可・謝朋，普立茲小說獎得主

●「塔雅莉・瓊斯充滿智慧與悲憫的小說新作《婚姻生活》……清楚呈現了一個家庭無聲的毀滅。故事撰寫優美，影射諸多黑人音樂與文化，包括非裔美籍族群深深渴望被聽見的日常生活詩歌。」

——《紐約時報書評》

●「扣人心弦……瓊斯以溫柔的耐心編織這個故事，將我們的同情心往種種不同的方向拉扯，瓊斯在這樣的故事中撫癒每一個人物。她從不漠視人物的缺點，從不漠視人物完全符合人性的自我開脫傾向，但同時也捕捉到這些人物渴望爲善、渴望正直、縱使違背心意也渴望盡可能行正道的心情。」

——朗恩・查爾斯，《華盛頓郵報》

藍小說 319

婚姻生活

作者—塔雅莉・瓊斯
譯者—彭玲嫻
編輯—張瑋庭
行銷企畫—劉育秀
美術設計—廖韡
內頁排版—極翔企業有限公司
副總編輯—嘉世強
董事長—趙政岷
出版者—時報文化出版企業股份有限公司
108019臺北市和平西路三段二四〇號三樓
發行專線—（〇二）二三〇六六八四二
讀者服務專線—〇八〇〇二三一七〇五・（〇二）二三〇四七一〇三
讀者服務傳真—（〇二）二三〇四六八五八
郵撥—一九三四四七二四時報文化出版公司
信箱—（一〇八九九）臺北華江橋郵局第九九信箱
時報悅讀網—http://www.readingtimes.com.tw
電子郵件信箱—liter@readingtimes.com.tw
法律顧問—理律法律事務所 陳長文律師、李念祖律師
印刷—紘億印刷有限公司
初版一刷—二〇二一年十一月五日
定價—新臺幣四四〇元
（缺頁或破損的書，請寄回更換）

時報文化出版公司成立於一九七五年，
並於一九九九年股票上櫃公開發行，於二〇〇八年脫離中時集團非屬旺中，
以「尊重智慧與創意的文化事業」為信念。

婚姻生活/塔雅莉・瓊斯（Tayari Jones）著；彭玲嫻譯. -- 初版. -- 臺北市：時報文化, 2021.11
面；公分. --（藍小說；319）
譯自：An American Marriage
ISBN 978-957-13-9598-2

874.57 110017538

ISBN 978-957-13-9598-2
Printed in Taiwan